Die Scherben von Nirma
Die Suche

2.Auflage

Das Buch:

Der fünfzehnjährige George aus England, die dreizehnjährigen Mädchen Charlie und Fatma aus Amerika und dem Mittleren Osten sowie die elfjährigen Jungen Madu und Sying aus Afrika und China haben in ihren Ländern auf der Erde unter den unterschiedlichsten Schwierigkeiten zu leiden. So kämpfen sie zum Beispiel mit Mobbing, Obdachlosigkeit oder den Problemen als Flüchtling.
Als jeder von ihnen eine ungewöhnliche Scherbe findet, ändert sich ihr Leben schlagartig. Auf einmal befinden sie sich auf der fantastischen Welt Nirma, die nur sie vor dem Untergang bewahren können. Schwierige Rätsel und aufregende Abenteuer erwarten sie. Dabei müssen sie lernen als Team zusammenzuarbeiten, Vorurteile zu überwinden und über sich hinauszuwachsen. Allmählich erkennen sie, dass in ihnen allen mehr steckt, als ihnen bewusst war, und dass man Freunde an den ungewöhnlichsten Orten findet, wenn man es nur zulässt.

Die Autorin

Alena N. Beek, geb. 1974, lebt mit ihrem Mann und ihren zwei Kindern in Mönchengladbach-Wickrath. Ursprünglich wollte sie die spannende Abenteuer- und Fantasygeschichte nur für ihre Kinder schreiben. Erst später kam der Gedanke an eine Veröffentlichung.

Alena N. Beek

Die Scherben von Nirma

Die Suche

FSC
www.fsc.org
MIX
Papier aus verantwortungsvollen Quellen
Paper from responsible sources
FSC® C105338

Bibliografische Information der Deutschen Nationalbibliothek:
Die Deutsche Nationalbibliothek verzeichnet diese Publikation in der Deutschen Nationalbibliografie; detaillierte bibliografische Daten sind im Internet über
http://dnb.dnb.de abrufbar.

Lektorat: Janine Biermann (Lektorat Textsicher)
Cover: Juliane Schneeweiss
(www.juliane-schneeweiss.com)

Herstellung und Verlag: BoD – Books on Demand, Norderstedt

ISBN: 978-3-7557-1701-0

Für meine Kinder
Möge die Sonne euch immer leuchten!

Folgende Bände sind bereits erschienen:

1. Die Scherben von Nirma/Die Suche
2. Die Scherben von Nirma/Die Entscheidung
3. Die Scherben von Nirma/Eine neue Welt

Die Bände »Die Suche« und »Die Entscheidung« sind zuerst unter den Titeln »Die Scherben des Schicksals/ Die Suche« und »Die Scherben des Schicksals/Die Entscheidung« mit anderen Covern erschienen.
Mit der Veröffentlichung des dritten Bandes wurden sie umbenannt.

Demnächst:

Die Scherben von Nirma/Die Spiele von Zanano

Prolog

Gerzin wusste sofort, dass etwas nicht stimmte. Er hatte mit diesem Tag schon länger gerechnet und ihn gefürchtet. Trotzdem war er in dem Moment, als es passierte, überrascht. Eigentlich, so musste er sich eingestehen, war sein Assistent Raspe schon den ganzen Tag fahrig und nervös.

Aber da er selbst so mit dem Schicksal seiner Welt beschäftigt war, wurde es ihm nun erst bewusst.

Dafür war seine Wahrnehmung jetzt überdeutlich. Der falsche Geschmack des Tees, den Raspe wie an jedem Tag für ihn zubereitet hatte, der bittere Geschmack des Verrates und des Giftes lagen unverkennbar auf seiner Zunge. Er blickte auf und sah in die unruhigen, aber triumphierenden Augen seines Assistenten. Dieser konnte die Freude über seinen gelungenen Verrat nicht verbergen.

Die Genugtuung, die Raspe empfand, spiegelte sich auch in seinen nächsten Worten wider: »Hast du wirklich geglaubt, du wärst stärker als Brelor und könntest ihn besiegen? Hast du gedacht, du könntest dich in deinem Turm verkriechen und hier etwas finden, was Brelor aufhält? Du bist nichts weiter als ein törichter, alter Mann, dessen beste Jahre längst hinter ihm liegen.«

Gerzin sah Raspe fast mitleidig an: »Wie schon so oft, hast du auch diesmal das Offensichtliche übersehen. So sind einige Dinge direkt vor deiner Nase geschehen, ohne dass du sie bemerkt hast.«

Raspe wollte höhnisch grinsen, doch die Selbstsicherheit in Gerzins Worten irritierte ihn. Hatte der alte Mann noch einen Trumpf in der Hinterhand? Eigentlich unmöglich, er hatte immer genau aufgepasst, aber dennoch …

So knapp vor dem Ziel durfte kein Fehler mehr passieren. Mit einem Wutschrei stürzte Raspe sich auf Gerzin, aber der hatte damit gerechnet.

Gerzin sammelte seine Kräfte und entfesselte einen kurzen, heftigen Sturm. Raspe wurde quer durch den Raum geschleudert und blieb benommen an der gegenüberliegenden Wand liegen.

Der alte Mann gestattete sich nur einen schnellen Blick auf seinen bewusstlosen Assistenten und auf seinen Raum, in dem er so viel Zeit verbracht hatte. Er hatte ihn nur sehr spärlich eingerichtet, da er Platz zum Umherwandern brauchte. Rechts neben ihm stand sein alter Sessel, der an vielen Stellen schon durchgescheuert war und den er dennoch nicht missen wollte.

Wie oft hatte er dort gesessen und überlegt, welche Beschlüsse die besten für Nirma waren? Er hatte sich die Sorgen und Anliegen der Hüter und anderer Nirmaner angehört und ihnen Ratschläge erteilt. Und ab und zu hatte er sich auch ein kleines Nickerchen erlaubt.

Links von ihm stand ein Schreibtisch, auf dem sich Bücher und Papiere stapelten. Dieser Platz war ihm nicht ganz so lieb. Notwendigerweise hatte er sich dort mit Verwaltungsaufgaben beschäftigt.

Zuletzt betrachtete er noch den alten Wandteppich, der seit der Erbauung des Turms dort hing. Wie viele sich wohl im Laufe der Zeit diesen Teppich angesehen haben, ohne sein Motiv wirklich zu verstehen?, dachte Gerzin.

War die Umrandung des Teppichs eher traditionell nirmanisch gehalten, so zeigte die Mitte ein Bild aus dem Weltraum. Im Vordergrund erkannte man zwei grüne Planeten, im Hintergrund einen kleinen blauen. Alle drei Planeten waren durch wabernde Schlieren miteinander verbunden. Er war einer der wenigen, der die Bedeutung dieser Schlieren kannte. Siezeigten Verbindungen an, über die man zwischen den Planeten reisen konnte. Und genau diese eine Verbindung zwischen dem rechten grünen und dem blauen Planeten konnte jetzt ihre Rettung bedeuten.

Aber ihm blieb nicht mehr viel Zeit. Wenn er noch etwas unternehmen, noch einen Versuch starten wollte, seine Welt vor dem Untergang zu bewahren, dann musste er sofort handeln.

Gerzin schleppte sich mühsam zu dem Becken auf der anderen Seite des Raumes. Bereits vor einiger Zeit hatte er dort einen geheimen Zugang zu einer anderen Welt geschaffen, wohlwissend, dass er ihn eines Tages brauchen würde. Der Weg dorthin gestaltete sich äußerst schwierig. Das Gift, das Raspe ihm untergemischt hatte, wirkte schon, sein Körper begann sich zuverwandeln.

Es dauert bestimmt nicht mehr lange, bis ich mich gar nicht mehr bewegen kann, dachte er und schob sich langsam vorwärts.

Als er das Becken schließlich mit letzter Kraft erreichte, war sein gesamtes rechtes Bein und auch sein linker Fuß zu Stein geworden. Er würde sich nicht mehr von der Stelle fortbewegen können.

Mit leisen Worten machte er in diesem Becken das Portal in eine andere Welt sichtbar und aktivierte es.Das bis dahin ruhige Wasser des Beckens fing an sich zu bewegen. Es wurde schneller und schneller. Zuletzt entstand ein starker Strudel, bereit, alles, was in seinen Sog geriet, in unendliche und unbekannte Tiefen zu ziehen.

Dieses Portal würde nur für eine sehr begrenzte Zeit offen sein, bis dahin musste Gerzin es geschafft haben. Mit bedächtigen Handgriffen löste er die Kette, die er seit langer Zeit um seinen Hals trug. Am Ende der Kette hing ein Amulett, das aus fünf in unterschiedlichen Farben leuchtenden Kristallscherben bestand, die zusammen die Form eines Sterns ergaben.

Auf einen leise gemurmelten Befehl Gerzins, dessen Oberkörper und linker Arm mittlerweile ebenfalls zu Stein geworden waren, zerfiel der Stern auf seiner rechten Hand in seine fünf Einzelteile. Vorsichtig ließ er eine Kristallscherbe nach der nächsten in den Strudel rutschen. Er sah zu, wie sie sich der Bewegung des Wassers anpassten, immer kleiner wurden und endlich ins Unbekannte verschwanden.

Gerade als die fünfte Scherbe ins Wasser hineinglitt, hörte er einen fast unmenschlichen Schrei. Raspe war wieder zu sich gekommen und stürzte zum Becken. Er hatte seine rechte Hand in das Wasser getaucht und versuchte verzweifelt, wenigstens die letzte Scherbe im Strudel zu erreichen. Gerzin konnte noch sehen, wie sich das Portal schloss und die letzte Scherbe mitsamt Raspes Hand verschwand. Raspe hielt sich seinen Armstumpf und heulte so unerträglich, dass es sogar durch die dicken Mauern des Gebäudes drang.

Doch das hörte Gerzin schon nicht mehr. Kurz bevor er endgültig zu Stein wurde, dachte er: Es besteht noch Hoffnung.

George

Sie werden schon von seiner Lordschaft erwartet, Master George!«, begrüßte der alte Butler ihn mit ruhiger Stimme.

Natürlich, das war ja zu erwarten. Der Rektor hatte vermutlich nichts Besseres zu tun gehabt, als zum Telefon zu greifen und seinem Onkel die ganze Angelegenheit zu berichten.

Dabei waren bestimmt haufenweise Floskeln gefallen: »Ich bedaure außerordentlich …« oder »wir sind über diesen Vorfall äußerst betrübt …«, »wir wissen, dass es eine schwierige Situation ist …« und zu guter Letzt: »Wir wollen auf keinen Fall einen so herausragenden Gönner und Förderer unserer Schule verärgern.«

George wollte am liebsten vor Wut platzen, wenn er sich dieses Gespräch vorstellte. Wenn es wenigstens sein Vater gewesen wäre, der am anderen Ende der Leitung gesessen hätte. Aber der galt seit über drei Monaten nach einem Einsatz im MittlerenOsten als vermisst.

Der ehrenwerte Henry William, der Bruder seines Vaters, hatte seiner Mutter angeboten, bei der Verwaltung des großen Grundbesitzes zu helfen. Diese hatte, krank vor Kummer und Sorge, die Hilfe dankbar angenommen und sich selbst aus vielen Bereichen zurückgezogen.

Fairerweise musste man sagen, dass die Anwesenheit seines Onkels eigentlich ein Segen war. Und das hätte George sicher zu schätzen gewusst, wenn sich diese Hilfe nur auf die finanziellen und verwaltenden Bereiche erstreckt hätte.

Doch aus irgendeinem Grund sah sich sein Onkel dazu veranlasst, in seiner Erziehung mitzuwirken. Und auch dies überließ seine Mutter ihm im Moment nur zu gern. Schließlich war er immer schon ein schwieriges Kind gewesen. Die Ärzte nannten das: Auffälligkeiten im sozialen Kontakt, vor allem mit Gleichaltrigen. Dabei versuchte er, möglichst solche Schwierigkeiten zu vermeiden. Doch egal wie sehr er sich bemühte, sie fanden ihn immer wieder.

Die anderen Kinder schienen zu spüren, dass er irgendwie anders war. Anstatt dies als Bereicherung anzusehen, mieden sie ihn.

Stellte er eine Frage, wurde im besten Fall kurz, manchmal sogar gar nicht darauf geantwortet. Ignoriert zu werden, war für ihn das Schlimmste, viel schlimmer als irgendwelche anderen Gemeinheiten. Lachten seine Klassenkameraden oder unterhielten sich angeregt und er trat hinzu, verstummten sie augenblicklich und nahmen ihr Gespräch erst wieder auf, wenn er weiterging. Er fand einfach keine Möglichkeit, um mit den anderen zu sprechen. Hatte sich doch einmal zufällig ein Thema ergeben, war dies schnell erschöpft und sein Gesprächspartner wandte sich umgehend wieder jemand anderem zu. Es war so, als hätte jeder in seiner Klasse mindestens einen Freund, der für ihn einstand und zu ihm hielt, nur er war allein.

Dass sein Vater der Lord der Gegend war, machte die Sache auch nicht besser. Im Gegenteil, es hatte ihm den

Spitznamen »Lordie« eingebracht, einen Namen, den er abgrundtief hasste.

Da alle seine Versuche einen engeren Kontakt zu jemandem aufzubauen gescheitert waren, blieb er lieber für sich. Er hatte bereits vor langer Zeit beschlossen, dass dies das Beste war. Mittlerweile hatte er sich eine äußerst arrogante Haltung zugelegt, die er wie ein Schutzschild vor sich hertrug.

Zusammen mit seiner spitzen Zunge, die immer wieder bissig das Verhalten von anderen kommentierte, gelang ihm das nun ganz hervorragend. Meistens machten die anderen einen großen Bogen um ihn. Nur manchmalleg-ten sie es noch bewusst darauf an, ihn zu ärgern oder ihm eins auszuwischen, wie am heutigen Schultag.

Was an diesem Tag passiert war, war nun wirklich nicht seine Schuld. Michael gehörte zu den Jungen, die ihn am meisten zu hassen schienen. In der Schule hat er ihn dann so angestoßen, dass er hingefallen war und sich seine Bücher über den Flur verteilt hatten. Sofort hatten sich viele andere Schüler um sie versammelt und lachten.

Chris, Michaels Schatten, sagte: »Oh Michael, jetzt musst du aber aufpassen, dass Lordie uns nicht bei seinem Vater verpetzt.«

»Chris, das kann er doch gar nicht. Sein Vater ist bei einem Militäreinsatz vor Angst weggelaufen und traut sich jetzt nicht mehr nach Hause.«

George war gerade dabei seine Bücher zusammenzusuchen, als er diese gemeine Lüge hörte. Er stürzte sich ohne Nachzudenken auf Michael, obwohl er sich sonst nur mit Worten statt Fäusten wehrte. Doch wenn es um seinen Vater ging, sah er rot. Michael wurde von diesem Angriff so überrascht, dass er ohne Gegenwehr nach hinten fiel und sich den Kopf auf dem Boden anschlug. Sowohl die Platzwunde an seinem Hinterkopf als auch die Aussagen der anderen Schüler führten dazu, dass die herbeieilenden Lehrer Michael glaubten, der von einem heimtückischen Angriff ohne Grund sprach.

George, der schon ähnliche Situationen erlebt hatte, blieb stumm. Er wusste, dass es sowieso nichts bringen würde, sich zu verteidigen. Es waren ohnehin alle gegen ihn. Das war immer so.

Der Direktor der Schule wertete sein Schweigen als Schuldeingeständnis, suspendierte George sofort für eine Woche und drohte, mit seinem Onkel noch über weitere Maßnahmen zu sprechen.

Aus diesem Grund war George schon vormittags aus der Schule zurück und betrat nun mit stoischer, abweisender Miene das Arbeitszimmer seines Onkels, das eigentlich das seines Vaters war. Der schwere Schreibtisch, der bis auf eine klassische Schreibtischlampe mit grünem Glasschirm leer war, befand sich vor den hohen Erkerfenstern. Sein Onkel thronte auf einem schweren Ledersessel dahinter und blickte ihn streng und auch ein wenig ratlos an.

An den Wänden hingen alte, teilweise meterhohe Ölgemälde, von denen seine berühmten Vorfahren missbilligend und vorwurfsvoll auf ihn herabblickten. Er meinte, jedes Mal, wenn er im Verlauf der vergangenen Jahre in diesen Raum zitiert worden war, den stummen Vorwurf in ihren Augen zu spüren, die Familie mal wieder entehrt zu haben. Stumm ließ er den Vortrag seines Onkels über sich ergehen, dass er mit seinen fünfzehn Jahren endlich einmal ein vernünftiges, altersgerechtes Verhalten zeigen müsse, er sei schließlich der einzige Erbe eines alten Adelsgeschlechtes und müsse ein Vorbild sein.

An dieser Stelle biss George sich auf die Zunge und schaffte es nur mit Mühe, ein gleichmütiges Gesicht beizubehalten. Er schweifte mit seinen Gedanken ab. Er dachte an einen kalten Wintertag vor sieben Jahren. Damals hatten sich sein Zwillingsbruder Clayden und er im Alter von acht Jahren draußen gegenseitig mit Schnee beworfen.

Er wusste nicht mehr, wer von ihnen auf die Idee gekommen war, über den zugefrorenen Weiher zu schlittern. Erst blieben sie noch nahe am Rand, mit der Zeit wagten sie sich aber immer weiter hinaus, bis das Eis plötzlich unter ihnen wegbrach. Während es George irgendwie gelang, sich zu retten, verlor sein Bruder den Halt. George schrie herzzerreißend, während sein Bruder versuchte, mit dem Kopf über Wasser zu bleiben.

Der Chauffeur Thomas reagierte als Erster auf die Hilferufe. Er rannte, so schnell er konnte, zu den beiden Jungen, doch auch er konnte Clayden nicht helfen. Sobald er versuchte, die Eisfläche zu betreten, gab die zugefrorene Fläche unter seinem Gewicht nach. Hilflos mussten sie mitansehen, wie der Junge vor ihren Augen ertrank.

Nein, sein Onkel brauchte ihn wirklich nicht daran erinnern, dass er der Einzige war, der noch übrigblieb. Das hatte er schon vor langer Zeit begriffen, ebenso dass es ihm besserging, wenn er sich nur um sich kümmerte. War man allein, konnte man nicht verletzt oder verlassen werden.

Sein Onkel wusste von Kindern nicht wirklich viel. Er hatte nie geheiratet und auch keine eigenen Kinder. Da er früher zusammen mit seinem Bruder von einem Privatlehrer unterrichtet worden war, konnte er die Probleme und Herausforderungen einer richtigen Schule weder verstehen noch nachvollziehen.

»… und deswegen wirst du das Anwesen während deiner Suspendierung nicht verlassen«, hörte George gerade seinen Onkel sagen.

»Hast du mich verstanden? Hörst du mir überhaupt zu?« Dem Ärger nach zu urteilen, der in der Stimme seines Onkels mitschwang, war diesem sein abwesender Gesichtsausdruck nicht verborgen geblieben.

Rasch verdrängte George die unliebsamen Erinnerungen an die Vergangenheit und konzentrierte sich auf die Gegenwart.

»Ja, habe ich, klar und deutlich! Ich darf das Anwesen nicht verlassen«, wiederholte er die Worte seines Verwandten.

»Gut, dann sind wir uns ja einig.« Sein Onkel wendete sich wieder seinen Unterlagen zu, für George das Zeichen, dass er entlassen war.

Er bemühte sich möglichst zerknirscht auszusehen, als er eilig das Zimmer verließ. Gott sei Dank hatte sein Onkel nicht von Hausarrest gesprochen, denn zum Anwesen gehörte auch ein riesengroßer Garten, in dem sich Georges absoluter Lieblingsplatz befand.

In einer alten Kastanie hatte sein Vater ein Baumhaus

für George und seinen Bruder gebaut, als sie vier Jahre alt gewesen waren. Sie halfen ihrem Vater damals voller Stolz, es zu errichten. Seine Mutter brachte ihnen Limonade und Kekse und scherzte mit ihrem Vater. Er erinnerte sich, dass dies ein absolut perfekter und glücklicher Tag war, den er in seiner Erinnerung wie einen kostbaren Schatz hütete.

Wann immer er in seinem Leben traurig war, machte er sich auf den Weg zu seinem Baumhaus. Sobald er dort das ihn umgebende Holz roch, fühlte er sich augenblicklich besser. So verhielt es sich auchjetzt.

Er saß auf dem Boden seines Baumhauses, in das er mit seinen schon jetzt 1,75 Meter kaum noch hineinpasste, und strich sich mit seiner Hand durch sein leicht welliges, etwas zu langes, braunes Haar. Neben seiner Größe waren seine dunkelblauen Augen, die immer ein wenig spöttisch zu schauen schienen, das Auffälligste an ihm.

Von seinem Platz aus konnte er die Umgebung wunderbar durch ein gegenüberliegendes Fenster beobachten. Im Moment faszinierte ihn ein Specht, der wiederholt versuchte, ein Beutestück in seine Höhle im benachbarten Baumstamm zu bringen. Doch dieses Teil war vergleichsweise sperrig und der Vogel fand einfach nicht den richtigen Winkel.

Was mag dieser Gegenstand nur sein?, überlegteGeorge. Vielleicht eine alte Glasscherbe? Aber nein, die würde nicht so grün funkeln. Was dann? Ein LED-Licht, das noch eingeschaltet war? Das sah aber auch anders aus. Es könnte ein wertvolles Schmuckstück sein. Vielleicht hatte der Specht in seiner Höhle noch mehrversteckt.

Die Möglichkeit einen Schatz zu finden, versetzte George in helle Aufregung. Das musste er sich aus der Nähe ansehen!

Neugierig kletterte George von seinem Baumhaus auf einen Ast und robbte darauf vorsichtig ein Stückchen näher an sein Ziel heran. Da endlich schaffte der Specht es, seine Beute abzulegen. Gleich darauf flog er wieder weg. Das war die Gelegenheit. Geschickt hangelte sich George über weit ausladende Äste auf den anderen Baum und erreichte schnell das Versteck des Vogels. Langsam steckte er die Hand in den Baum und tastete umher. Da! Da war etwas! Triumphierend schloss sich seine Hand um eine Art Scherbe.

Plötzlich gab es einen grünen Lichtblitz. George merkte noch, dass er vom Baum fiel, als es schon um ihn herum dunkel wurde.

Fatma

Komm, lass uns Fatma fragen, ob sie mit uns spielen will«, hörte Fatma ihre Freundin fragen. Ihre Freundin Rabia stand mit drei weiteren Kindern vor dem Zelt. An den Stimmen erkannte Fatma Samira, Rabias kleine Schwester, ihren Cousin Aman sowie ihren Bruder Farid.

»Ach, vergiss es, wir wollen in Richtung der Berge und sie traut sich doch kaum aus ihrem Zelt hinaus, geschweige denn etwas weiter weg«, antwortete Farid. Ihr Bruder war etwas zu klein und zu dünn für sein Alter. Außerdem wirkte er oft zu ernst oder setzte einen altklugen Gesichtsausdruck auf, als wisse er so viel mehr als alle anderen. Aber sie liebte ihn von Herzen, und bis vor Kurzem waren sie noch ein Herz und eine Seele gewesen. Daher schmerzte es besonders, diese Worte nun aus seinem Mund zu vernehmen.

Traurig presste Fatma ihre Lippen aufeinander, wickelte sich eng in ihren Tschador und versuchte ihre Tränen zurückzuhalten. Sie wollte nichts lieber, als mit den anderen mitgehen, mit ihnen spielen und vergessen, wo sie sich befand.

Aber genau da lag das Problem: Sie konnte nicht vergessen, weder das, was die Extremisten in ihrem Land den Menschen angetan hatten, noch die Flucht, die ihre Familie und sie bis hierher in das Flüchtlingslager an der Grenze des Mittleren Ostens gebracht hatte. Zu ihren Verwandten zählten noch ihre Mutter, ihre drei kleineren Geschwister sowie ihr Onkel und ihre Tante mit zwei älteren Kindern.

Ihr eigener Vater hatte sich zusammen mit ihrem älteren Bruder dem Widerstand angeschlossen und versuchte, die radikalen Islamisten aufzuhalten. Sie hatten seit Monaten keine Nachricht mehr von ihnen erhalten, genau genommen seit dem Zeitpunkt, als sie ihr kleines Dorf verlassen hatten, um sich dem anrückenden Grauen entgegenzustellen.

»Ich muss es tun«, hatte ihr Vater auf ihr Flehen, nicht zu gehen und weiter bei ihnen zu bleiben, geantwortet. »Wenn sich keiner diesen Monstern entgegenstellt, werden sie das gesamte Land überrennen und überall die Macht an sich reißen. Wir müssen der ganzen Weltzeigen, dass nicht alle in diesem Land so sind und denken. Sei tapfer, meine Kleine. So Allah will, werden wir uns wiedersehen.«

Dann hatte er sie auf die Stirn geküsst, sich von allen verabschiedet und war mit ihrem Bruder und einigen anderen Männern des Dorfes zusammen losgezogen.

Über die stattfindenden Kämpfe bekamen sie nur wenig Informationen. Es waren Tage und Wochen der Ungewissheit. Schließlich häuften sich die Gerüchte, dass die Extremisten auf dem Vormarsch seien und ihr Dorf bald erreichen würden.

Daraufhin beschlossen ihr Onkel und ihre Tante, mit ihren Cousinen das Dorf in Richtung Grenze zu verlassen. Ihre Mutter wollte auf keinen Fall allein nur mit ihrer dreizehnjährigen Tochter Fatma, dem neunjährigen Farid und den vierjährigen Zwillingen Zohra und Kira zurückbleiben. Daher brachen sie gemeinsam auf. Alle durften nur das Nötigste mitnehmen.

Am schwierigsten fiel es Fatma, die Bibliothek ihres Vaters zurückzulassen. Bibliothek war eigentlich zu viel gesagt. An einer Wand standen ein paar Regale, die sich unter dem Gewicht der vielen Bücher durchbogen. Es gab viele Sach- und Rätselbücher, schließlich war ihr Vater der Dorflehrer gewesen, aber auch zahlreiche Abenteuerbücher und romantische Bücher.

Früher hatte ihr Vater ihr von jeder längeren Reise ein neues Buch mitgebracht. Sehnsüchtig hatte sie immer seine Rückkehr erwartet, um sich dann sofort mit dem Buch in ihr Zimmer zurückzuziehen und es meist noch in der gleichen Nacht vollständig zu lesen.

Als die Kämpfe zunahmen, die politische Situation schwieriger und die Reisewege gefährlicher wurden, hörten die Reisen ihres Vaters auf und somit auch der Zufluss an neuen Büchern. Umso kostbarer wurden für Fatma die bereits vorhandenen. Mit ihrer Hilfe konnte sie sich an andere Orte träumen, aufregende Abenteuer bestehen oder von einem Prinzen geheiratet werden. Sie konnte für kurze Zeit das Grauen um sich herum vergessen und die Geräusche der Gewehrsalven ausblenden.

Als sie ins Unbekannte aufbrachen, konnte sie lediglich ein Buch mitnehmen. Sie entschied sich für eines der ersten Bücher, die sie selbst gelesen hatte: »Alice im Wunderland« entführte sie immer wieder in eine bunte Welt und wurde auf der Reise zu ihrem kostbarsten Besitz.

Was auch immer mit ihrem Dorf, ihrem Haus und den anderen Büchern geschehen würde, dieses Buch würden die Extremisten nicht bekommen. Das war ihre kleine Form des Widerstandes.

Mittlerweile hatte sich ihr Widerstand auf der Flucht aufgelöst. Auf dem Weg ins Lager hatte sie so viel Hunger, Kälte und Gräuel erfahren und gesehen. Sie hatte keine Kraft mehr und war froh im Lager einigermaßen gefahrlos leben zu können. Freiwillig würde sie es auf keinen Fall mehr verlassen. Sie wollte draußen nichts sehen oder erleben, was ihr dieses kleine brüchige Gefühl von Sicherheit nehmen konnte.

Das war der Grund, warum sie ihr Zelt nur, wenn es sein musste, verließ. Und selbst dann hielt sie sich in seiner unmittelbaren Nähe auf.

Daher wäre Fatma wohl auch diesmal in ihrem Zelt geblieben, wenn nicht …

»Wetten, dass sie heute rauskommt«, sagte gerade ihr unmöglicher Cousin Aman, der keine Gelegenheit ausließ, sie zu ärgern und sich ihr gegenüber als Bestimmer aufzuspielen.

Aufmerksam geworden, spitzte Fatma die Ohren. Was hatte er jetzt wieder vor? Musste er ständig versuchen, diese ohnehin schwierige Situation für sie noch schlimmer zu machen?

»Vermisst du nicht irgendetwas?«, fragte er sie gerade durch die dünne Zeltwand. »Falls ja, findest du es in der Höhle unter der ersten Erhebung des Berges.« Kurz darauf hörte sie noch sein gehässiges Lachen und die sich entfernenden Schritte der Kinder.

Ihr wurde schlagartig eiskalt, trotz der warmen Temperaturen, ihr Herzschlag schien durch ihren Brustkorb hämmern zu wollen. Schnell stürzte sie zu ihren wenigen Habseligkeiten und durchsuchte sie geräuschvoll, doch ihr Buch war nicht da. Vielleicht hatte es sich eines ihrer Geschwister ausgeliehen, wohlwissend, dass dies großen Ärger bedeuten würde. Hastig kontrollierte sie auch noch ohne Erfolg deren Sachen.

Schweratmend ließ sie sich auf den Boden sinken. Sie musste den Tatsachen ins Auge sehen. Dieser widerwärtige Mistkerl hatte ihr Buch gestohlen und an einem, wie er glaubte, für sie unerreichbaren Ort versteckt. Aber da hatte er sich geirrt. Sie hatte vor einiger Zeit ihrem Vater versprochen, niemals aufzugeben. Sie würde sich auf jeden Fall ihr Buch zurückholen.

Da der Rest ihrer Familie erst in rund zwei Stunden in ihr Zelt zurückkehren würde, fiele ihre Abwesenheit vorläufig nicht auf. Sie nahm eine gefüllte Wasserflasche und schlich vorsichtig aus ihrem Zelt und dem Lager. Dabei war sie sehr darauf bedacht, niemandem zu begegnen, den sie kannte. Außerdem war sie in ihrem Tschador vergleichsweise anonym unterwegs.

Warum sie das Kleidungsstück ihrer Mutter noch im letzten Moment auf ihre Flucht mitgenommen hatte, vermochte sie gar nicht zu sagen. Denn eigentlich hatte sie im Gegensatz zu ihrer Mutter und Tante eher westliche Kleidung getragen, und hatte einen Tschador und eine Burka von ihren Verwandten nur angezogen, um sich zu verkleiden.

Ursprünglich hatte sie wohl gedacht, sie könne das lange Gewand als Decke und Schutz gegen die Kälte während ihrer Flucht nutzen.

Irgendwann, nach vielen schrecklichen Dingen, die sie auf der Flucht gesehen und erlebt hatte, hatte sie ihn angezogen. Sie stellte sich dabei vor, dass er eine unsichtbare Mauer bildete, an dem alles Schreckliche abprallte. Er wurde zu ihrer Rüstung.

Die dreizehnjährige Fatma war ein freundliches, hübsches Mädchen mit klugen dunkelbraunen Augen. Sie hatte ein noch leicht pausbackiges Gesicht und schwarze schulterlange Haare, die komplett unter ihrem Gewand verschwanden.

Als sie nun nach den langen Wochen zum ersten Mal wieder einen Fuß außerhalb des Lagers setzte, erschreckte sie die unerwartete Reaktion ihres Körpers. Ihre Knie zitterten, sie fing hektisch an zu atmen und sie fühlte sich schrecklich schutzlos und verwundbar. Es fehlte nicht viel, dass sie auf dem Absatz umkehrt und zurückläuft. Aber sie würde nicht aufgeben.

Ängstlich ging sie weiter in Richtung des vor ihr liegenden Berges. Zögernd begann sie mit dem Aufstieg, der anfangs nicht allzu schwierig war, sich mit zunehmender Höhe jedoch als tückisch herausstellte. Viele Steine waren sehr scharfkantig und sie schnitt sich mehrfach die Hände auf. Meist waren es nur kleine Kratzer, die auf Dauer aber schmerzten. An einigen Stellen kam sie gar nicht mehr weiter, musste zurück und sich einen anderen Weg suchen. Das schwindende Tageslicht sowie der wallende Stoff ihres Tschadors kamen erschwerendhinzu.

Jetzt erwies es sich als Glücksfall, dass ihr Körper von der extrem langen Flucht und den damit verbundenen Anstrengungen gestählt war. Trotz der Ruhepause in dem

Flüchtlingslager waren ihre Muskeln noch immer kräftig, so dass sie ungeachtet aller Widrigkeiten immer weiter vorankam.

Schließlich erreichte sie die Höhle, von der Aman gesprochen haben musste. Ohne sich auszuruhen, stürzte sie hinein und sah sich suchend um. Die Höhle war etwa zwölf Meter tief und acht Meter breit. Es gab einige Felsvorsprünge und das letzte Licht des Tages schaffte es soeben, zwei Drittel der Höhle in ein dämmriges Licht zu tauchen.

Wo hat Aman nur mein Buch versteckt?, dachte Fatma. Ich muss die Sache systematisch angehen. Am besten fange ich bei dem Spalt hier vorne an zu suchen und mache dann im Uhrzeigersinn weiter.

Besorgt warf sie einen Blick auf das verblassende Licht. Hoffentlich geht die Sonne jetzt nicht zu schnell unter.

Nachdem sie die Höhle komplett abgesucht hatte, dämmerte Fatma langsam, dass Aman sie reingelegt hatte. Sie hätte es sich direkt denken können. Dieser Feigling, angeben konnte er, andere drangsalieren, da war er der Erste, aber ansonsten nichts als heiße Luft. Natürlich hatte er sich nicht allein hierhin gewagt, ihr Buch hatte er wohl genommen, doch das befand sich sicherlich noch irgendwo im Lager.

Vor Wut und Enttäuschung kamen ihr die Tränen. Es war kalt, sie war hungrig und heute würde sie den Abstieg bestimmt nicht mehr schaffen. Resigniert ließ sie sich auf dem Boden nieder und starrte trübsinnig in die Dunkelheit.

Aber was war das? Ganz finster war es gar nicht. Sah sie

da vorne an der Wand nicht ein leichtes Schimmern? Ein leicht bläulich leuchtendes Etwas? Da schon wieder! Warum hatte sie das nur bisher nichtbemerkt?

Neugierig geworden, stand Fatma auf und näherte sich langsam der Stelle. Da steckte etwas in Höhe ihrer Brust in der Höhlenwand. Sie versuchte vorsichtig, das seltsame Ding mit ihrerHand zu fassen, rutschte aber ab.

»Komisch«, murmelte sie erstaunt vor sich hin. »Das fühlt sich so ähnlich an wie Glas. Wie kommt so etwas nur hierhin?«

Daraufhin umwickelte Fatma ihre Hand mit einem Stück Stoff ihres Tschadors und griff erneut zu. Sie spürte ein leichtes Ruckeln und ein plötzliches Nachgeben. Mit einem letzten Ziehen gelang es ihr, das pulsierende Objekt aus der Wand zu lösen. Verwundert blickte sie auf eine Scherbe in ihrer Hand.

Auf einmal brach ein blauer Blitz daraus hervor. Dann wurde es auch schon schwarz um Fatma …

Madu

Heute war sein großer Tag. Es war sein elfter Geburtstag und endlich war er alt genug, umin die Bande von Kwaku aufgenommen zu werden. Nur noch das Aufnahmeritual galt es zu bestehen. Er war zwar etwas nervös, machte sich aber eigentlich keine allzu großen Sorgen.

Häufig mussten die Kinder eine bestimmte Schlange finden, eine giftige Spinne auf ihre Hand nehmen oder einen schwierigen Baum hochklettern. Alles kein Problem für ihn.

Nachdenklich blickte er sich um. Madu betrachtete die anderen fünf Kinder in seinem Schlafraum, die momentan mit geschlossenen Augen in ihren Betten lagen. Er hatte Glück gehabt, dass hier alle friedlich schliefen. In den zwei weiteren Schlafräumen gab es immer mal wieder jemanden, der einen Alptraum hatte. Meistens träumten die Jungs von schlimmen Ereignissen in ihrem Leben. Das war nach wie vor so, obwohl einige von ihnen sich schon viele Jahre in diesem Kinderdorf im Herzen Afrikas befanden.

Madu lebte mittlerweile seit einigen Jahren hier und fühlte sich sehr wohl. Er war ein fröhliches Kind, bei dessen breiten Lachen zwei strahlend weiße Zahnreihen sichtbar wurden, die einen starken Kontrast zu seiner dunklen Haut und seinen kurzen schwarzen Haaren bildeten. Er lachte viel und gerne.

Dabei hätte Madu genau wie die übrigen Kinder genug Gründe für ein trauriges Gesicht und Alpträume gehabt. Seine Gedanken schweiften zu jenem Moment vor fünf Jahren ab, der sein Leben für immer verändern sollte. Madu kam an diesem Tag spät von seiner weit entfernt liegenden Schule nach Hause. Jeden Tag legte er mehrere Kilometer bei brütender Hitze zurück. Trotzdem war er unglaublich stolz zur Schule zu gehen, auch wenn dies erst seit drei Monaten der Fall war.

Es gab in seinem Dorf nicht viele Kinder, die das von sich behaupten konnten. Die meisten mussten ihren Eltern bei der Feldarbeit helfen, auf jüngere Geschwister aufpassen oder anderweitig Geld verdienen. Ab und zu kam das auch bei ihm vor, doch das sollte die Ausnahme bleiben. Seine Eltern versuchten alles, dass er es mal besser haben wird als sie selbst. Madu wollte sie nicht enttäuschen und strengte sich beim Lernen umso mehr an.

An dem besagten Tag hatte er auf dem Rückweg etwas getrödelt. Sein Freund Jamaal und er hatten noch Fußball gespielt. Den Ball hatten sie selbst aus Plastik, Papier und alten Reifen, die sie gefunden hatten, hergestellt. Dabei waren sie sehr sorgfältig und gewissenhaft vorgegangen. Als Lohn leistete er ihnen nun schon sehr lange treue Dienste und zeigte keinerlei Auflösungserscheinungen. Erst als beide vor Anstrengung nicht mehr konnten, hoben sie den Ball auf und setzten ihren Heimweg fort.

So kamen sie viel später als gewohnt bei Jamaals Hütte an. Madu musste das letzte Stück allein laufen, da er noch ein Dorf weiter wohnte.

Doch bevor er dieses erreichte, wurde er von Leuten,

die er noch nie gesehen hatte und die sehr wichtig wirkten, abgefangen. »Es tut mir leid, mein Junge«, sagte einer der Männer. »Wir mussten den Weg sperren. Du darfst das Dorf nicht betreten.«

»Wieso denn nicht? Ich lebe da. Meine ganze Familie ist dort.« Die Worte sprudelten nur so aus Madus Mund.

»Es hat einen Ebola-Ausbruch in deinem Dorf gegeben. Deshalb steht der gesamte Ort unterQuarantäne.«

»Ebola …?« Madu spürte, wie sich sein Herzangstvoll zusammenzog. Er hatte von dieser furchtbarenKrankheit gehört, aber sie war bisher immer irgendwo anders gewesen, nicht hier, nicht in seinem Dorf. Und seine Eltern? Waren sie auch krank?

Er musste zu ihnen. Unvermittelt stürmte er los, wurde allerdings schon wenige Meter weiter von den Männern aufgehalten. Es half kein Flehen und kein Toben, die Männer blieben unerbittlich.

Nachdem er sich beruhigt hatte, brachten die Männer ihn in ein Kinderdorf. Hier sollte er erst einmal leben.

Als mehrere Monate später die Quarantäne seines Heimatdorfes aufgehoben wurde, war es bereits zu spät. Er erfuhr, dass über Dreiviertel der Dorfbevölkerung tot war, darunter seine ganze Familie. Verzweiflung überkam ihn.

Zuerst schrie und tobte er und leugnete die furchtbare Wahrheit. Er beschuldigte die Menschen in seiner Umgebung, ihn nur von seiner Familie fernhalten zu wollen. Nach einigen Tagen legte sich sein Jähzorn so plötzlich, wie er gekommen war. Er wurde ganz ruhig und sprach mit niemanden ein Wort, bis von einem Moment zum nächsten die Tränen kamen. Er weinte und weinte.

Als der Tränenstrom endlich versiegte, fühlte er sich erstaunlicherweise besser. Er lernte, den Tod seiner Familie zu akzeptieren. Dabei half ihm auch der Umstand, dass er in dem Kinderdorf, in dem er sich mittlerweile gut eingelebt hatte, bleiben durfte.

Fast von Anfang an hatte er Kwaku und seine Jungs bewundert. Sie waren einfach die Coolsten im Dorf. Und Kwaku war der Beste von allen. Er war schon sechzehn Jahre alt, groß und stark und hatte immer einen flotten Spruch auf den Lippen. Außerdem war er unglaublich mutig. Er hatte ganz allein einen Löwen, der sich in die Nähe ihrer Hütten verirrt hatte, verjagt.

Madu bewunderte ihn zutiefst und wollte genauso werden wie Kwaku oder zumindest in seiner Nähe sein. Leider war er bisher noch zu jung gewesen, um zu dessen Clique dazuzugehören. Aber ab heute nicht mehr, heute würde es endlich soweit sein.

Nach dem Frühstück und der Schule musste er noch seinen Pflichten nachkommen. Normalerweise erledigteer diese sehr gern, da er in diesem Monat in der Gartengruppe eingeteilt war. Dort versuchten sie, essbare Pflanzen anzubauen. Doch heute war er zappelig und konnte es nicht erwarten, dass seine freie Zeit begann. Es kam ihm unglaublich lange vor, bis er endlich zum vereinbarten Treffpunkt laufen konnte.

Kwaku hatte alle seine Jungs um sich versammelt. So war das immer, wenn sie ein neues Mitglied aufnehmen wollten. Die Jungen waren neugierig, welche Prüfung zu bestehen war.

Madu trat zu ihnen und bei seinen nächsten Worten

schwang doch eine gewisse Anspannung mit: »Okay, Kwaku, was soll ich machen?«

»Du musst zur Mamboo gehen und uns etwas von ihrem Altar bringen.«

Madu blickte Kwaku erschrocken an. Das konnte nicht sein Ernst sein! Die Frau war eine Voodoopriesterin und Schamanin, die mit Geistern sprechen und zaubern konnte. Eine Mamboo verärgerte man nicht und erst recht bestahl man sie nicht.

Hinzu kam, dass sie nicht nur die Schamanin des Dorfes war, sondern eine der berühmtesten und angesehensten des Landes. Die Menschen kamen von weit her, um ihren Rat zu erfragen oder sich von ihr behandeln zu lassen.

Unmöglich, das konnte er nicht machen. Sie würde Geister auf ihn jagen, die ihn bis zu seinem Lebensende und wahrscheinlich noch darüber hinaus verfolgen würden.

»Das geht nicht, bitte, lass mich irgendetwas anderes machen. Alles, bitte alles, nur das nicht«, flehte Madu Kwaku an.

Doch der blieb unerbittlich. »Auch für dich gibt es keine Ausnahme. Jede andere Prüfung wäre zu leicht für dich. Aber etwas mit Geistern, etwas, wo du dich wirklich überwinden musst, das ist etwas anderes.«

Madu schüttelte energisch den Kopf. »Sobald sie merkt, dass ich ihr etwas gestohlen habe, wird sie mich verhexen.«

»Dann sorge dafür, dass sie es nicht merkt.« Überrascht schaute Madu auf. »Es reicht vollkommen aus, wenn du den Voodoo-Gegenstand zu uns bringst und ihn kurz zeigst. Danach kannst du ihn unbemerkt zurückbringen.«

Madu dachte gerade über diese Möglichkeit nach, als Kwaku weitersprach: »Sie geht immer morgens um sieben Uhr zum Markt und ist meistens eine Stunde unterwegs. Mehr als genug Zeit für dich, die Aufgabe zu erledigen. Aber du musst es morgen oder übermorgen machen, damit wir dich aufnehmen.« Mit diesen Worten ließ er Madu allein.

In der folgenden Nacht konnte Madu kaum schlafen. Er warf sich ruhelos hin und her. Im Morgengrauen stand sein Entschluss fest. Er war kein Feigling und würde es versuchen.

Noch vor dem Frühstück schlich er sich raus und lief den kurzen Weg zur Hütte der Mamboo. Aus sicherer Entfernung beobachtete er sie. Die Mamboo traf gerade letzte Vorbereitungen, um zum Markt zu gehen. Offenbar wollte sie einige ihrer berühmten Kräutermischungen und Medizinbeutel sowie verschiedene Zauberutensilien verkaufen oder gegen andere Dinge tauschen.

Von den magischen Dingen gehörten besonders die Armbänder, die gegen ungewollte Kinderlosigkeit helfen sollten, zu den beliebtesten. Mit einem großen Korb am Arm machte sie sich schließlich auf den Weg.

Mit klopfendem Herzen trat Madu an die Hütte heran. Bei dieser handelte es sich um ein traditionelles afrikanisches Rundhaus. Die Wände bestanden aus Lehm und Kuhdung, das Dach aus Stroh. Es hatte zwei kleine Fenster- und eine Türöffnung, vor der ein bunter, aus Glasperlen bestehender Vorhang hing.

Der Junge schluckte noch einmal, schob die Vorhangstränge zur Seite und betrat das Hütteninnere. Fast erwartete er, dass sich Haus- oder Schutzgeister auf ihn stürzten, und atmete erleichtert aus, als dies nicht geschah. Hastig blickte er sich um.

Am anderen Ende der Hütte war eine Art Altar aufgebaut mit allerlei seltsamen Gegenständen. Als er sich ihm näherte, spürte er einen eisigen Hauch auf seiner Haut. Ängstlich machte er das Zeichen gegen das Böse.

Plötzlich glaubte er, Stimmen zu hören. Er musste hier raus. Die Geister kamen. Er schnappte sich den nächstbesten Gegenstand, steckte ihn ein und lief schnell ins Kinderdorf zurück.

Er war gerade mal etwas über eine halbe Stunde weg gewesen, aber ihm war es wie eine Ewigkeit vorgekommen und er fühlte sich sehr erschöpft. Die anderen erwarteten ihn schon.

»Und hast du uns was mitgebracht?«, fragte Kwaku.

Madu nickte, griff in seine Tasche und holte seine Beute heraus. Erschrocken zuckten die anderen Kinder zurück. Madu zeigte ihnen eine Hand! Und als wäre das noch nicht seltsam und schaurig genug, war diese auch noch hellgrün.

Vor Schreck hätte Madu sie fast fallen gelassen, betrachtete sie dann aber fasziniert. Die Haut war stark ledrig und hatte sich um die Knochen zusammengezogen. Obwohl die Finger zur Faust geballt waren, konnte Madu einen bräunlichen Schimmer aus dem Innern erkennen. Vorsichtig versuchte er, die Fingeraufzubiegen.

»Was machst du da?«, fragte Kwaku nervös und machte wie die anderen das Zeichen gegen das Böse.

Madu ließ sich davon nicht beirren und arbeitete konzentriert weiter. Schließlich gelanges ihm, zwei Finger der Hand soweit aufzubiegen, dass er ein Objekt daraus hervorziehen konnte.

Sieht aus wie eine Scherbe, dachte Madu, als es schon einen braunen Blitz gab und es schwarz um ihn wurde.

Nicht weit entfernt auf dem Marktplatz blickte die Mamboo auf und murmelte leise: »Das wurde aber auch Zeit, Madu, das wurde auch Zeit.«

Charlie

Ruhig, Jumper, ruhig«, beruhigte Charlie ihren Hund. »Nur noch ein bisschen Geduld, dann bekommen wir unser Abendessen.«

Zumindest hoffte sie das. Charlie und Jumper beobachteten seit einer halben Stunde den Hinterausgang und den Müllcontainer eines Restaurants und warteten darauf, dass die Essensreste der vergangenen Stunden entsorgt werden. Sie hatten seit zwei Tagen nicht wirklich etwas gegessen und langsam wurde es schwierig, sich auf den Beinen zu halten.

Außerdem sanken die Temperaturen im herbstlichen New York immer weiter und Charlie fror entsetzlich in ihrer dünnen Jacke. Hätte sie sich nicht ab und zu an ihren wuscheligen und warmen Mischling kuscheln können, wäre sie vermutlich schon längst vor Kälte erstarrt.

Hätte ihr jemand vor ein paar Monaten gesagt, dass sie sich irgendwann in dieser Situation befinden würde, hätte sie den Betreffenden laut ausgelacht und für verrückt erklärt.

Doch vor fast genau sechs Monaten hatte sich ihr Leben von jetzt auf gleich vollkommen verändert: Ihre Eltern waren bei einem Autounfall ums Leben gekommen. Ein übermüdeter LKW-Fahrer hatte auf regennasser Straße die Kontrolle über sein Fahrzeug verloren und das Auto mit ihrer Mutter und ihrem Vater von der Straße gegen einen Baum geschoben.

Als wäre ihr Tod allein nicht schon furchtbar genug, nagten auch noch enorme Schuldgefühle an Charlie.

Sie war an jenem Tag zu spät von einer Verabredung zurückgekommen, woraufhin ihre Eltern ebenfalls mit Verspätung zu einer Geburtstagsfeier gefahren waren. Wären sie wie geplant aufgebrochen, wären sie dem Lastwagen nie begegnet. Das würde sie sich nie verzeihen.

Die Tage danach sowie die Beerdigung erlebte sie wie in Trance. Sie aß kaum, schlief schlecht und nickte nur abwesend, wenn sie etwas gefragt wurde.

Charlie war dreizehn Jahre alt und hatte einen schlanken Körperbau. Von Natur aus war sie immer schon der blasse Typ, aber jetzt wirkte sie fast durchscheinend.

Am stärksten jedoch war die Veränderung an ihren ehemals vor Lebendigkeit sprühenden Augen zu sehen. Sie blickten nur noch stumpf und ohne Glanz. Selbst ihr immer etwas widerspenstiges, leicht gelocktes rotblondes Haar hing glanzlos herunter.

Sie hatte bis auf eine Großmutter keine weiteren Verwandten. Die Freunde ihrer Eltern und ihre eigenen Freunde versuchten zwar ihr zu helfen, konnten ihr jedoch auch nicht ihre Familie ersetzen.

Ihr einziger Trost in dieser Zeit war Jumper, der kleine Mischling, den sie vier Jahre zuvor von ihren Eltern zu Weihnachten geschenkt bekommen hatte. Ihm konnte sie all ihren Kummer erzählen, er hörte geduldig zu, wenn sie sich in Selbstvorwürfen erging, und er blieb still neben ihr liegen, bis sie sich an seiner Seite erschöpft in den Schlaf geweint hatte.

Drei Tage später saß Charlie mit ihrer Großmutter und

einer Frau vom Jugendamt, Frau Smith, zusammen, um Charlies neue Lebensumstände zu besprechen.

»Deine Grandma möchte gerne, dass du bei ihr lebst«, erklärte ihr gerade Frau Smith. »Wenn du einverstanden bist, können wir das gerne versuchen. Wenn dies jedoch nicht funktioniert oder es deiner Großmutter zu viel wird, musst du in ein Kinderheim.«

Bisher hatte Charlie dem Gespräch zwischen den zwei Erwachsenen teilnahmslos zugehört. Doch jetzt zauberte die Aussicht, bei ihrer Oma bleiben zu können, ein kleines Lächeln auf ihre Lippen. Sie drückte liebevoll die Hand der alten Frau und nickte: »Wir schaffen das!«

So zog sie kurz darauf mit ihren Sachen, wenigen Erinnerungsstücken und Jumper zu ihrer Grandma. Alle anderen Dinge, das Haus, die Möbel sowie die wertvollen elektronischen Geräte, sollten verkauft unddas erhaltene Geld dann auf ein Konto eingezahlt werden. Sobald sie volljährigwar, konnte sienach Belieben darüber verfügen. Doch auch dies alles nahm Charlie nur am Rande wahr. Sie war froh bei ihrer Großmutter zu sein, die sie sehr liebte. Allerdings spürte sie deutlich die Traurigkeit der alten Frau, die den Verlust ihrer einzigen Tochter und ihres Schwiegersohnes nicht verwinden konnte.

Wäre dies das einzige Problem gewesen, dann hätte Charlie dennoch die nächsten Jahre gut an diesem Ort verbringen können.

Leider stellte Charlie schnell fest, dass ihre Grandma nicht immer in der Realität verankert war. Anfangs war sie nur selten und für wenige Sekunden verwirrt, dann jedoch dauerten diese Zustände immer länger an. So fand Charlie zum Beispiel Blumen im Kühlschrank oder die Fernbedienung vom Fernseher im Backofen wieder.

Obwohl Charlie mehrfach versucht hatte, diese Probleme anzusprechen, hatte sie von ihrer Großmutter nur völlige Verständnislosigkeit geerntet. Da sie die zunehmende Verzweiflung der alten Frau spürte, die sich beim besten Willen nicht an die Vorkommnisse zu erinnern vermochte, beseitigte Charlie Auffälligkeiten schnell und kommentarlos.

Auf diese Weise funktionierte der Alltag bis auf wenige Ausnahmen ganz gut. Heikel blieben nur die Kontrollbesuche des Jugendamtes, die sie bisher aber immer problemlos gemeistert hatten.

Doch dann kam jener verhängnisvolle Tag, ein Mittwoch, an dem ihr Mathelehrer ihr wegen nicht vorhandener Hausaufgaben eine Stunde Nachsitzen aufgebrummt hatte. Als sie deshalb verspätet nach Hause kam, schwante ihr schon nichts Gutes, als sie das Auto des Jugendamtes vor der Haustür stehen sah.

Wie sich herausstellte, hatte Granny ihren bis dato schlimmsten Aussetzer. Abgesehen davon, dass sie die Frau vom Jugendamt nicht erkannte, konnte sie sich auch nicht daran erinnern, eine Enkelin mit Namen Charlie zu haben. Und als wäre das alles nicht schon schlimm genug, hatte sie an dem Tag noch beschlossen, überall in der Wohnung Kerzen anzuzünden. Nur einem Wunder war es zu verdanken, dass nichts in Brand geraten war.

Nach diesem Vorfall war für Frau Smith die Sache eindeutig. »Es tut mir wirklich leid, Charlie.« Mitfühlend hatte die Sozialarbeiterin sie angesehen. »Aber ich sehe keine andere Lösung. Deine Großmutter braucht mehr Pflege, als du ihr geben kannst, und du bist noch zu jung, um allein zu leben. Das Kinderheim, in das du kommst, wird dir bestimmt gefallen.«

Stumm hatte Charlie zugehört und wollte sich in ihr Schicksal fügen, als Frau Smith hinzufügte: »Jetzt müssen wir nur noch ein Tierheim für Jumper finden, denn den kannst du leider nicht mitnehmen.«

Das werde ich auf keinen Fall zulassen, dachte Charlie aufgewühlt. Ich werde mich niemals von meinem Hund trennen.

Sie hatte Mühe, ihre Tränen zurückzuhalten und eine unbeteiligte Miene aufzusetzen. Gleichzeitig verspürte sie eine Energie und Entschlossenheit, die sie zuletzt vor dem Tod ihrer Eltern erlebt hatte.

Schnell stand ihre Entscheidung fest, mit Jumper wegzulaufen. Noch in der gleichen Nacht setzte sie ihren Entschluss in die Tat um. Dabei hatte sie nur einen Rucksack mit Kleidung und etwas Erspartem.

Die ersten Tage verliefen noch relativ unproblematisch. Es war warm und sie konnte gut im Park oder unter einer Brücke schlafen. Wenn sie Hunger hatte, kaufte Charlie eine Kleinigkeit. Dann jedoch wurde das Wetter schlechter und ihr Erspartes ging langsam zur Neige. Sie versuchte, in einem der zahlreichen leerstehenden Häuser unterzukommen, stellte aber fest, dass sich dort oft Junkies und Jugendbanden aufhielten. Eines Nachts wurde ihr sogar ihr Rucksack mit ihrem ganzen Besitz gestohlen und wäre Jumper nicht gewesen, wäre ihr vermutlich sogar Schlimmeres passiert.

Zu diesem Zeitpunkt traf sie John, einen etwas kauzigen Obdachlosen, der schon über zwanzig Jahre auf der Straße lebte. Er nahm sie mit zu seinem Schlafplatz in einem alten verlassenen Tunnel und zeigte ihr einige Tricks zum Überleben.

Von ihm bekam sie auch verschiedene Restaurantadressen, an deren Hintertür man sich bei Ladenschluss nicht benötigte Lebensmittel und Essensreste abholen konnte. Mit John an ihrer Seite, der überall bekannt war und vor dem die anderen Obdachlosen und Straßenkids großen Respekt hatten, erhielt sie immer eine große Portion und auch Jumper hatte genug zu fressen.

Unglücklicherweise wurde John vor zwei Tagen krank. Weil es ihm nicht besserging, machte Charlie sich allein auf den Weg, etwas zu Essen zu besorgen.

Das alles war der Grund, warum sie spätabends vor der Hintertür eines Restaurants wartete. Endlich ging die Tür auf. Einer der Hilfsköche kam mit einer Tüte voller Lebensmittel heraus und blickte sich suchend um. Schnell ging Charlie zu ihm, nahm die Tüte dankbar an sich und machte sich auf den Heimweg.

»Na, wen haben wir denn da?«, ließ sie in diesem Moment eine Stimme erstarren. »Wenn das nicht die kleine Charlie ist. Diesmal ganz ohne ihren Beschützer. Was hast du denn da Schönes?«

Oh je, das roch nach Ärger. Charlie erkannte die Stimme sofort. Sie gehörte dem narbigen Jeff. Der Chef einer Straßenbande hatte seine Kumpane immer im Schlepptau und auch jetzt standen sie grinsend und abwartend hinter ihm. Mit diesen Typen war wirklich nicht zu spaßen.

Gemeinsam mit John hatte sie ihnen einige Male die besten Tüten vor der Nase weggeschnappt. Eine Tatsache, die Jeff regelmäßig zur Weißglut gebracht hatte. Er schien nur auf die Gelegenheit gewartet zu haben, sie einmal allein anzutreffen, um sich zu rächen.

»Lass mich durch, Jeff!«, sagte sie mutiger, als siesich fühlte.

Ein gehässiges Lachen war die Antwort. »Aber sicher doch, meine Schöne, du musst uns als Wegzollnur deine Tüte dalassen.«

Drohend kam er auf sie zu, seine Bande folgte ihm, wie von einem unsichtbaren Seil gezogen.

Scheinbar resigniert hielt Charlie ihm die Tüte hin, nur um ihm in dem Augenblick, als er zugreifen wollte, fest gegen das Schienbein zu treten und wegzulaufen.

»Du Miststück«, hörte sie Jeff hinter sich herbrüllen.

Seine ganze Bande rannte nun hinter ihr her. Obwohl sie sich hier gut auskannte, kamen die Verfolger näher. Sie brauchte dringend ein Versteck.

Da fiel ihr Johns Rat ein: »Wenn du verschwinden willst, geh in den Untergrund.«

Er hatte dabei zwar eher an eine Flucht vor der Polizei oder dem Jugendamt gedacht, aber der Fluchtplan funktionierte sicher auch, um einer Gang zu entkommen. Ganz in der Nähe war eine Stelle, an der ein Kanaldeckel fehlte. Auf ihrem Weg über die Leiter nach unten konnte sie Jumper jedoch nicht mitnehmen.

»Jumper«, keuchte sie, »lauf zu John! Wir treffen uns dort.« Als Antwort bekam sie ein zustimmendes Wuff und er verschwand von ihrer Seite.

Wenige Minuten später gelangte sie an die Öffnung in der Straße. Sie begann sofort mit dem Abstieg. Schon nach zwei Metern konnte sie nichts mehr sehen. Der unerträgliche Gestank raubte ihr den Atem. Unten angekommen, blieb sie stehen, um kurz durchzuatmen. Über sich hörte sie die Stimmen der Jugendlichen.

»Vergiss es, Jeff. Keine zehn Pferde bringen mich darunter. Da stinkt es widerlich und außerdem ist es gefährlich. Es soll Leute geben, die sind da hineingegangen, aber nie wieder hinausgekommen.«

»Na gut, dann warten wir eben hier oben«, und nach unten rief er: »Hast du gehört, Prinzesschen? Entweder kommst du hier oben wieder raus und holst dir deine Abreibung oder du wirst für immer unten bleiben.«

Das werden wir noch sehen, dachte Charlie sich. Die bin ich erstmal los. Wie komme ich nun zu John?

Sie folgte dem Tunnel tiefer in die Kanalisation hinein. Nach einigen Abzweigungen war ihr klar, dass sie sich verlaufen hatte. Es war dunkel und bis auf ein paar Ratten war ihr noch niemand begegnet. Plötzlich stieß ihr Fuß gegen etwas Klirrendes, das ein paar Meter weiter schlitterte und rot flackerte.

Neugierig bückte sie sich danach, hob es auf und nahm noch verwundert den roten Blitz wahr, als sie auch schon in die Dunkelheit gezogen wurde.

Sying

Er sah, dass seine Eltern auf ihn warteten. Sie blickten sich immer wieder suchend nach ihm um. In wenigen Minuten hatten sie ihren Auftritt. Sie waren die letzte große Nummer vor dem Finale.

In diesem chinesischen Zirkus war eine Nummer herausragender als die nächste, trotzdem galt die ihre als eine der besten. In schwindelerregender Höhe zeigten sie Seilakrobatik ohne Netz auf allerhöchstem Niveau.

Sein Vater versuchte Chen, den Chef ihrer Truppe, immer wieder davon zu überzeugen, dass das Publikum ihre Vorstellung auch mit mehr Sicherheit für die Artisten genauso gut finden würde, aber davon wollte Chen nichts hören.

»Es ist überhaupt nicht das Gleiche«, pflegte er zu antworten. »Das Publikum leidet viel mehr mit, das Adrenalin ist höher und die Spannung steigt bei den Zuschauern nur ins Unermessliche, wenn es wirklich gefährlich ist. Außerdem gibt es nicht mehr viele Seilakrobaten, die ohne Netz arbeiten. Wenn wir weiterhin erstklassige Arrangements haben wollen, müssen wir uns von den anderen abheben.«

Damit war die Diskussion dann immer beendet. Denn jeder Artist hatte unglaubliche Angst davor, nicht mehr von den großen Veranstaltern oder Zirkussen gebucht zu werden. Dies bedeutete, seinen zukünftigen Lebensunterhalt in drittklassigen Shows oder auf der Straße bestreiten zu müssen.

Da nahm man lieber ein höheres Risiko bei den Auftritten in Kauf.

Sying war praktisch von Geburt an ein Zirkuskind. Er kannte kein anderes Leben und wollte auch keins. Von klein auf hatte er hart trainieren müssen. Doch das gehörte nun mal zum Artist sein dazu. Es machte ihm nichts aus.

Er liebte es, die Zirkusluft zu atmen und in kurzer Zeit so viele unterschiedliche Menschen und Länder kennenzulernen; vor allen Dingen aber liebte er den Applaus. Seit er im zarten Alter von zwei Jahren zum ersten Mal aufgetreten war und die Begeisterung der Menge gespürt hatte, war er süchtig danach.

Mit seinen elf Jahren galt er mittlerweile schon als alter Hase im Geschäft und machte bereits bei äußerst schwierigen Darbietungen mit. Dabei kam ihm seine vergleichsweise geringe Körpergröße sowie sein drahtiger und durchtrainierter Körper zugute.

Die allerschwierigsten Kunststücke erlaubten seine Eltern ihm jedoch nur während des Trainings, wenn sich ein sicheres Netz unter dem Seil befand. Er hielt dies für übertrieben, da er die meisten von ihnen sowieso im Schlaf beherrschte und er sich auf dem Seil fast wohler als auf dem Boden fühlte. Aber solange er noch nicht volljährig oder zumindest einiges älter war, konnte er in dieser Angelegenheit leider nichts machen.

So vergingen Monate und Jahre und Sying war mit seinem Leben zufrieden, bis ziemlich genau vor einem Jahr. Da geschah es zum ersten Mal.

Er wachte auf und konnte nicht mehr richtig sehen. Sein

Gesichtsfeld war zur rechten Seite eingeschränkt. Sying schrie panisch nach seinen Eltern, die versuchten, ihn zu beruhigen, und ihm versicherten, dass bald wieder alles in Ordnung sei.

Wie besorgt sie jedoch in Wirklichkeit waren, zeigte sich daran, dass sie umgehend einen Arzt konsultierten. Denn normalerweise lebten Zirkusleute nach dem Motto: »Was von allein kommt, geht auch von allein.« Außerdem kostete ein Arztbesuch leicht das wenige Ersparte.

Die gute Nachricht war, der Arzt konnte eine Ursache für seine Probleme feststellen, eine degenerative Augenkrankheit. Die schlechte Nachricht war, er konnte nicht helfen. Niemand konnte das.

Sying erinnerte sich noch wie gestern an das Gespräch zwischen dem Arzt und seinen Eltern.

»Es tut mir leid, aber bei dieser Art der Erkrankung sind wir machtlos. Ihr Sohn wird in den nächsten Jahren vollständig erblinden.«

»Man muss doch etwas machen können. Wenn nicht in China, dann vielleicht in Amerika oder Europa …? Wir haben eine große Familie und können uns das benötigte Geld bestimmt zusammenleihen. Sie müssen uns nur sagen, an wen …«

Flehentlich sah sein Vater sein Gegenüber an.

Dieser rückte seine Brille auf der Nase zurecht und schüttelte bedauernd den Kopf. »Das ist keine Frage des Geldes oder des Landes. Es gibt keine Heilung.«

Sying erlebte die Unterhaltung wie in Trance mit. In wenigen Minuten wurde mit ein paar Sätzen seine Zukunft zerstört. Wie sollte er als Blinder noch im Zirkus arbeiten? Er fühlte sich, als hätte ihm jemand alle Lebensfreude genommen. Resigniert verließ er mit seinen Eltern die Praxis. In Ermangelung einer Alternative versuchte seine Familie, Syings drohende Zukunft zu verdrängen und kehrte in ihren gewohnten Alltagzurück.

Aus irgendeinem Grund jedoch schien die Erkrankung bei Sying schneller fortzuschreiten als üblich. Vor drei Monaten erblindete er auf dem rechten Auge komplett und auf seinem linken konnte er nur noch wie durch einen kleinen engen Tunnel sehen. Letzteres verheimlichte er seinen Eltern bisher, er wollte ihre Sorgen nicht noch verstärken.

An diesem Morgen fand die letzte Probe vor dem Auftritt statt. Sying wollte gerade das Seil betreten, als …

Oh nein, ich kann gar nichts mehr sehen! Alles ist dunkel, schoss es ihm panisch durch seinenKopf.

Erstarrt blieb er stehen.

Was soll ich nur tun? Moment … langsam wird es heller und einige Umrisse kann ich auch wieder erkennen. Alles liegt wie in dichtem Nebel.

Aber Nebel in einem Zirkuszelt, das konnte nicht sein. Er wusste leider nur zu genau, was dies bedeutete. Die Erkrankung trat an seinem linken Auge in die letzte Phase. Es würde nicht mehr lange dauern und er konnte gar nichts mehr sehen. Nie mehr. Das war nicht fair! Der Arzt hatte gesagt, so weit würdees erst in einigen Jahren sein. Der Mann hatte studiert, er konnte sich doch nicht irren.

Sying blickte auf das Seil vor sich. Er traute sich nicht mehr, es zu betreten, da er es nur ab und zu bruchstückhaft erkennen konnte. Schnell ließ er sich in das Netz, das unter ihm aufgespannt war, fallen. Bei seiner Gruppe entschuldigte er sich damit, dass er noch seine Kleidung für den nächsten Auftritt zusammensuchen müsse. Die anderen schauten ihm erstaunt nach.

Wie durch ein Wunder schaffte er es, das Zelt zu verlassen, ohne gegen irgendetwas oder irgendwen zu laufen. Er versteckte sich in dem Kassenhäuschen, das zu diesem Zeitpunkt noch unbesetzt war. Er wollte niemanden sehen. Die Ironie seiner Worte ließ ihn auflachen. Er konnte es gerade nicht, selbst wenn er gewollt hätte.

Nach einiger Zeit lichtete sich der Nebel vor seinem Auge, und er konnte seine Umgebung wieder einigermaßen klar erkennen.

Daraufhin verließ er sein Versteck und überlegte, was er tun sollte. Zwar konnte er momentan sehen, aber das konnte sich jederzeit ändern. Nein, er wollte unter keinen Umständen bei dem Auftritt mitmachen. Er spürte immer noch seine Panik, als das Seil vor seinen Augen verschwamm und zwischendurch sogar ganz verschwand.

Stattdessen kletterte er unter die Sitzbänke im Zirkuszelt. Er konnte von dieser Stelle alles beobachten, ohne selbst gesehen zu werden.

Daher bekam er auch mit, wie seine Eltern erst auf ihn warteten, ihn dann suchten und schließlich mit denanderen diskutierten. Offensichtlich wollten sie das Programm ein wenig umstellen. Es schien, als würde seine Cousine Lin heute ihren großen Auftritt bekommen. Sie konnte zwar nicht so schwierige Kunststücke wie er, hatte aber trotz ihrer erst sechs Jahre schon einige tolle Dinge gelernt, die sie vorführen konnte. Sehr gut, dann musste er sich wenigstens keine Vorwürfe machen, dass er den Auftritt sabotierte.

Von seinem Platz aus verfolgte er die Show. Es klappte alles hervorragend und auch von der Seilakrobatikgruppe waren die Zuschauer absolut begeistert. Leise krabbelte er unter den Sitzbänken zur Zeltwand, um während des Finales, bevor alle Menschen aus dem Zelt gingen, sein Versteck zu verlassen.

Da bemerkte er rechts von sich ein gelbes Flackern. Er wunderte sich, dort ein Licht zu sehen, denn da unter den ersten Sitzreihen sollte doch alles dunkel sein. Es kam irgendwo von einer Stelle im Sand unter den niedrigsten Bänken. Er legte sich auf den Bauch und robbte langsam näher. Bald war er da.

Er ergriff den seltsamen, leuchtenden Gegenstand genau in dem Moment, als der letzte Tusch des Finales erklang und das Publikum laut aufklatschte.

Niemandem fiel der kurze gelbe Blitz unter den Bänken des Zirkuszeltes auf …

Der grüne Turm

Madu hörte leises Stimmengemurmel. Er drehte sich um. »Nein, ich will noch nicht aufstehen, ich hatte einen ganz verrückten Traum.« Schlaftrunken tastete er nach seiner Decke.

»Schaut mal, unser Dornröschen wird auch schon wach«, drang da eine sarkastische Stimme an Madus Ohr.

Blinzelnd öffnete er die Augen und versuchte sich zu orientieren. Er war definitiv nicht zuhause.

Statt auf seinem Bett lag er auf kaltem Steinboden. Er befand sich in einem runden Raum, in den durch zwei kleine Öffnungen an den Wänden spärliches Licht hineindrang. Auf der gegenüberliegenden Seite stand die Skulptur eines alten Mannes. Rechts davon gab es einen Schreibtisch, der mit so vielen Büchern übersät war, dass es einem Wunder gleichkam, dass er noch nicht zusammengebrochen war. Alles war von einer Schicht aus Staub und Spinnenweben bedeckt.

Und Madu war nicht allein. Abrupt setzte er sich auf und blickte in vier Augenpaare, die ihn neugierig anstarrten.

»Wo bin ich? Wie bin ich hierhergekommen?«

»Tja, das wissen wir leider auch nicht. Außer dass dies ein runder Raum aus Stein ohne Tür und nur mit winzigen Fenstern ist, haben wir noch nicht mehr herausgefunden. Sying«, Charlie blickte in Richtung des chinesischen Jungen, »ist an den Steinen sogar bis ganz oben geklettert, konnte aber dort ebenfalls keinen Ausgang finden.«

Madu ließ sich ihre Antwort durch den Kopf gehen. Irgendetwas Unheimliches ging hier vor. Er wusste, er hätte die Sachen der Mamboo in Ruhe lassen sollen.

»Und wer seid ihr?«

»Ich bin Charlie aus Amerika und das sind George aus England, Sying aus China und Fatma aus dem Mittleren Osten. Und wer bist du?«

Zögernd antwortete Madu: »Ich bin Madu und komme aus Afrika. Wie lange seid ihr schon hier?«

»Wir sind wahrscheinlich alle gleich lang hier. Jedenfalls befanden sich schon alle in dem Raum, als ich aufgewacht bin, und ich war die Erste«, erklärte Charlie ihm. »Nach mir sind dann nach und nach alle anderen zu sich gekommen, du warst der Letzte.«

Madu blickte sich stirnrunzelnd um. Da kam ihm ein Gedanke und er blickte auf seine rechte Hand, die immer noch etwas umklammert hielt. »Ja genau, die Glasscherbe, der rote Blitz …« Er öffnete seine Hand und legte die Scherbe vorsichtig vor sich auf den Steinboden. Sie schimmerte weiterhin rötlich.

»Wir haben alle so eine, nur die Farben sind anders.« George legte seine Scherbe daneben. Die anderen taten es ihm gleich. Schweigend betrachteten die Kinder die bunten Glassplitter.

Auf einmal passierte etwas! Zuerst konnten sie nur ein leichtes Zittern der Splitter wahrnehmen, doch dann fingen die einzelnen Teile an, sich zu bewegen und aufeinander zuzugleiten. Madu stieß einen erstickten Schrei aus. Die Scherben brachten sich von allein in eine bestimmte

Reihenfolge und verschmolzen in der Mitte, so dass ein in allen Farben funkelnder Stern entstand.

Fast gleichzeitig streckten sie die Hände danach aus. In dem Moment, als alle die Scherben berührten, ertönte ein Geräusch, ein immer lauter werdendes Vibrieren. Madu wurde leichenblass. Charlie wunderte sich darüber, bis sie in die gleiche Richtung blickte wie er, und merkte, wie ihr Gesicht ebenfalls alle Farbe verlor.

Aus der Skulptur am Becken trat eine Art Nebel aus. Es sah so aus, als kämpfe diese Substanz gegen den Stein, der sie nicht freigeben wollte. Die Substanz gewann und formte sich außerhalb des Steins zu dem alten Mann, den auch die Skulptur darstellte.

Der alte Mann blickte sich um und strahlte sie begeistert an, als er die Kinder in dem Raum bemerkte. »Herzlich willkommen, ich kann gar nicht sagen, wie sehr ich mich freue, euch zu sehen. Ich, nein, nicht nur ich, sondern ganz Nirma hat unendlich lange auf diesen Moment gewartet. Aber verzeiht, wie unhöflich von mir, einfach loszuplappern ohne mich vorzustellen. Wegen meiner misslichen Lage«, er blickte vielsagend auf die Steinfigur, »hatte ich in der vergangenen Zeit nicht viel Gelegenheit zu sprechen. Ich bin Gerzin, der letzte Weise von Nirma!« Er verbeugte sich formvollendet.

Verdattert blickten die Kinder ihn an, sie hatten zwar seine Worte gehört, allerdings immer noch nichts verstanden.

»Das erklärt gar nichts«, fasste Charlie sich schließlich ein Herz. »Warum sind wir hier? Und was ist Nirma?«

»Oh, ihr seid hier, um uns alle zu retten. Und Nirma ist

der Name der Welt, auf der ihr euch befindet. Mithilfe dieses Sternes, einem weiteren, den ihr noch finden müsst, und einem, den ihr Brelor abnehmen müsst.«

Mit einem Blick in ihre verständnislosen Gesichter fügte er hinzu: »Aber vielleicht sollte ich euch um des besseren Verständnisses willen alles von Anfang an erzählen. Im Buch von Nirma wurde die Legende einst vom ersten Weisen niedergeschrieben. Dort heißt es«, Gerzin räusperte sich kurz, bevor er fortfuhr: »Mit dem Urknall des ersten Sterns wurden die Welten erschaffen. Die Oberfläche dieses Sterns bestand aus Kristall, welches bei der Explosion fast komplett zerstört wurde. Lediglich fünfzehn Scherben blieben erhalten, die auf unsere Welt Nirma fielen. Vom ersten Weisen wurden je fünf Scherben mit Unterstützung der Völker von Nirma zu einem Stern zusammengesetzt. Jede Scherbe symbolisierte ein Volk.«

»Sprichst du etwa von den Scherben, die wir auf der Erde gefunden haben?«, fragte Madu aufgeregt.

»Jagenau«, nickte Gerzin. »Und genauwie damals haben sich diese Scherben heute zu demselben Stern zusammengefunden. Die drei Sterne wurden denHütern anvertraut, wobei jeder Stern das Leben seines Hüters verlängert und ihm unterschiedliche magische Fähigkeiten verleiht. Zu gegebener Zeit wählten die Hüter ihren Nachfolger aus, an den sie den Stern dann übergaben. Häufig fanden die Hüter ihren Nachfolger unter den Monken. Das sind Personen, die ihr Leben ganz dem Buch von Nirma und dem spirituellen Leben verschrieben haben. Manchmal wurde der neue Hüter aber auch aus der normalen Bevölkerung erwählt.

Der Weise und die Hüter leiteten die Geschicke von Nirma. Ihre wichtigste Aufgabe bestand jedoch darin: Alle paar Äonen, also Zeitalter, wurde die Energie von Nirma schwächer. Dann mussten die drei Hüter an den Steinen der Macht zusammenkommen, um ihre Sterne für einen Augenblick mit den Steinen zu verbinden. Dadurch wurde so viel neue Energie freigesetzt, dass Nirma wieder für die nächsten Äonen versorgt war. So trug es sich von Zeitalter zu Zeitalter zu. Bis vor fast hundert Jahren.«

»Was ist dann passiert?«, sprach Sying die Frage aus, die alle beschäftigte. Gespannt wartete er auf eine Antwort.

»Etwas Ungeheuerliches«, flüsterte Gerzin, dessen Stimme an dieser Stelle brach. Der alte Mann schluckte mehrmals, bevor er mit zitternden Worten fortfuhr: »Ich war damals schon länger der Weise von Nirma und die drei damaligen Hüter waren Aria, Brelor und Klebet. Da es an der Zeit war, die Energie von Nirma zu erneuern, trafen sich alle Hüter an den Steinen der Macht. Während Klebet durch seinen Stern die Gabe des Heilens erhalten hatte, konnte Aria kleinere Dinge teleportieren und telepathischen Kontakt zu anderen auch über große Entfernungen aufnehmen. Außerdem hatte sie ganz selten verschwommene Zukunftsvisionen. Bei Brelor aber wurden dank des Sternes seine magischen Fähigkeiten enorm gesteigert.«

»Welche Zaubereien konnte er denn?«, wollte Charlie neugierig wissen.

»Neben harmlosen Dingen konnte er auch das Wetter beeinflussen. Ein Sturm hier, ein Regenschauer da … Zu seinen furchtbarsten Kräften gehörte jedoch, schwachen

Geistern seinen Willen aufzuzwingen und sich dunkler Kreaturen zu bemächtigen. Durch diese unheiligen Bündnisse mit der Finsternis wurde er noch stärker und konnte seine Macht festigen. Auf jeden Fall hatte Brelor beschlossen, bei diesem Treffen die Sterne der anderen Hüter in seinen Besitz zu bringen und die alleinige Macht an sich zu reißen. Hinzu kam, dass, von allen unbemerkt, sich sowohl Brelor als auch Klebet in Aria verliebt hatten. Bei ihrem Treffen sah Brelor anscheinend eine Möglichkeit, sich seines Nebenbuhlers zu entledigen, indem er ihn vergiftete. Eine Sache, die leider langsam in Mode zu kommen scheint«, fügte Gerzin mehr zu sich selbst gewandt hinzu. »Wie dem auch sei. Wo war ich stehen geblieben? Ach ja … Unglücklicherweise funktionierten Klebets heilende Kräfte bei ihm selbst nicht. Er konnte die Wirkung des Giftes aber verlangsamen, so dass er vor seinem Tod noch Aria aufsuchen konnte.

Aria war entsetzt über diese schreckliche Tat, die ihretwegen geschehen war. Nachdem sie Klebets Stern und eine Warnung an mich weitergegeben hatte, floh sie vor Brelor. Sie nahm, um zu verhindern, dass Brelor jemals in den Besitz aller drei Sterne gelangen würde, ihren eigenen Stern auseinander und sandte die einzelnen Scherben dank ihrer Fähigkeiten an geheime Orte.

Zuletzt schickte sie mir noch eine Pergamentrolle mit Hinweisen über den Aufenthaltsort der Scherben. Zudem enthielt das Papier noch die Information, dass eines Tages Retter aus einer anderen Welt erscheinen würden. Dies hatte sie durch ihre Visionen erfahren.«

»Und die Retter sollen wir sein?«, fragte George wenig

überzeugt. Er zeigte auf den Stern. »Und das ist Arias Stern?«

»Ja und nein«, antwortete Gerzin. »Ja, ihr seid die Retter, aber vor euch liegt Klebets Stern. Aria hat die Scherben von ihrem hier auf Nirma versteckt. Mithilfe des Pergamentes sollt ihr diese finden, den Stern zusammensetzen und Nirma retten.«

»Und wo ist Aria? Kann sie uns nicht helfen?«, erkundigte Charlie sich.

»Aria ist seitdem leider verschwunden«, sagte der alte Mann betrübt. »Niemand hat mehr etwas von ihr gesehen oder gehört. Brelor selbst wütete fürchterlich und zog sich in seinen dunklen Bereich von Nirma zurück. Seitdem wartet er dort darauf, dass hundert Jahre vorbeigehen. Denn unglücklicherweise wurde durch diese Ereignisse die Energie von Nirma nicht erneuert und seit hundert Jahren stirbt diese Welt. Jahr für Jahr ein Stückchen mehr, erst im Verborgenen, dann immer sichtbarer. Mittlerweile fängt unsere Sonne an zu verschwinden, wodurch Brelor immer stärker wird. Sobald sie vollständig erloschen ist, kann er auch ohne Hilfe der Sterne die alleinige Macht übernehmen. Bisher konnten mein Stern und die verborgenen Scherben von Arias Stern ihm ein wenig Widerstand leisten, so dass er seine Macht und sein Reich nur langsam ausdehnen konnte. Aber wenn die Sonne erlischt, wird dieser Widerstand zusammenbrechen und nichts kann Brelor dann noch aufhalten, Nirma vollständig in eine Welt der Finsternis und der dunklen Kreaturen zu verwandeln. Das heißt, wenn ihr uns nicht helft«, setzte Gerzin noch am Ende seines Monologes leise hinzu.

Es war totenstill im Raum, als Gerzin seine Ausführungen beendete. Bis auf einmal ein Klatschen die Stille durchdrang.

»Bravo, wirklich bravo, eine ganz tolle Vorstellung«, meinte George. »Und es hätte fast funktioniert. Nur das mit dem Untergang der Welt war ein kleines bisschen zu dick aufgetragen. Doch bis dahin echt klasse. Auch mit der Kulisse habt ihr euch große Mühe gegeben. Und ihr seid ebenfalls nicht schlecht gewesen. Eine internationale Gruppe, keine schlechte Idee, nur dass wir uns alle verstehen, das war euer Fehler, doch sonst, wie gesagt, nicht schlecht. Chris und Michael, ihr steckt doch dahinter? Jetzt muss ich aber dringend nach Hause. Wenn ich wieder zu spät komme, gibt es noch mehr Hausarrest für mich.« Erwartungsvoll blickte George in die Runde.

Der alte Mann sah irritiert aus, die anderen starrten ihn entgeistert an.

Sying merkte auf. »Du musst nur …«

Charlie unterbrach ihn: »Wovon sprichst du überhaupt?«

»Von diesem ganzen Theater hier.« George machte eine weitschweifende, alles umfassende Geste.

Sying unternahm einen zweiten Versuch. »Schau doch einfach …«, und wurde erneut von Charlie unterbrochen, die verärgert auflachte.

»Du glaubst, wir hätten das alles inszeniert inklusive des Geistes des alten Mannes? Das soll doch wohl ein Witz sein.« Empört stützte sie beide Hände in die Hüften und funkelte George wütend an.

Sying öffnete erneut den Mund.

Diesmal drängte sich Gerzin dazwischen. »Also genau

genommen bin ich kein Geist, sondern nur eineManifestation einer früher gedachten Rede, die unter bestimmten Umständen sichtbar wird. Ähm, aber ich glaube, das ist für euch im Augenblick eher unwichtig«, ergänzte er mit einem Blick auf ihre verständnislosen Gesichter. »Allerdings kann ich dir eine Erklärung für dein Problem mit den unterschiedlichen Sprachen geben. Als Träger der Scherben wurde euch die Fähigkeit verliehen, einander zu verstehen.«

Auf einmal redeten alle wild durcheinander. Es wurde immer lauter und man konnte kein einziges Wort mehr verstehen.

»Ruhe«, brüllte Sying. Er packte George an den Schultern und sagte: »Sieh einfach nach draußen, sieh dir die Sonne an. Ich habe bisher nichts davon gesagt, da ich dachte, meine Augen hätten meine Wahrnehmung verzerrt.«

»Wovon sprichst du?«, fragte George ihn stirnrunzelnd.

»Schau es dir einfach an«, kam lapidar die Antwort.

Daraufhin eilte George zum Fenster und versuchte hindurchzusehen. Aber das Fenster war zu hoch. Erst als Charlie und Madu eine Räuberleiter für ihn machten, konnte er mit den Fingern das Sims erreichen und sich das letzte Stück aus eigener Kraft hochziehen und hinausblicken. Was er sah, ließ ihn an seinem Verstand zweifeln. Vor lauter Schreck hielt er sich nicht länger fest und fiel schwer atmend auf den Boden.

Madu stürzte auf ihn zu. »Was hast du gesehen? Jetzt sag schon etwas.«

»Die Sonne, die Sonne … es fehlt ein Stück von ihr.«

»Es könnte eine Sonnenfinsternis sein«, ließ sich Fatma, die bisher noch gar nichts gesagt hatte, schüchtern vernehmen.

»Die Sonne«, stieß George erschüttert hervor, »sie ist grün.«

Die anderen starrten ihn entgeistert an.

»Das ist sie in der Tat«, hörten sie Gerzin betrübt sagen. »Eigentlich ist sie hellgrün. Durch den Energieverlust ist sie mittlerweile dunkler geworden und einige Bereichevon ihr sind schon ganz verschwunden.« Plötzlich strahlte er. »Aber darum seid ihr ja alle hier, um uns zu helfen und Nirma zu retten. Und wenn ihr mir jetzt glaubt, ist dies der erste Schritt dazu.«

Charlie runzelte die Stirn. »Woher wissen Sie, dass wir die Richtigen sind?«

»Genau. Wieeine Supermantruppe sehen wir wahrhaftig nicht aus«, bemerkte George ironisch, der offenbar den Schock wegen der Sonne einigermaßen verdaut hatte. »Miss Flodder«, er schaute Charlie vielsagend an, die empört schnaubte, »eine Schleiereule«, Fatma zuckte zusammen, »und zwei Kinder.«

Letzteres brachte ihm von Madu ein »He« ein, wohingegen Sying ihn einfach nur böse ansah.

»Ihr seid die Richtigen, denn auch dies wurde vor langer Zeit niedergeschrieben und von Generation zu Generation weitergegeben. Lange wussten wir nicht, worauf sich die Verse genau beziehen. Doch jetzt ist es eindeutig. Sie handeln von den einzelnen Scherben von Klebets Stern, von den anderen beiden Sternen und voneuch.«

Gerzin schloss die Augen und rezitierte:

»Wenn die fünf,
die die Verloreneneiner anderen Weltzurückbringen,
wieder zu einem werden,
besteht Hoffnung,
dass die drei wieder vereint werden,
dass die Finsternis zurückgedrängt wird
und Nirma zu neuem Leben erwacht.«

»Natürlich wir sind die Richtigen, weil wir die Loser sind. Das ist das Einzige, was bisher einen Sinn ergibt und richtig klingt.« George lachte bitter.

»Falsch.« Zum ersten Mal klang Gerzins Stimme wirklich streng und auch leicht verärgert. »Ihr seid die Richtigen, weil ihr die Retter seid. Ihr müsst es nur annehmen.« Er blickte erwartungsvoll in die Runde.

»Mensch, Abenteuer, Retter der Welt, das ist megacool, natürlich bin ich dabei«, sprudelte Madu aufgeregt hervor.

Charlie, Sying und Fatma nickten ebenfalls zustimmend. Nun blickten alle George an.

»Es funktioniert nur, wenn alle mitmachen«, mahnte Gerzin leise.

George gab sich einen Ruck. »Also meinetwegen, ich bin auch dabei. Kommen wir denn irgendwann wieder nach Hause?«

»Aber natürlich, wenn Nirma gerettet ist, kann ich euch wieder nach Hause schicken, und zwar genau zu dem Moment, an dem ihr verschwunden seid.«

Charlie merkte auf. »Können Sie uns auch zu einem früheren Zeitpunkt zurückschicken?«

»Oh nein, auch wenn dies theoretisch möglich wäre, ist uns so ein Eingriff in die Zeitlinie streng verboten.«

Das werden wir ja sehen, dachte Charlie sich.

Im Moment reichte es ihr, dass diese Möglichkeit existierte. Alles andere würde man zu gegebener Zeit sehen.

Sie blickte wieder zu Gerzin, der offenbar versuchte, etwas außerhalb des Turms wahrzunehmen. »Ihr müsst schnell aufbrechen. Eure Ankunft ist nicht unbemerkt geblieben. Brelor hat schon seine Schergen losgeschickt, um euch aufzuhalten. Sie kommen schnell näher. Derjenige von euch, der den Namen des Sterns trägt, soll ihn auch tragen.«

Die Gruppe sah sich an.

Dann streckte Sying die Hand nach dem Stern aus. »Mein Name bedeutet Stern«, erklärte er schüchtern den anderen. Er befestigte den Stern an einem Stück Kordel und hängte ihn sich um den Hals.

Geblendet schloss er die Augen. »Ich kann sehen, ich meine, richtig sehen, zumindest auf meinem linken Auge!« Ehrfürchtig blickte er auf den Stern, der friedlich auf seiner Brust lag.

»Natürlich. Derjenige, der einen Stern trägt, wird, solange er ihn trägt, von seinen Gebrechen geheilt sein. Zumindest wenn etwas noch nicht endgültig zerstört ist. Dein rechtes Auge vermag er nicht wiederherzustellen, dafür aber dein linkes. Das heißt, wenn du dich auf der Seite des Lichtes befindest. In den Gebieten der endgültigen Finsternis verliert er seine Macht.«

Gerzin unterbrach sich kurz und lauschte. »Die Zeit drängt. Ihr müsst los. Auf eurem Weg nach draußen findet ihr eine Pergamentrolle von Aria mit Hinweisen, die euch zur ersten Scherbe führen. Allerdings zeigt sich der nächste Hinweis immer erst nach einer gewissen Zeit. Ich wünsche euch viel Glück, meine Freunde. Möge die Sonne von Nirma euch immer leuchten.« Nach diesen Worten begann er sich aufzulösen und in die Skulptur zurückzufließen.

»Hey, wo befindet sich denn der Ausgang?«, rief George ihm noch schnell hinterher.

»Meine Hand weist euch den Weg hinaus«, war noch der letzte Hauch von Gerzins Stimme zu vernehmen. Dann war es still und er war weg.

Der Aufbruch

Na toll, hätte er uns nicht einfach eine Tür öffnen und sagen können, da lang geht´s! Stattdessen verschwindet er einfach«, murrte George. » ›Meine Hand weist euch den Weg.‹ Wo ist sie denn? Ich dachte, wir müssen uns beeilen?«

Ratlos blickten die Kinder sich um.

Auf einmal meinte Fatma »da«, und zeigte auf die Skulptur. »Gerzins ausgestreckte Hand weist auf das Becken.«

Charlie stürzte zum Becken und versuchte, es zu verschieben. »Los, helft mir schon.«

Gemeinsam drückten und zogen nun alle an dem Becken, das sich tatsächlich unter lautem Knirschen bewegte und nach einiger Zeit eine Öffnung im Boden freigab.

Als die Kinder in die Öffnung hineinspähten, entdeckten sie eine Steintreppe, die sich in engen Windungen in die Tiefe schraubte. Es war so dunkel, dass sie nur die ersten Stufen erkennen konnten. Ein muffiger Geruch schlug ihnen entgegen.

Direkt am Anfang fanden sie eine kleine Wandnische, in der eine Pergamentrolle lag. Charlie nahm sie an sich.

»Das muss das Papier mit dem Wegeplan sein, von dem Gerzin gesprochen hat. Aber wir sollten es später lesen und erst einmal schauen, dass wir hier wegkommen.«

Die anderen nickten zustimmend und sie begannen, hintereinander die Stufen herabzusteigen. Dabei ging Sying voran, da sein Stern etwas Licht verbreitete und so ein wenig den Weg vor ihnen beleuchtete. Trotzdem stolperte George auf der Hälfte der Treppe über Fatmas Tschador und wäre fast gestürzt.

Wütend fuhr er sie an: »Pass doch auf mit deinem Flatterding.«

Erschrocken raffte sie ihren Tschador ein wenig höher, damit er nicht mehr hinter ihr über den Boden schleifte. Da er eigentlich ihrer Mutter gehörte, war er für sie ein wenig zu lang.

Die fünf Kinder gingen mutig die über hundert Stufen hinunter und folgten dem schmalen, schummrigen Gang weiter, bis sie plötzlich auf einer Wiese standen.

Erleichtert entkamen sie der Enge und sahen sich neugierig um. Endlich konnten sie mehr als die begrenzte Aussicht aus einem Fenster von Nirma sehen. Hinter ihnen stand der Turm, den sie gerade verlassen hatten. Er war über sechzig Meter hoch und aus leicht grünlich schimmernden, großen Steinen erbaut. In unregelmäßigen Abständen waren kleine Fenster eingebaut. Der Turm hatte an seiner Spitze ein niedriges, rundes, rotes Dach, welches fast wie ein Hut für den Turm wirkte. Umgeben wurde er von einer grünen Wiese, auf der sie gerade standen.

In der Ferne konnten sie einen Wald erkennen und direkt vor ihnen plätscherte ein kleiner Bach, dessenSeiten von einigen größeren Steinen und bunten, fremdartig aussehenden Blumen gesäumt wurden. Alles sah sehr idyllisch aus.

Und über allem schien eine grünliche Sonne, die aussah, als wäre ein gutes Stück aus ihr herausgebissen worden.

Gebannt von der ungewohnten Umgebung, verharrte die Gruppe einen Augenblick.

»Okay, was nun?« Charlie sah fragend in die Runde.

Madus Magen knurrte. »Es hat nicht jemand zufällig etwas zu essen dabei?«

»Du hast jetzt wohl keine anderen Sorgen, oder?« George schüttelte den Kopf.

»Hey, ich bin noch im Wachstum und habe das Frühstück zuhause verpasst.«

Madus Protest ignorierend, hatte Charlie die Pergamentrolle aufgerollt und las sie aufmerksam durch. Dabei runzelte sie die Stirn, das konnte ja heiter werden.

Die anderen blickten Charlie erwartungsvoll an, die mit klarer Stimme nun laut für alle vorlas:

Meine lieben Freunde und Retter von Nirma!

Denn das müsst ihr sein, wenn ihr nun meine Worte in den Händen haltet.
Es wäre zu schrecklich, wenn Brelor die Pergamentrolle vor euch entdeckt hat. Dennoch kann ich euch nicht direkt sagen, wo sich die Sternensplitter befinden. Damit nur die wahren Retter sie aufspüren können, sind die Orte in Rätseln versteckt, die ihr lösen müsst.
Diese Stellen sind alle nicht leicht zu erreichen, vermutlich jetzt noch schwerer als damals. Doch wenn ihr zusammenhaltet und an euch glaubt, werdet ihr es schaffen.
Wenn ihr die Verstecke in der Reihenfolge der Rätsel aufsucht, wird sich euer Weg von ganz allein ergeben.

Möge das Glück mit euch sein und die Sonne von Nirma euch immer leuchten.

Aria

George strich sich seine Haare aus der Stirn. »Das soll doch wohl ein Witz sein. Konnte Aria nicht einfach aufschreiben, die Scherben meines Sterns findet ihr an folgenden Orten: erstens, zweitens, drittens … Aber das wäre wohl zu einfach gewesen. Stattdessen muss sie die Antworten dazu in Rätseln verstecken.«

Mittlerweile hatten sich alle ins Gras gesetzt und lauschten Charlies Worten.

»Es ist tatsächlich auch erst ein Rätsel zu lesen. Hört gut zu!«, erklärte Charlie und las weitervor.

Ich bin das, was für Wärme sorgt,
ich stille deinen Hunger
und lösche deinen Durst;
ich umhülle dich,
ich bin am Anfang,
ich bin amEnde!

Die fünf sahen sich mit großen Augen an und überlegten fieberhaft.

Sying meinte: »Es könnte die Sonne gemeint sein. Sie wärmt und lässt Dinge wachsen, die man letztlich essen kann.«

»Toll, dann lasst uns ins nächste Raumschiff steigen und

dorthin fliegen. Vielleicht ist die grüne Sonne ja nicht ganz so heiß wie unsere eigene und wir kommen sogar an.« George lachte spöttisch. »Wirklich eine super Idee.«

Sying sah verlegen aus. Natürlich, daran hatte er gar nicht gedacht.

»Lass ihn in Ruhe«, mischte Charlie sich ein. »Mach du lieber erst mal einen besseren Vorschlag.« Etwas sanfter sagte sie zu Sying: »Die Sonne löscht aber nicht deinen Durst, eher im Gegenteil. Trotzdem war es ein guter Vorschlag.«

Sie diskutierten noch andere Möglichkeiten, die sie aber alle aus dem einen oder anderen Grund verwarfen.

Fatma streckte Charlie schüchtern ihre Hand entgegen. »Lass mich bitte noch einmal das Rätsel sehen.«

»Wieso? Es ist wohl kaum mit arabischen Buchstaben geschrieben«, stichelte George.

Fatma beachtete ihn gar nicht und blickte weiterhin Charlie an, die ihr daraufhin anstandslos das Papier reichte. Alle Augen waren nun auf Fatma gerichtet, die nachdenklich auf das Blatt sah.

»Ich weiß es!«, rief sie plötzlich ganz aufgeregt. »Es ist ganz einfach. Die Antwort heißt Baum, ein Früchtebaum genau genommen! Das Holz sorgt für Wärme, wenn man es anzündet. Die Früchte kann man essen oder wenn man sie presst auch trinken. Vom Holz ist man ständig umgeben, am Anfang liegt man in der Wiege und am Schluss in einem Sarg. Es ist der Baum!«

Die anderen sahen sich an. Die Erklärungen erschienen logisch, selbst George fiel nichts Abfälliges dazu ein.

Madu jubelte: »Fatma, du bist spitze!«

Fatma strahlte über das ganze Gesicht.

Wie hübsch sie aussieht, wenn sie sich freut, dachte Charlie. Laut sagte sie: »Also gut, es ist ein Baum. Aber wo finden wir ihn?«

»Das ist doch ganzeinfach, im Wald natürlich«, erwiderte Madu im Brustton der Überzeugung und blickte in Richtung des bestimmt zweieinhalb Kilometer entfernt liegenden Waldes.

Entschlossen gingen sie los. Zu Beginn des Weges konnten sie dem Verlauf des Baches folgen.

Nachdem sie eine Weile unterwegs waren, sprang Madu in den Bach, tauchte unter und kam nach kurzer Zeit mit einem zappelnden Fisch in den Händen prustend wieder hoch. Er grinste triumphierend, während die anderen ihn entgeistert vom Ufer aus anstarrten.

»Das habe ich von meinem Vater gelernt. Und mir ist es egal, was ihr macht, ich werde jetzt essen.«

Sying, der erst jetzt merkte, wie hungrig er war, zuckte mit den Schultern. »Was soll´s? Ich könnte auch eine Kleinigkeit vertragen.«

Er lief los, um Holz für ein Feuer zu suchen. Fatma, George und Charlie folgten ihm, während Madu noch ein paar Fische fing. Am Lagerfeuer grillten sie die Fische und ließen es sich schmecken.

»Wie gut, dass ich ein Taschenmesser und ein Feuerzeug dabei hatte«, lobte Charlie sich selbst.

»Ja, wollen wir hoffen, dass das Essen nicht giftig ist«, motzte George mal wieder.

»Das werden wir nur erfahren, wenn wir sie essen«, meinte Madu und biss unbekümmert in den ersten Fisch.

»Mal ehrlich, die werden sich doch wohl kaum die Mühe gemacht haben, uns über Lichtjahre oder, was weiß ich für Strecken, hierher geschafft zu haben, um ihren Planeten zu retten, nur damit wir jetzt an einer Vergiftung sterben.«

Sying, der seine Hand bei Georges Worten ruckartig zurückgezogen hatte, griff nun wieder zögernd nach dem Fisch und biss zaghaft hinein. Die anderen taten es ihm nach. Schließlich würden sie an diesem Ort, wie es aussah, wohl eine Weile bleiben und essen mussten sie nun mal.

Mit dem kristallklaren Bachwasser löschten sie ihren Durst. Sying zeigte ein paar Kunststücke und erzählte ihnen einige Geschichten aus seinem Zirkusleben.

»Lasst uns doch schauen, ob das nächste Rätsel schon erschienen ist. Je schneller wir die Hinweise entschlüsseln, desto besser.«

Gerade als Charlie auf den Vorschlag reagieren und die Pergamentrolle hervorholen wollte, sahen sie jemanden auf sich zu humpeln. Er sah ziemlich schäbig aus, hatte grüne Haut und zum Entsetzen der Kinder fehlte ihm eine Hand. Er war hager und hatte eine Hakennase.

Mit krächzender Stimme wandte er sich an die Sitzenden: »Entschuldigt, darf ich mich zu euch setzen? Mein Name ist Raspe und ich bin so hungrig. Würdet ihr euer Essen mit mir teilen?«

Unwillkürlich rückten die Kids ein wenig mehr zusammen. Sie betrachteten stumm die Gestalt vor ihnen. Irgendwie hatte dieser Raspe etwas wenig Vertrauenserweckendes an sich, vielleicht weil seine Augen so listig blickten.

Trotzdem brachten es die Kinder nicht übers Herz ihn

fortzuschicken. Vor allem da viele von ihnen wussten, was es bedeutete, zu hungern.

Kurz darauf saß Raspe neben ihnen, aß einen Fisch und erzählte von seiner Flucht vor Brelors Schergen, dass sein Dorf überfallen worden war und er gerade noch so hatte entkommen können.

Fatma hörte nur halb zu, denn sie mochte diesen Mann nicht. Lieber lauschte sie verzückt den fremdartigen Lauten der Vögel, die gerade in seltsamen Tönen zu zwitschern begonnen hatten.

Bereits während seiner Erzählung hatte Raspe immer wieder zu Sying und auf den auf seiner Brust liegenden Stern geschielt. Nachdem er seine Ausführung beendet hatte, verweilten seine Augen endgültig auf dem Amulett.

»Du trägst da ein wirklich schönes Stück um den Hals. Ist das etwa einer der drei Sterne? Ich würde zu gerne …« Der Fremde beendete seinen Satz nicht und streckte unvermittelt die verbliebene Hand nach dem Stern aus.

Sying wurde davon völlig überrumpelt. Als der Fremde den Stern berühren wollte, leuchtete dieser kurz und hell auf. Raspe zog jammernd seine Handzurück.

»Er hat mich verbrannt. Ich wollte doch nichts Böses. Ich wollte ihn mir nur genauer anschauen und er verletzt mich.«

Sying steckte sein Amulett verunsichert unter sein T-Shirt. Er konnte den Stern ohne Probleme anfassen.

George betrachtete Raspe stirnrunzelnd. Er wurde das Gefühl nicht los, dass etwas nicht stimmte. Hatte er da nicht ein Geräusch gehört? Es hörte sich fast so an, als würde eine Herde Büffel auf sie zu galoppieren. Genau konnte er es noch nicht zuordnen, da er immer wieder von Raspes Gejammer abgelenkt wurde.

»Wir sollten sehen, dass wir aufbrechen. Wir haben schon länger Pause gemacht, als wir ursprünglich vorhatten«, schlug er den anderen vor. Diese standen rasch auf, froh, einen Grund zu haben, diesen Ort und mit ihm diesen seltsamen Fremden zu verlassen.

Es ist auch dunkler geworden, dachte Charlie. Eben war noch alles voller Sonne und jetzt hat die Dunkelheit uns fast erreicht.

»Lasst mich euch doch bitte begleiten«, bettelte Raspe gerade.

Charlie stutzte. Hat Gerzin uns nicht gesagt, dass die Dunkelheit und Brelor zusammengehören? Sie sah sich suchend um und versuchte angestrengt etwas zu erkennen. Kam da vorne nicht etwas in ihre Richtung?

»George«, rief sie aufgeregt. »Dreh dich um.«

George kam Charlies Aufforderung umgehend nach. Er erkannte direkt, was sie so aufgewühlt hatte. Was auch immer auf sie zu kam, sah nicht freundlich aus und es würde sie bald erreichen. Nein, etwas stimmte ganz und gar nicht.

»Wir müssen jetzt wirklich los«, sagte er und wollte gerade losgehen, als Raspe sein Handgelenk umfasste und verschlagen grinste.

»Das würde ich an eurer Stelle nicht tun. Ihr braucht mir nur den Stern zu geben, dann wird euch nichts geschehen und wir lassen euch gehen.«

George überlegte fieberhaft. Bis zum Wald waren es noch ungefähr achthundert Meter. Selbst wenn sie diese

Distanz rennend überbrückten, würde es schwer werden, ihn vor ihren Verfolgern zu erreichen. Aber in Anbetracht der Alternative …

Er glaubte nicht daran, dass sie einfach gehen durften, selbst wenn sie Raspe das Amulett gaben. Außerdem brauchten sie laut Gerzin dieses Amulett dringend, um Brelor zu besiegen. Sie durften es nicht bereits am Anfang verlieren. Er sah noch einmal zwischen den ankommenden Wesen und dem Wald hin und her. Sie mussten es zumindest versuchen.

»Hey, Raspe, was ist das?« George zeigte hinter ihn und Raspe drehte sich spontan um. Als er seinen Kopf gerade zurückdrehte, verpasste George ihm einen sauberen rechten Haken mitten aufs Kinn. Es war schwer zu sagen, wer von den beiden verdutzter war, als Raspe plötzlich auf dem Boden lag.

Kaum zu glauben, der Kerl war auf einen der ältesten Tricks der Welt reingefallen. Na ja, vielleicht war er auf Nirma ja auch neu.

Die ganze Episode hatte nur wenige Sekunden gedauert und er brüllte nun die anderen an: »Lauft endlich los, beeilt euch, lauft zum Wald.« Instinktiv hatte er das Gefühl, dass sie dort in Sicherheit waren, vorausgesetzt, sie würden es bis dahin schaffen.

Hals über Kopf stürmten sie los. Sie rannten um ihr Leben, was wahrscheinlich tatsächlich auch der Fall war.

Fatma wurde durch ihren Tschador immer wieder beim Laufen behindert und fiel etwas zurück. Sie spürte die Verfolger in ihrem Nacken. Doch gerade als sie glaubte, sie würden sie gleich erreichen, hörte sie einen schrillen

Schmerzensschrei hinter sich. Fatma riskierte einen schnellen Blick über die Schulter.

Grobschlächtige Gestalten ritten auf gruseligen Tieren, die sie noch nie gesehen hatte. Es schien, als wären bei diesen Bestien mehrere Tierarten miteinander verschmolzen. So glaubte Fatma, Züge von Flusspferden und Elefanten erkannt zu haben. Ganz vorne auf dem ersten Tier saß Raspe.

War er zuvor noch knapp hinter ihr gewesen, vergrößerte sich nun der Abstand zu ihren Verfolgern wieder. Diese schaurigen Wesen wurden von irgendetwas getroffen und dadurch deutlich aufgehalten. Einige fielen von ihrem Tier herunter, andere hatten zumindest große Mühe, das Gleichgewicht zu halten.

Fatma lief weiter den anderen hinterher, aber ihre Kräfte schwanden zusehends und sie wurde langsamer; sie würde es einfach nicht schaffen. Genauso wenig wie die anderen. Sie mussten bis zum Wald noch mindestens zweihundert Meter zurücklegen, zu viel, um ihren Verfolgern zu entkommen.

Plötzlich sah Fatma, wie Sying von einem gigantischen Vogel an den Schultern ergriffen und in die Luft gehoben wurde. Der Vogel hatte riesige Schwingen und Krallen sowie ein grünblaues Federkleid. Und es blieb nicht bei dem einem Vogel.

Erschrocken musste sie mitansehen, wie sich weitere auf Madu, George und Charlie stürzten.

»Achtung, passt auf!« Fatma schrie den anderen aus Leibeskräften eine Warnung zu, doch sie verhallte ungehört.

Jetzt werden wir auch noch von oben angegriffen. Jetzt haben wir keine Chance mehr, dachte sie und sah resigniert zu, wie die drei vor ihr vom Boden abhoben. Nur einen Lidschlag später bemerkte sie einen großen Schatten über sich. Krallen umklammerten ihre Schultern und schon flog sie den anderen hinterher. Das wütende Gebrüll ihrer Verfolger begleitete sie noch länger.

Im Mystixwald

Der Flug dauerte nur wenige Sekunden. Sie hatten kaum Zeit sich über dieses ungewohnte Gefühl zu fliegen zu wundern oder sich Sorgen zu machen, als sie auch schon wieder am Rand des Waldes abgesetzt wurden.

Kurz blickten sie den davonfliegenden Vögeln nach und liefen dann schnell in den Wald hinein, wobei sie Bäumen oder Ästen instinktiv auswichen. Nach ein paar Minuten wurden sie langsamer und einer nach dem anderen blieb stehen. Nur Madu, der immer weiterlief und auf kein Stopp oder Anhalten reagierte, mussten sie schließlich mit vereinten Kräften festhalten.

»Madu, es ist vorbei, siesind weg«, versuchte Charlie ihn zu beruhigen.

Hektisch schaute er sich um. Das war die Wahrheit. Er sah wirklich niemanden mehr, sie waren allein. Zur Sicherheit machte er noch das Zeichen gegen das Böse. Er keuchte. »Was ist passiert? Was waren das für Viecher?«

»Das waren Trolle auf ihren Behemothen und natürlich Raspe, Brelors rechte Hand.«

Überrascht sahen sich alle um, als sie die unbekannte Stimme vernahmen.

Hinter den Bäumen trat ein etwa vierzehnjähriges Mädchen hervor. Sying klappte der Unterkiefer nach unten. Madu wischte sich über die Augen, glaubte er doch gerade eine Erscheinung zu haben.

Das Mädchen hatte eine schlanke Gestalt und eine ganz hellgrüne Haut. Ihre Haare waren bis auf einige braune Strähnen ebenfalls grün, wenn auch dunkler als ihre Haut. Sie waren zu unzähligen dünnen Rasterzöpfen geflochten und fielen ihr zum größten Teil auf die Schulter. Einige Zöpfe standen dabei etwas wirr ab, was ihr ein etwas freches und zugleich lustiges Aussehen verlieh.

Auf den ersten Blick schien es, als wären viele nasse Blätter nach einem Sturm an ihr kleben geblieben. Bei genauerem Hinsehen erkannte man jedoch, dass die Blätter raffiniert zu einem Kleid aneinandergenäht waren. Sie sah aus wie ein Geschöpf des Waldes, fast erwarteten die Kinder, statt Füßen Wurzeln am Ende ihrer Beine zu sehen.

Regelrecht erleichtert stellte Charlie fest, dass sie doch wider Erwarten Füße besaß, die in braunen Ledermokassins steckten und sich kaum vom Boden abhoben.

Fatmas Blick fiel auf den Gegenstand, den das Mädchen lässig in ihrer rechten Hand hielt.

»Ja genau, damit haben wir sie erwischt«, beantwortete die Unbekannte, die Fatmas Blick bemerkt hatte, die stumme Frage. Sie hielt ihre Steinschleuder hoch, während sie mit der anderen Hand einige grünliche Steine aus einem Lederbeutel an ihrer Taille geholt hatte und ihnen zeigte.

»Das hält sie meist nicht für lange auf, aber hier im Mystixwald sind wir vor ihnen geschützt, hier kommen sie nicht herein. Solange zumindest, bis die Dunkelheit noch stärker wird«, fügte sie hinzu. Dann musterte sie die vor ihr stehende Gruppe. »So, ihr sollt also die sehnsüchtig erwarteten Retter unserer Welt sein. Danach seht ihr gar nicht aus.«

George drängte sich nach vorne. »Ach ja, nur zu deiner Information: Wir haben nicht um diese Aufgabe gebeten. Und außerdem schön, dass du uns zu kennen scheinst, aber wer bist du denn überhaupt? Und was heißt hier eigentlich, wir haben sie erwischt? Wer ist wir?«

Einen Augenblick funkelten die zwei sich wütend an, dann gab sich das Mädchen einen Ruck und schlug einen versöhnlicheren Ton an: »In Ordnung, mein Name ist Ehawee. Wir, das heißt meine Gruppe und ich, waren gerade unterwegs, um die Grenzen des Waldes zu kontrollieren, als wir über den Angriff auf euch informiert wurden. Daraufhin sind wir umgehend zu eurer Rettung herbeigeeilt. Gern geschehen übrigens.«

Die fünf dachten nach.

»Woher wusstet ihr, dass wir die Retter sind? Wir haben doch kein Schild umhängen! Wer hat euch über den Angriff auf uns informiert? Wie …?«

An dieser Stelle wurde Charlie von Ehawee unterbrochen. »Euch als die Retter zu erkennen, war nicht schwierig. Auf ganz Nirma gibt es niemanden mit so seltsamen Hautfarben, wie ihr sie habt. Aber ihr stellt so viele Fragen und es wird bald dunkel. Wir haben noch einen langen Rückweg vor uns. Ich werde euch zu Nokomis bringen, unserer weisen Anführerin. Sie wird entscheiden, was sie euch erzählt und was ihr wissen dürft.«

Ehawee stieß einen kurzen Pfiff aus. Zwischen den Bäumen trat ein Tier hervor.

»Ein Wolf«, keuchte George auf.

Ehawee sah ihn verwirrt an. »Ich weiß nicht, was ein Wolf ist. Das ist jedenfalls Taku, mein bester Freund.«

Taku erinnerte Charlie ein wenig an ihren eigenen Hund. Sie konnte nicht widerstehen. Langsam ging sie auf das Tier zu und streckte vorsichtig die Hand aus. Dieses schnupperte leicht daran, und ließ sich von ihr streicheln.

»Er mag dich. Es ist ungewöhnlich für ihn, dass er sich so schnell mit jemandem anfreundet. Doch nun sollten wir aufbrechen.«

Mit diesen Worten stürmte sie los. Taku folgte ihr auf dem Fuß. Die anderen hatten gar keine Zeit groß zu überlegen und folgten ihr schnell, um nicht den Anschluss zu verlieren.

Madu rief ihr noch hinterher: »Du hast nicht zufällig etwas zu essen dabei? So einen kleinen Wald-Snack, so für zwischendurch?«

Ehawee beachtete ihn gar nicht und der Rest schüttelte nur stumm den Kopf.

Sie gingen zügig vorwärts und mussten dabei aufpassen, nicht über eine Wurzel zu stolpern oder gegen einen Baum zu laufen. Dennoch hatten sie jetzt das erste Mal Gelegenheit, ihre Umgebung näher in Augenschein zu nehmen. Mit einem Mal fühlten sie sich wirklich wie in einer anderen Welt.

Natürlich hatte es auch vorher schon wunderliche Dinge gegeben, wie die Sonne von Nirma. Aber so deutlich wie hier waren ihnen die Unterschiede zuvor nicht bewusst geworden. Dabei war der Wald in Hinblick auf seine Vegetation durchaus mit einer Mischung aus normalen Wäldern und Dschungeln von der Erde vergleichbar.

Den Unterschied machten die Farben! Vorherrschend war grün, das es in allen nur vorstellbaren Schattierungen gab. Einige Pflanzen und Blätter glitzerten sogar. Am großartigsten waren jedoch die Blumen, die es in jeder Größe und jedem Ton zu geben schien.

Madu stieß auf einmal gegen Sying, der fasziniert stehen geblieben war, um eine riesengroße Blüte zu bewundern. Die zwei beobachteten interessiert einige Tiere darauf, die den Insekten und Raupen auf der Erde ähnelten. Doch schillerten diese in den prächtigsten Farben und Glitzerstufen.

Zwei Raupen, die ein Geweih trugen, fochten soeben einen Kampf um eine besonders gut schmeckende Blüte aus. Ähnlich den Hirschen auf der Erde stießen sie immer wieder mit den Geweihen aneinander. Da die Jungen nicht den Anschluss an die Gruppe verlieren wollten, konnten sie leider nicht bis zum Ende der Auseinandersetzung warten. Nur zu gerne hätten sie Wetten auf den Sieger abgeschlossen. Widerwillig setzten sie ihren Weg fort.

Hatten sie sich bisher auf eine Art Pfad durch engeres Dickicht bewegt, so wurde ihr Weg allmählich breiter und endete kurz darauf auf einer größeren Lichtung.

Im hinteren Bereich saß auf einem kunstvoll geschnitzten Holzthron die älteste Frau, die sie je gesehen hatten. Ihre Haut war von einem tiefen dunkelgrün und so faltig, dass sie ein wenig an einen Shar Pei, einen chinesischen Faltenhund, erinnerte. Dafür war ihr Haar so hellgrün, dass es fast weiß schien.

Um sie herum standen viele Nirmaner. Junge, Alte, Mütter mit Babys auf dem Arm und hochgewachsene schlanke Männer. Ausnahmslos alle hatten einen grünlichen Hautton und trugen Blättergewänder, wie sie die Kinder schon von Ehawee kannten. Mit ihrer filigranen Gestalt sahen sie ihr auch ähnlich.

In den Baumwipfeln hatten sich weitere Nirmaner versammelt. Sie hatten sich kunstvoll in Lianen geschlungen und hingen von den Bäumen herab, saßen auf Ästen oder standen auf Stufen der Holztreppen, die sich um die Baumstämme wanden. Sie waren kleiner und muskulöser als die auf dem Boden Stehenden.

Aber unabhängig davon, wo sie sich befanden, eines hatten sie gemeinsam: Sie blickten alle die fünf Fremden an.

Am Rand der Lichtung standen Wölfe, Einhörner und andere unbekannte Tiere. Überall flatterten kleine feenähnliche Gestalten herum. Es sah aus wie im Märchen.

Langsam betrat die Gruppe die Lichtung und ging auf den Thron zu. Die Anspannung, die in der Luft lag, war fast körperlich spürbar. Zwei Meter vor dem Thron blieb Ehawee stehen und verbeugte sichrespektvoll.

»Nokomis, ich grüße dich. Ich bringe dir dieFremdlinge.« Dann trat sie zurück und stellte sich still an die Seite.

Die fünf hatten die Szene vor sich mit gemischten Gefühlen beobachtet.

Charlie war von der märchenhaften Umgebung völlig fasziniert. Es fiel ihr schwer, die ganzen Eindrücke zu verarbeiten. Einhörner und Feen, dachte sie, ich muss träumen.

Dagegen war George aufs Äußerste angespannt. Er hasste Situationen, die er nicht einschätzen konnte.

Madu versuchte seine Nervosität durch Herumzappeln zu kompensieren, während Sying nur starr geradeaus blickte.

Auch Fatma war eingeschüchtert und versuchte sich mit positiven Gedanken zu beruhigen: Eigentlich sehen alle sehr freundlich aus. Vor allem Nokomis strahlt etwas Vertrauenserweckendes aus. Und sie haben uns gegen die Trolle geholfen. Sie wollen uns bestimmt nicht schaden.

Nokomis forderte sie mit einem Handzeichen auf heranzutreten. Die alte Frau musterte die Gruppe vor sich.

Aus der Nähe sah sie noch älter aus, aber ihre Augen funkelten hellwach und ihre Stimme klang laut unddeutlich über die Lichtung, als sie sprach: »Retter von Nirma, ich grüße euch! Wie ich gehört habe, hattet ihr Schwierigkeiten zu uns zu gelangen, und wir sind alle froh, dass ihr heil bei uns eingetroffen seid. Ihr habt bestimmt viele Fragen und ich werde sie, so gut ich es vermag, beantworten.«

Sie hob die Hand, um Madu, der schon losplappern wollte, Einhalt zu gebieten.

»Aber zuvor will ich mich und mein Volk erst einmal vorstellen. Mein Name ist Nokomis und ich habe die Ehre, meinem Volk als Anführerin dienen zu dürfen. Wir alle sind die Arborianer, wobei wir uns in zwei Arten unterteilen. Da sind zum einen die Arborier«, sie zeigte in Richtung der stehenden Nirmaner, »die nur zum Schlafen in die Bäume gehen, und die Rianer, die es vorziehen, fast ihr gesamtes Leben in den Baumwipfeln zu verbringen und nur selten den Boden zu berühren. Wir alle leben hier im Mystixwald, so heißt der Ort, an dem ihr euch befindet.

Es gibt noch weitere Wälder auf Nirma, aber keiner ist so schön, groß, vielfältig und so bedeutend wie dieser. Und nun könnt ihr mir eure Fragen stellen.« Nokomis lehnte sich zurück und sah sie erwartungsvoll an.

Madu platzte als Erster heraus: »Was waren das für grässliche Bestien, die uns da angegriffen haben?«

»Das waren Trolle. Geschöpfe des Bösen, ausgesandt von Brelor, um euch zu finden und aufzuhalten. Raspe ist ihr Anführer und zugleich Brelors rechte Hand. Er hat sich vor langer Zeit bei Gerzin als Gehilfe eingeschlichen, um ihn schließlich auf fürchterliche Art und Weise zu verraten.«

»Woher wusstet ihr von dem Angriff auf uns?«, fragte George ausnahmsweise einmal ohne den sonst ständig mitschwingenden ironischen und arroganten Unterton in seiner Stimme.

»Wir haben überall im Wald und auch darüber hinaus viele Freunde. In diesem Fall haben unsere lieben Fenghuangs«, sie streckte den Arm aus und ein Vogel flog sofort zu ihr und setzte sich auf ihre Hand, »euch und die Angreifer gesehen und uns über ihre wunderschönen Stimmen informiert.«

Fatma dachte direkt an die Vogelstimmen, die sie kurz vor dem Angriff gehört hatte, und betrachtete den Vogel interessiert. Er war nicht allzu groß und besaß einen leicht gekrümmten, spitzen Schnabel sowie ein buntes Gefieder, in dem rote, blaue, gelbe, weiße und schwarze Farben vertreten waren. Besonders auffällig waren die blauen, hochstehenden Federn auf seinem Kopf und seine feuerroten Schwanzfedern.

»Die Fenghuangs werden euch überall hier auf Nirma begegnen. Sie überbringen viele Botschaften zwischen den einzelnen Völkern von Nirma. Euer Glück war, dass sich einige unserer Leute gerade in der Nähe befanden und euch helfen konnten. Und die Vögel, die euch gerettet haben, um deiner nächsten Frage zuvorzukommen, waren die Ziziden. Es sind die Nachkommen unseres großen Urvogels Ziz, die zufällig auf ihrer Flugroute in unserem Wald pausiert haben. Als der Hilferuf der Fenghuangs eintraf, waren sie damit einverstanden, unsere Leute in eure Nähe zu fliegen, damit sie eure Verfolger aufhalten konnten, während andere Ziziden euch ergriffen haben und euch in Sicherheit gebracht haben.«

»Ich habe noch eine weitere Frage«, meinte George und Nokomis nickte. »Diese ganzen Tiere, Behemothen mit dem Körper eines Nilpferdes, Elefantenfüßen und dem Kopf eines Wasserbüffels, Fenghuangs, die Singvögel, Ziz, der Urvogel, Einhörner und viele andere Tiere bei euch kennen wir bei uns aus Sagen …«

»Ach ja?«, fragend sahen die anderen ihn an.

»Lest ihr etwa keine Bücher? In den ganzen Fabeln oder Märchen kommt vieles von hier bei uns vor. Aber diese Tiereexistieren bei uns nicht wirklich. Wiekann das sein?«

Nokomis lächelte nachsichtig: »Glaubt ihr denn, ihr seid die ersten Besucher hier?« Verblüfft sah die Gruppe sie an. »Ihr seid sicherlich die Ersten seit einer unendlich langen Zeit, doch unsere Welt ist schon sehr, sehr alt.«

Als Charlie dies hörte, wurde sie ganz aufgeregt und konnte ein Zittern in ihrer Stimme nicht verhindern: »Das heißt, es gibt tatsächlich einen Weg zurück. Ich meine, die

Menschen müssen ja zur Erde zurückgekehrt sein, sonst hätten sie von den Tieren und vielen Dingen auf Nirma ja niemandem erzählen können. Wie kommen wir zurück und können wir irgendwie beeinflussen, zu welchem Zeitpunkt wir zurückkehren?«

»Der Moment eurer Rückkehr wird sich rechtzeitig offenbaren, und ihr werdet genau zu dem Augenblick ankommen, an dem ihr verschwunden seid. Alles andere ist streng verboten und könnte gefährliche Folgen haben.«

Charlie ließ enttäuscht den Kopf hängen.

»Es tut mir leid, mein Kind.« Danach richtete die alte Frau ihre Augen auf Fatma. »Was ist mit dir? Hast du nicht auch eine Frage an mich?«

Fatma nickte scheu. »Wir suchen einen Baum!«

Vereinzelt war leises Lachen zu hören, doch Nokomis nickte ihr aufmunternd zu und so fuhr sie fort. »Wir glauben, dass die Antwort des ersten Rätsels von Aria, das uns zu einer Scherbe führen soll, Baum lautet, und zwar ein Baum, der Früchte trägt.« Sie verstummte.

Alle warteten nun gebannt auf die Antwort der alten Frau, die langsam nickte. »Ich kenne die Prophezeiung und weiß von der Pergamentrolle mit den Rätseln.«

Die Kinder sahen sie erstaunt an, während die alte Frau ihnen zu zwinkerte.

»Oh, ich hatte einen ganz guten Draht zu Gerzin, damals zumindest …« Sie verlor sich kurz in Gedanken an Vergangenes, sammelte sich aber schnell wieder und sprach weiter: »Mit dem Baum kann eigentlich nur der Quoitari-Baum gemeint sein. Er ist das Herz von Nirma. Als Nirma vor unendlich langer Zeit entstanden ist, fielen einige der Sternensplitter auf genau die Stelle, an der direkt ein Baum wuchs.«

Sying blickte an sich herab und Nokomis nickte: »Ja genau, aus ihnen wurde einer der Sterne gebildet. Dieser Baum besitzt eine solche majestätische Schönheit, dass einem allein durch seine Betrachtung Tränen vor Ehrfurcht in die Augen getrieben werden. Und er trägt wunderbare Früchte, genau genommen drei unterschiedliche. Es wurde immer wieder versucht an anderen Stellen auf Nirma diesen Baum anzupflanzen, doch ist dies vielleicht nur an einer Handvoll Plätze gelungen. Und dort, wo es funktioniert hat, trägt der Baum nur eine einzige Fruchtart und nicht alle drei.«

Andächtig hatten alle zugehört, und Charlie fragte: »Wo steht dieser Baum? Ist er weit weg? Können wir ihn sehen?«

Plötzlich wirkte Nokomis traurig und ein Schleier schien sich über ihre Augen zu legen, als sie weitersprach: »Das ist leider nicht so einfach. Der Baum selbst ist zwar nur ungefähr zwei Tagesreisen von hier entfernt, aber unglücklicherweise hat die Finsternis auch vor unserem wunderschönen Wald nicht haltgemacht. Ein Gebiet der Dunkelheit durchzieht den Mystixwald und hat den Baum vollkommen vom Rest des Waldes abgetrennt. Der Quoitari-Baum steht auf jeden Fall noch im Licht, er wird wahrscheinlich der letzte Bereich von Nirma sein, der im Licht stehen wird. Doch ist der Weg dorthin voller Tücken und unglaublich gefährlich.«

Enttäuscht sahen sich die fünf an, so viele Schwierigkeiten und das direkt schon am Anfang, bevor sie überhaupt die erste Scherbe in Händen hielten.

Sying kam ein Gedanke. »Können die Ziziden uns nicht einfach über den dunklen Bereich fliegen? Dann wären wir auch viel schneller da.«

Die alte Frau schüttelte den Kopf. »Das wird nicht gehen. Die Ziziden sind schon weitergeflogen, außerdem bleiben sie ohnehin lieber für sich. Was sie für uns getan haben, war eine große Ausnahme und Ehre. Und auch sie könnten die Dunkelheit nicht überfliegen, da diese sich bis in den Himmel ausdehnt. Sie hassen Brelor, weil er ihre Beweglichkeit in der Luft immer mehr einschränkt. Nur deswegen haben sie ihre Scheu anderen gegenüber überwunden und uns überhaupt geholfen.

Ihr werdet von uns jede Hilfe bekommen, die uns möglich ist. Ehawee wird euch bis zum Rand der Dunkelheit führen. Aber ihr könnt erst morgen aufbrechen, jetzt ist es schon zu spät. Außerdem solltet ihr etwas essen und euch ausruhen.«

Bei dem Wort Essen fuhr Madus Kopf ruckartig hoch. »Hat sie Essen gesagt?«, was ihm einen Rippenstoß von Sying und ein Lächeln von Nokomis einbrachte.

Die alte Frau verkündete begeistert: »Heute Abend wollen wir ein Fest veranstalten, eins wie in den alten Zeiten. Wir wollen den Augenblick feiern, den Wald, die Natur, Nirma und unsere neuen Freunde. Lasst uns für heute Abend alle Sorgen vergessen! Lasst uns feiern!«

Überall um sie herum brach Jubel aus.

»Ehawee, bring doch unsere Gäste zum Wasserbecken, damit sie sich waschen und, wenn sie wollen, auch umziehen können.«

Darauf bemerkte George trocken: »Dass ich das noch erlebe, Charlie wird sich waschen. Ich meine, das wirst du doch, oder? Du gehörst nicht irgendeiner obskuren Sekte an, die Wasser für Teufelszeug hält und schmutzige Kleider tragen muss?«

Charlie war tatsächlich sprachlos über so viel Frechheit und streckte ihm daher einfach die Zunge heraus.

Kopfschüttelnd betrachtete Ehawee die zwei. Diese Kindsköpfe sollen meine Welt retten? Das kann ich mir nur schwer vorstellen.

Laut sagte sie: »Folgt mir!«

Nach diesen Worten brachte sie die Gruppe an einigen Bäumen vorbei in einen anderen, etwas versteckten Bereich und wieder verschlug es ihnen die Sprache. Vor ihnen lag ein Wasserfall, der sich über mehrere Ebenen nach unten ergoss. Das Wasser funkelte im letzten Licht des Tages. Dort, wo es ins Becken stürzte, breiteten sich kleine Wellen über die Wasseroberfläche aus und es schäumte leicht. Kühle Gischt benetzte wohltuend die Gesichter der Staunenden.

»Dürfen wir ins Wasser?«, bettelte Madu inständig.

Ehawee musste lächeln. »Natürlich dürft ihr hier baden.« Sie zeigte auf einen platten Felsen in der Nähe des Beckens. »Dort liegen Bade- und Waschsachen, Handtücher und trockene Kleidung für euch bereit. Wenn jemand ungestört und lieber allein baden möchte, ist dies weiter oben möglich. Wir sehen uns später.«

Sekunden später war sie zwischen den Bäumen verschwunden.

Fatma hatte vor allem bei ihren letzten Worten große

Erleichterung verspürt. Sie wünschte sich nichts sehnlicher als ein Bad, aber nicht mit allen zusammen. Daher nahm sie sich einige Sachen und ging über einen schmalen Pfad in den oberen Bereich.

Der Rest entschied sich für ein Bad im unteren Becken. Es dauerte nicht lange, bis alle ausgelassen im Wasser planschten. Charlie nahm die grüne Seife und sog genießerisch ihren Duft ein. Sie roch nach Blumen und einem Wald im Sommer. Mit geschlossenen Augen seifte sie sich die Haare ein, als sie plötzlich eine Hand an ihrem Knöchel verspürte und im selben Moment schon unter Wasser gezogen wurde. Und schon war eine fröhliche Wasserschlacht im Gange.

Fatma, die mittlerweile wieder zurückgekehrt war, betrachtete die Schlacht von außen. Von der neuen Kleidung hatte sie sich die schlichteste ausgesucht und diese dann unter ihren Tschador, aus dem sie die gröbsten Flecken rausgewaschen hatte, angezogen.

Endlich kamen die vier aus dem Wasser und zogen sich an.

»Weißt du, ohne die ganze Dreckschicht bist du eigentlich ganz hübsch«, entfuhr es George unwillkürlich, als er Charlie musterte. Im gleichen Moment hätte er sich am liebsten auf die Zunge gebissen.

Idiot, Idiot, schimpfte George sich in Gedanken selbst aus. Bin ich denn von allen guten Geistern verlassen?

Charlie hatte ihn bei seinen Worten überrascht angesehen: »Und weißt du, ohne deine Mauer aus Arroganz bist du eigentlich auch ganz nett.« Sie mussten beide grinsen.

Alle zusammen kehrten sie zur Lichtung zurück.

Ein bunter Abend

Die Lichtung hatte sich in der Zwischenzeit gewaltig verändert. Überall standen Kerzen, bunte Leuchtkugeln hingen in den Bäumen und tauchten alles in ein wunderschönes Licht.

Die Arborianer hatten mehrere lange Holzbänke und Holztische aufgestellt. Das Buffet hatten sie zum einen auf mehrere Baumstümpfe und zum anderen auf mehrere geflochtene Schüsseln, die von den Bäumen hingen, verteilt.

Einige Kinder flogen tarzangleich von Liane zu Liane über die Lichtung und machten sich einen Spaß daraus, schon aus den Körben im Vorbeifliegen zu naschen oder anderen Kindern das Essen aus der Hand zu stehlen.

Plötzlich hörten sie einen Schrei hinter sich und sahen sich suchend um. Im ersten Augenblick mussten sie lachen. Das konnte doch nicht wahr sein!

Madu lag von einem Haufen Pilze bedeckt auf dem Rücken. Noch verwunderlicher war aber, dass diese Pilze auf ihn einzuschlagen und ihn zu beißen schienen.

Sying kniff die Augen zusammen. Dank des Sternes konnte er wieder ganz passabel sehen, aber hier mussten ihm seine Augen einen Streich spielen. Neben dem sich wehrenden Madu stand eine Art Pilzkind, das sich bei seiner Pilzmama gerade auszuweinen schien.

»Buuh, und dann streckte er seine Hand nach mir aus, ich glaube, er wollte mich essen, buuhhh!«

Die Mutter versuchte ihr Kind zu trösten und feuerte den wütenden Pilzhaufen an: »Beißt ihn für mich mit!«

Panisch rief Madu: »Wollt ihr mir jetzt helfen oder weiter zuschauen?«

Das löste die Kinder aus ihrer Erstarrung und gemeinsam zogen sie die Pilze von Madu herunter. Der rappelte sich etwas benommen auf, untersuchte kurz seine Blessuren und meinte dann entschuldigend: »Ich hatte so einen Hunger.«

Da weinte der kleine Pilz wieder, der größere versuchte sich aus Georges Händen zu befreien, um sich nochmal auf Madu zu stürzen. Nur mithilfe der Arborianer gelang esihnenschließlich, die aufgebrachten Pilze zu beruhigen.

Die Pilze waren ein weiteres Volk, das hier mit den Arborianern im Wald lebte. Natürlich hießen sie nicht Pilze. Aber ihr Name war so kompliziert, dass die Kinder ihn sofort wieder vergaßen.

Während die Arborianer weiterhin versuchten, das Missverständnis aufzuklären, betrachteten die fünf die Pilze.

Die größten waren etwa einen halben Meter groß, wohingegen die Kinder ungefähr fünfzehn Zentimeter maßen. Von hinten sahen sie den normalen irdischen Pilzen wirklichzumVerwechseln ähnlich. Sie hatten unterschiedliche Pilzhüte, so gab es welche im Fliegenpilz-Design, andere waren knallbunt oder hatten unglücklicherweise das Aussehen eines Champignons. Darauf war Madu hereingefallen.

Von vorne jedoch konnte man deutlich ein Gesicht mit einer dicken, knolligen Nase erkennen. Außerdem besaßen sie Arme mit vier Fingern an jeder Hand und Beine, die an Miniaturelefantenfüße erinnerten. Legten sie die Arme an und stellten die Beine nebeneinander, wirkte das wie ein ganz normaler Pilzstamm.

Im Moment gestikulierten diese Arme wild umher und zeigten immer wieder auf Madu.

Nachdem dieser sich zum gefühlt tausendsten Mal bei ihnen entschuldigt hatte und mittlerweile sehr zerknirscht aussah, nahmen die Pilze endlich die Entschuldigung an. Einigermaßen besänftigt gingen sie zum Buffet. Dabei konnte es sich die Mutter des Champignons nicht verkneifen, noch ein »Kannibale« zu Madu herüber zu zischen, als sie an ihm vorbeiging.

»Kommt, lasst uns auch was essen!«, meinte ausnahmsweise Charlie, um Madu auf andere Gedanken zu bringen.

So gingen sie gemeinsam zum dargebotenen Essen herüber, wo sich alle begeistert bekannte und unbekannte Köstlichkeiten auf Holzteller stapelten.Besonders hatten es ihnen die für Nirma typischen Blätterbrote angetan. Diese bestanden hauptsächlich aus gepressten Blättern, schmeckten aber je nach verwendeter Blattart unterschiedlich. Ebenfalls konnten sie von den dunkellilalen Amayeta-Beeren nicht genug kriegen, nachdem sie sie erst einmal gekostet hatten. Lediglich Madu stand etwas verunsichert davor.

»Was ist los, Madu?«, fragte Ehawee, die seine Unschlüssigkeit bemerkt hatte. »Es kann doch nicht sein, dass du keinen Hunger hast!«

»Ich weiß nicht. Hat irgendetwas davon Augen oder Zähne?«

Ehawee warf ihren Kopf in den Nacken und lachte herzhaft. »Du bist so lustig!« Dann fügte sie etwasernsthafter hinzu: »Du kannst alles hier unbesorgt essen.«

Madus erleichtertes »Gott sei Dank« löste neue Lachsalven bei ihr aus. Nach Luft japsend ging sie weiter, während sich Madu den größten Teller nahm und sich einen Riesenberg Essen auflud.

Hm, hier will ich alles mal probieren, dachte er und streckte sich sogar, um traubengroße, silberner Früchte aus einem der hängenden Körbe zu holen.

Auf der Suche nach seinen neuen Freunden verzehrte er schon einiges von seinem Essen. Er fand sie unter einem alten Baum in mehreren Affenschaukeln, in denen sie es sich bequem gemacht hatten. Als sie ihn erblickten, unterbrachen sie abrupt ihr Gespräch und starrten ihn entgeistert an.

»Was ist? Ich esse. Das solltet ihr doch mittlerweile kennen.«

Sying meinte vorsichtig: »Deine Haut, sieh nur.« Madu schaute auf seine Hände und hätte fast vor Schreck seinen Teller fallen lassen. Seine dunkle Haut war verschwunden, stattdessen war sie rotgrün gestreift!

Madu wandte sich zur Lichtung. Tatsächlich hatten nun auch andere bunte Haut, mal gepunktet oder kariert, aber nie gleich.

Puh, was ist das nur?, fragte Madu sich und war etwas beruhigt, weil sich niemand Sorgen zu machen schien.

George bemerkte ein Zupfen an seinem Hosenbein. Ein junger Fliegenpilz, der statt des roten einen dunkelgrünen Hut trug, versuchte seine Aufmerksamkeit zu erlangen.

George hob ihn gerade hoch, als das kleine Geschöpf schon hervorsprudelte: »Schuld sind die silbernen Früchte, die Quoias, vom Quoitari-Baum. In der hängenden Schale da drüben liegen einige von ihnen. Wir nennen sie auch Spaßfrüchte, weil die Haut bei dem Verzehr eine andere Farbe und Musterung annimmt. Sie gehören bei uns zu jeder Party dazu. Leider sind das die Letzten. Wir wurden ja vom Nachschub abgeschnitten. Wir dürfen sie noch essen, weil sie nur Spaß machen und sonst nicht weiter nützlich sind. Das Ganze hält übrigens nur wenige Stunden an. Bei der zweiten und dritten Frucht vom Quoitari verhält es sich da schon anders.«

Er blickte auf eine Schale neben dem Thron. Dort befanden sich vielleicht noch zwanzig goldene tischtennisballgroße Früchte. »Das sind die Quoitas. Bei denen muss man höllisch gut aufpassen. Sobald man mit dem Fruchtfleisch in Berührung kommt, schwillt die betroffene Körperstelle ins Unermessliche an. Hält zwar kürzer als die Farbveränderung der Quoias, ist aber äußerst unangenehm. Als wir noch genug davon hatten, hat eines der Rianer-Kinder von oben eine Quoita auf die Lichtung fallen lassen, woraufhin die Frucht zerplatzt ist und das Fruchtfleisch sich in alle Richtungen verteilt hat. Das war ein Chaos. Ich selbst habe einen Spritzer am Kopf abbekommen. Eine Seite ist so schnell angeschwollen, dass ich innerhalb von Sekunden umgefallen bin. Ich kann dir sagen, ich hatte sooo einen Kopf.«

Dabei zeigte er mit seinen Händen einen Kopf von der dreifachen Größe seines jetzigen an.

»Glücklicherweise hat mich ein netter Arborianer aufgerichtet und gegen einen Baum gelehnt. Dort konnte ich dann abwarten, bis sich alles wieder normalisiert hat. Also ich bin bestimmt nicht traurig, dass man diese Früchte im Moment nicht benutzen darf.«

»Was ist mit der dritten Frucht?«, fragte George neugierig. Die anderen, die die Erklärungen ebenfalls verfolgt hatten, rückten ein wenig näher.

»Ja, von dieser Frucht, der Quoi, haben wir leider keine einzige mehr. Und es ist fraglich, ob am Quoitari-Baum noch welche hängen. Sie ist die seltenste Frucht am Baum, der leider keine neuen Früchte hervorgebracht hat, seit Nirma Energie verliert. Sie sieht aus, als wäre sie aus Kristall, hat ein s-förmiges Aussehen und ist die Wertvollste von allen. Nach ihrem Verzehr hat man eine Zeit lang die Fähigkeiten eines Chamäleons. Egal vor welchem Hintergrund man sich bewegt, die Haut passt sich an die Umgebungsfarben an. So bleibt man für alle anderen unsichtbar. Und zu guter Letzt gibt es noch den Saft, der aus allen drei Früchten unter bestimmten, äußerst schwierigen Bedingungen gepresst wird. Er kann zwar keinen von der anderen Seite zurückholen, aber sogar schwerste und hoffnungslose Wunden vermag er zu heilen. Es geht das Gerücht um, dass Nokomis noch einige wenige Tropfen davon besitzt.«

Diese neuen Informationen waren zwar äußerst interessant, halfen den fünf bei ihrer bevorstehenden Aufgabe aber nicht wirklich weiter.

»Wisst ihr was?«, schlug Charlie vor. »Mir schwirrt von den ganzen Neuigkeiten schon der Kopf. Sollen wir nicht einfach zu den anderen herübergehen und Party machen?«

Begeistert nahmen alle den Vorschlag an. Es wurde ein unglaublicher Abend.

Gemeinsam mit den Arborianern versuchten sie zu erraten, wer wohl welche Farbe und Musterung annehmen könnte, bevor er von den silbernen Früchten gekostet hat. Das tatsächliche Ergebnis ließ sie jedes Mal in schallendes Gelächter ausbrechen.

So entstanden bei George rosa Punkte auf blauer Haut, bei Fatma rote Haut mit gelben Sternen, Sying wurde grün mit Schlangenlinien und Charlie blau-gelb kariert. Madus Muster änderte sich, als er noch ein Stück der leckeren Frucht aß. Die Arborianer nahmen ebenfalls die verschiedensten Farben und Muster an.

Sying kletterte mit den Rianer-Kids durch die Bäume und schwang sich mit lautem Tarzanschrei von Liane zu Liane. Es wurde auch Musik gemacht und getanzt. Es gab eine Art Waldorchester mit äußerst wunderlichen Instrumenten, eine arborianische Frau sang wunderschön dazu.

Charlie tanzte mit einem Arborianer, Ehawee mit Madu, ein Pilz mit einer Fee und ein sich sträubender George notgedrungen mit einem arborianischen Mädchen, das sich nicht abwimmeln lassen wollte. Fatma hatte dankend abgelehnt, bewegte sich aber rhythmisch am Rand und genoss diesen unglaublichen Augenblick.

Zwischendurch hatten die fünf endlich Gelegenheit sich ausgiebig zu unterhalten. Betroffen hörte Sying, dass er der einzige in der Gruppe war, der noch beide Elternteile hatte. Als George hörte, dass Charlie zuletzt auf der Straße gelebt hatte, bekam er ein schlechtes Gewissen, dass er sie wegen ihrer heruntergekommenen Erscheinung aufgezogen hatte. Alle mussten mit einem schweren Schicksal leben.

Bei den Erzählungen hielt George sich etwas zurück. Es stimmte zwar, dass sein Vater auch verschwunden war, doch die Probleme der anderen hörten sich viel gravierender an. Er wusste nicht, wie er den anderen seine Situation verdeutlichen sollte. Wie es war, sich sein ganzes Leben ausgegrenzt zu fühlen. Daher schwieg er lieber.

Als die Arborianer zu ihnen traten, wurde das Gesprächsthema wieder erfreulicher. Sie erfuhren einiges über das Leben auf Nirma, stellten Gemeinsamkeiten und Unterschiede mit der Erde fest.

Als Sying herzhaft gähnte, merkten auch die anderen, wie erschöpft sie waren. Es war ein langer, ereignisreicher Tag gewesen.

George wandte sich an Ehawee: »Wo können wir denn schlafen? Ich denke, wir sind alle ziemlich müde.«

»Eure Betten stehen in den Baumhäusern für euch bereit«, antwortete Ehawee.»Folgt mir, ichbringe euchhin.«

Während Fatma, Charlie, George und Madu hinter Ehawee über die Treppe immer höher bis in die Baumkrone stiegen, kletterte Sying über die Äste und erreichte sogar als Erster die Baumhäuser.

Ehawee zeigte auf ein Baumhaus. »Charlie, Fatma, hier könnt ihr schlafen. Für euch«, wandte sie sich an die Jungs, »ist das daneben. Wenn ihr noch etwas braucht, bin ich in dem gelben Haus zwei Treppenwindungen weiter. Ansonsten sehen wir uns morgen.«

Sie wünschten Ehawee eine gute Nacht und betraten über eine Veranda mit bunten Hängematten ihre Häuser.

»Wahnsinn«, entfuhr es Madu, als er das Innere ihrer Unterkunft sah. Sowohl der Holzboden als auch das Dach und die Seitenwände wurden immer wieder von Ästen durchbrochen. An der hinteren Wand standen drei Betten. Lichtkugeln unter der Decke erzeugten eine warme Atmosphäre.

Wie geschickt die Arborianer die Äste und Lianen für die Einrichtung genutzt haben, dachte Madu. Den einen Ast benutzen sie als Kleiderstange, die dickeren sind wohl zum Sitzen gedacht.

Er probierte direkt einen davon aus und fand diese Sitzgelegenheit erstaunlich gemütlich. Währenddessen hatten sich George und Sying schon ein Bett ausgesucht und es sich bequem gemacht. Müde legte er sich ebenfalls hin und war innerhalb von Sekundeneingeschlafen.

Ein blinder Passagier

Sie erwachten erst in den späten Morgenstunden. Alle hatten tief und fest geschlafen.

Nur Madu hatte einen seltsamen Traum. Dabei war es kein Traum im klassischen Sinn.

In seiner Erinnerung hatte er die ganze Zeit nur ein einziges Bild gesehen. Vor ihm hatte sich eine sich weit erstreckende Ebene mit einzelnen Bäumen im Vordergrund und einem größeren Wald im Hintergrund befunden. Noch hinter dem Wald schien etwas zu sein, was er nicht genau erkennen konnte. Aus einem Grund, den er nicht kannte, wollte er dieses Unbekannte unbedingt erreichen, aber so sehr er sich auch anstrengte, er konnte sich nicht bewegen und näher herangehen. Stattdessen war ihm nichts anderes übriggeblieben, als die Landschaft vor ihm weiter zu betrachten.

Das war ja ein merkwürdiger Traum, dachte Madu und trat zu Charlie, die die Pergamentrolle in der Hand hielt.

»Gibt es schon einen neuen Hinweis?«, fragte er sie. Seinen Traum hatte er da schon wieder vergessen.

»Nein, noch nicht.« Charlie schüttelte enttäuscht den Kopf und rollte das Pergament vorsichtig zusammen.

Die anderen packten zwischenzeitlich mit einigen Arborianern Rucksäcke mit Proviant und nützlichen Gegenständen.

Nach einem kurzen Imbiss verabschiedeten die fünf Kinder sich von ihren neu gewonnenen Freunden und von Nokomis, die ihnen noch ein Fläschchen schenkte.

»Der Weg, der noch vor euch liegt, ist voller Gefahren und Ungewissheit. Mit dem Inhalt dieser Flasche könnt ihr ein einziges Mal die Wunden eines Schwerverletzten heilen, indem ihr es ihm zu trinken gebt. Nutzt es weise. Unser aller Schicksal liegt in euren Händen. Möge die Sonne von Nirma immer für euch leuchten!«

Nach diesen Worten drehten sie sich um und hatten die Lichtung schon fast verlassen, als Charlie eine Idee hatte. »Wartet bitte noch einen Augenblick.«

Mit diesen Worten lief sie zu Nokomis zurück, die sie erstaunt ansah, und flüsterte ihr etwas ins Ohr. Nach einiger Zeit nickte die alte Frau.

Nokomis gab einem hinter ihr stehenden Arborianer einen Befehl. Dieser verschwand daraufhin hinter den Bäumen, um einen größeren Lederbeutel zu holen. Unter eindringlichen Worten von Nokomis überreichte er ihn Charlie, die ihn dankbar entgegennahm.

Mit einem geheimnisvollen Gesicht schloss sie sich wieder den anderen an.

»Was hast du da?«, fragte Sying neugierig.

Doch Charlie lächelte nur: »Überraschung«, und steckte den Beutel in ihren Rucksack.

Danach brachen sie endgültig auf. Ehawee hatte sich mit ihrem Wolf an ihrer Seite an die Spitze gesetzt und gab die Richtung vor. Am Anfang wurden sie sowohl am Boden als auch in den Bäumen von johlenden Arborianer-Kindern begleitet. Doch schon vor längerer Zeit hatte das Letzte von ihnen aufgegeben und war zum Dorf zurückgekehrt.

Den ersten Teil des Weges gingen sie schweigend und jeder hing seinen Gedanken nach. Dieser Bereich des Waldes sah genauso aus wie das Gebiet, das sie bereits kannten.

Auf einmal meinte Fatma zaghaft: »Sollten wir uns nicht das nächste Rätsel schon anschauen? Ich meine, wirwissen ja nicht, wie viel Zeit uns bleibt und was noch …«

Charlie schlug sich mit der Hand vor die Stirn und unterbrach Fatma: »Das ist eine gute Idee. Hoffentlich ist der nächste Hinweis mittlerweile da.«

Daraufhin zog sie die Pergamentrolle aus ihrer Tasche und rollte sie auf. Tatsächlich waren in der Zwischenzeit weitere Zeilen sichtbar geworden, die sie nun vorlas:

Aus Schicht für Schicht bin ich gebaut,
von klein bis groß man mich anschaut,
ich seh' gut aus, man hat mich gern,
doch hab' ich auch 'nen harten Kern.

Doch habe ich nun Platz gemacht,
für die Scherbe, die wurd' gebracht.
Im dunklen Bett sie nun ruht,
zum Holen brauchst du sehr viel Mut.

Viele von uns umgeben das Bett,
wir sind mal wild und mal ganz nett.
Zusammen besiegen wir den härtesten Stein,
wir schaffen nichts, sind wir allein.

Was sollte das denn nun bedeuten? Ratlos sahen sie sich an. Tief in Gedanken versunken gingen sie weiter.

Nach weiteren Stunden unermüdlichen Fußmarsches fragte Madu: »Wollen wir nicht vielleicht eine Pause einlegen? Es könnte auch nicht schaden, wenn wir das Gewicht unserer Rucksäcke reduzieren.«

Ehawee blieb stehen. »Du willst was essen«, stellte sie fest. »Sag mal, gibt es da, wo du herkommst, so wenig?«

Madu dachte an seine Heimat, an das Land, das von so vielen Hungersnöten, Bürgerkriegen und Epidemien heimgesucht worden war und das er dennoch liebte. Er sah Ehawee an.

»Ja, das stimmt. In meinem Land gibt es für viele nicht genug zu essen. Viele Kinder sterben schon früh an Unterernährung oder Erkrankungen.«

Betroffen sah Ehawee ihn an. Sie hatte ihre Frage eigentlich als Scherz gemeint. »Das habe ich nicht gewusst. Es tut mir leid.«

Madu nickte ihr zu und wischte sich verstohlen über die Augen.

»Wieso geht es den Menschen in deinem Land so schlecht?«

»Das ist schwierig zu beantworten. Zum einen kämpfen unterschiedliche Volksgruppen um die Macht und einige Gruppen versuchen ihre Religion mit allen Mitteln durchzusetzen. Dadurch gibt es viel Krieg und Gewalt. Anstatt uns mit dem Geld, das unser Land verdient, zu helfen, behält unsere Regierung es lieber selbst oder kauft neue Waffen. Viele Menschen haben bei uns keine Schulbildung und sind sehr arm und so führt eins zum anderen.«

»Aber, wenn Geld da ist, warum wird es nicht dafür verwendet, das Land besser zu machen? Es macht doch viel mehr Sinn, miteinander statt gegeneinander zu arbeiten. So etwas finde ich dumm.«

»Das sehe ich auch so. Hoffentlich ändert sich bald etwas und mehr Menschen denken so.« Sie schwiegen wieder.

Als Ehawee auf einmal vorschlug: »Wir sollten uns ein wenig ausruhen und etwas essen«, stimmten alle aus vollem Herzen zu. Selbst Taku, der bisher die meiste Zeit neben Ehawee gelaufen war, gab sein Einverständnismit einem zustimmenden Jaulen kund.

»Hast du eigentlich gefragt, ob es so etwas wie Schweine auf Nirma gibt? Ich an deiner Stelle wäre da vorsichtig, nicht dass du nachher etwas Falsches isst!«, stichelte George wieder einmal in Richtung Fatma, die aufstand und sich einige Meter von ihm entfernt niederließ. Daraufhin stand auch Charlie auf und setzte sich demonstrativ neben Fatma. Sying und Madu sahen sich kurz an und taten es ihr gleich.

George sah ihnen nach. Es war ihm egal, er war sowieso lieber allein. Er schaute Ehawee an.

»Willst du denn nicht auch lieber zu ihnen gehen?«

»Ich verstehe nicht, worüber ihr gerade gesprochen habt. Irgendwie schien das, was du gesagt hast, nicht allzu nett gewesen sein. Was auch immer ein Schwein sein mag. Aber ich bleibe hier sitzen.«

George stellte seinen Rucksack neben sie und schaute hinein. »Das darf doch wohl nicht wahr sein. Wie kommst du denn hier herein?« Er griff in den Rucksack und zog den zappelnden Fliegenpilz vom gestrigen Abend hervor. »Was soll das denn? Und vor allen Dingen, wo ist mein Essen?«

Der kleine Fliegenpilz sah George zerknirscht an. »Ich wollte es zuerst wirklich drin lassen, doch es war so eng und es hat so stark nach Amayeta-Beeren gerochen. Ich hasse diesen Geruch. Und ich wollte unbedingt mit euch auf Abenteuerreise gehen. Mein Volk kommt gewöhnlich nicht so viel herum. Ihr wart da meine einzige Chance.«

Dabei blickte er George strahlend an, der ihm augenblicklich widersprach: »Auf gar keinen Fall! Das ist hier doch keine Urlaubsreise. Spätestens am Rand der Dunkelheit wirst du mit Ehawee ins Dorf zurückkehren.«

»Ähm … so einfach ist das nicht«, sagte Ehawee. »Ich gehe nämlich nicht zurück, ich werde euch weiterhin begleiten.«

»Das kommt überhaupt nicht in Frage. Nokomis hat gesagt, du begleitest uns nur bis zum Rand der Dunkelheit.«

»Ja, Granny neigt dazu, mich beschützen zu wollen, aber ich denke, insgeheim hat sie es schon gewusst.«

»Granny, Granny! Nokomis ist deine Großmutter? Was bist du noch? Brelors kleine Schwester?« George raufte sich die Haare. »Dann musst du erst recht zurück. Nicht auszudenken, wenn dir etwas zustößt.«

»Ausgeschlossen! Es geht um mein Volk und meine Welt. Ich werde nicht einfach nur herumsitzen und tatenlos dabei zusehen, wie sie zugrunde geht. Außerdem kann ich euch helfen. Ich kenne mich hier im Gegensatz zu euch aus. Ihr braucht mich, ob ihr wollt oder nicht.«

Stirnrunzelnd sah George sie an. Sie hatte Recht, musste er sich eingestehen, und er konnte sie schließlich nicht zwingen zurückzukehren. »Also gut, aber es wäre sehr schön, wenn du dafür sorgen könntest, dass du nicht getötet wirst.«

»Das trifft sich gut, da dies ganz in meinem Sinn ist. Willst du jetzt etwas von meinem Essen abhaben?«

George nickte.

»Für mich bitte auch«, meldete sich von unten eine kleine Stimme, woraufhin Ehawee ihren Proviant lächelnd an den Pilz weiterreichte.

Die anderen hatten in der Zwischenzeit weiter gerätselt, was es mit den geheimnisvollen Zeilen auf sich hatte.

Charlie dachte laut nach. »Betten gibt es in Häusern. Sie sind umgeben von Wänden, die oft aus Stein sind. Vielleicht eine Gruft, da ist es ziemlich dunkel. Und Steine können mal wild sein, zum Beispiel bei einem Steinschlag, oder ganz ruhig daliegen, also nettsein.«

»Schon, aber die Zeile ›zusammen besiegen wir den härtesten Stein‹ will nicht so recht passen«, wandte Fatma ein.

Madu fügte hinzu: »Außerdem schaue ich Steine nicht so gerne an.«

»Vielleicht sind Edelsteine gemeint, die hat man schließlich auch gern. Ein Diamant ist unglaublich hart, der könnte schon den härtesten Stein besiegen.«

So überlegten sie hin und her, jeder machte einige Vorschläge, die sie jedoch sofort wieder verwarfen. Der Vorschlag mit dem Diamanten passte fast am besten, aber leider nicht ganz. Sie versuchten wiederholt ihn mit dem

Rätsel in Verbindung zu bringen, unglücklicherweise stimmte schon die erste Zeile nicht.

Ein Diamant wurde nun mal unter hohem Druck und Temperatur aus Kohlenstoff geboren. Er baute sich nicht, egal wie sehr sie es sich auch wünschten, schichtweise auf.

Ihre Köpfe rauchten schon vor lauter Anstrengung. Aber da ihnen beim besten Willen nichts einfiel, beschlossen sie, es fürs Erste dabei zu belassen.

»Immerhin wissen wir schon mal, was es nicht ist«, versuchte Charlie die gedrückte Stimmung zu verbessern.

Irgendwann war es an der Zeit für sie weiterzugehen.

»Bitte ich will nicht in den dunklen Rucksack zurück«, flehte der Pilz. »Darf ich nicht bei dir auf der Schulter sitzen? Bitte, George, sag ja.«

George musste wider Willen lachen. »Also gut, du Nervensäge, klettere herauf.« Er nahm den Pilz auf den Arm, dann stutzte er und fragte: »Wie heißt du eigentlich?«

»Oh, du würdest meinen Namen nicht aussprechen können. Nicht einmal die Nirmaner, die nicht zu meinem Volk gehören, können das.« Der Pilz strahlte ihn an. »Du könntest mir einen Namen geben. Einen, der dir gefällt und den du aussprechen kannst.«

George sah den Pilz überrascht an, er fühlte sich seltsam gerührt. »Ich habe noch nie jemandem einen Namen gegeben.«

Er überlegte. So etwas wie Pilzi oder Flipi fiel definitiv weg. Irgendwie erinnerte ihn der Pilz an eine Figur aus einem Kinderbuch. An die Geschichte konnte George sich nur sehr verschwommen erinnern, aber den Namen wusste er noch: Fred! Die Hauptfigur in dem Buch hieß

Fred. Er sah den Pilz an. Ja, das passte! George räusperte sich, während der Pilz ihn erwartungsvoll ansah. Dann sagte er mit getragener Stimme: »Pilz von Nirma, hiermit taufe ich dich auf den Namen Fred. So sollst du von jetzt an für jeden von meiner Welt heißen.«

Daraufhin spritze er ein wenig Wasser aus seiner Flasche auf Fred, was ihm sowohl von ihm als auch von Ehawee verdutzte Blicke einbrachte.

»Ähm, das ist so eine Art Ritual. Es macht die Namensgebung komplett.«

Charlie hatte die letzten Worte von George gehört und meinte: »Fred, hm, ich dachte, der war vom Jupiter und nicht von Nirma.« Als keiner über ihren Scherz lachte, hob sie resigniert die Schultern. »Ich schätze, das Lied habt ihr noch nicht gehört.«

Sie verstanden immer noch nicht, was Charlie damit meinte, beschlossen aber, es einfach dabei zu belassen und sich stattdessen wieder auf das Rätsel zu konzentrieren. Selbst Fred, der es sich mittlerweile auf Georges Schulter bequem gemacht hatte, machte einige Vorschläge.

Bei ihren Überlegungen verfing sich Madu, der gerade etwas aus seine Wasserflasche trank, in einer Wurzel. Er stolperte und fiel hin. Seine Wasserflasche hatte er bei seinem Sturz verloren. Sie war ein wenig weiter gerollt und etwas Wasser ergoss sich auf den Waldboden.

Fatma bückte sich, um die Flasche aufzuheben und sie Madu wiederzugeben. Mitten in der Bewegung hielt sie inne und starrte auf das auslaufende Wasser. Dieses bildete ein kleines Rinnsal, das über den Boden lief und zwischen einigen kleineren Steinen verschwand.

»Erde an Fatma oder besser Nirma an Fatma, könntest du dich bitte ein wenig beeilen? Wir wollen hier schließlich keine Wurzeln schlagen«, drängelte George.

Fatma beachtete ihn gar nicht weiter. Sie wandte sich direkt an Charlie. »Bitte zeig mir doch noch einmal das nächste Rätsel. Mir ist da gerade ein Gedanke gekommen.«

Charlie reichte ihr das Pergament und konzentriert las Fatma es sich durch, während die anderen sie erwartungsvoll beobachteten.

Dann murmelte sie: »Ich glaube, ich habe es gelöst, zumindest zum Teil. Ich denke, es geht um Wasser. Ein einzelner Wassertropfen schafft nichts, aber ganz viele höhlen auf Dauer sogar den härtesten Stein aus. Als mal wild und mal nett wird das Wasser beschrieben, ich denke, damit kann nur das Meer oder ein starker Fluss gemeint sein.«

Die anderen dachten einen Augenblick über ihre Worte nach.

»Das könnte stimmen«, meinte Charlie schließlich. »Aber was ist dann mit dem Rest gemeint? Was gibt es im Meer, was man gernhat und in einem dunklen Bett liegt?«

»Das weiß ich noch nicht, doch glaube ich wirklich, dass sich das, was auch immer damit gemeint ist, im Wasser befindet.«

Ehawee mischte sich ein. »Es gibt das Nirmanische Meer, das gar nicht allzu weit vom Quoitari-Baum entfernt ist. Am Ufer liegt ein kleines Fischerdorf, dort kann man uns sicher weiterhelfen. Vielleicht haben auch die Wassermenschen, die Marianer, eine Idee, was mit dem

Rest des Rätsels gemeint sein könnte. Niemand kennt das Meer so gut wie sie.«

Wassermenschen. Was gab es wohl noch alles auf dieser fremden Welt? Auf jeden Fall stand ihr nächstes Ziel nach dem Quoitari-Baum fest.

Mit neuer Energie setzten sie ihren Weg durch den bunten und prächtigen Wald fort, bis …

Ein verfressenes Biest

Abrupt blieben die Freunde stehen und sahen auf das, was sich vor ihnen befand. Es war, als würde eine schwarze Wand aus dem Boden wachsen. Der Wald war auf ihrem bisherigen Weg hell und freundlich, doch ab jetzt wurde er dunkel und unheimlich.

»Es nützt niemandem, wenn wir hier Wurzeln schlagen. Nur vom Hinsehen schaffen wir es nicht dadurch.«

Nach diesen Worten schritt Ehawee mutig voran und betrat den dunklen Bereich. Die anderen setzten sich ebenfalls in Bewegung und gingen hinter ihr her.

Sobald Sying in die Finsternis trat, verfügte er sogleich nur noch über einen schmalen Sichtkorridor. Sein Stern half ihm hier nicht mehr.

Aber auch die anderen hatten ihre Schwierigkeiten mit den neuen schlechten Lichtverhältnissen. Es dauerte einen Moment, bis ihre Augen sich daran gewöhnt hatten.

Sie sahen sich um. Der Wald sah hier aus, als hätte ein Feuer gewütet. Die immer noch eng stehenden Bäume waren schwarz und verdorrt, an den Ästen und Zweigen gab es keine Blätter mehr.

Nirgendwo war auch nur ein einziges Tier zu sehen oder zu hören, es herrschte eine geradezu beängstigende Stille. Beklommen bahnte sich die Gruppe ihren Weg durch die trostlose Landschaft. Der Boden unter ihnen bestand aus einer schleimigen, grünen Schicht, die mit jedem Schritt mehr an ihren Füßen kleben blieb. Auf diese Weise schleppten sich die Freunde noch einige Stunden vorwärts, bis sie das Gefühl hatten, keinen weiteren Schritt mehr gehen zu können.

An einer Stelle, die nicht ganz so dicht bewachsen war, beschlossen sie zu übernachten. Am liebsten wäre jeder von ihnen weitergelaufen, um diesen dunklen Bereich so schnell wie möglich zu verlassen. Allerdings wussten sie nicht, wie breit die Finsternis tatsächlich war und was ihnen noch bevorstand. Es wäre unvernünftig gewesen, tagelang ohne ausreichend Pausen und Schlaf auszukommen. Daher hatten sie sich entschlossen, in vernünftigen Abständen zu rasten und notgedrungen auch in diesem Teil zu übernachten.

Die Gruppe nahm Decken aus ihren Rucksäcken und legte sich hin. Taku rollte sich neben Ehawee ein, während Fred es sich in Georges Ellenbeuge bequem machte.

Um ihr Unbehagen über diesen Platz zumindest ein bisschen zu lindern, waren sie übereingekommen, eine Wache aufzustellen, deren Ablösung in regelmäßigem Abstand erfolgen sollte. Die erste Wache hatte Charlie übernommen.

Nach ungefähr zwei Stunden ohne besondere Vorkommnisse weckte sie Sying, der als nächster an der Reihe war. Sying bat sie noch einen Augenblick wach zu bleiben, da er einmal kurz für kleine chinesische Zirkusakrobaten verschwinden musste.

Er verließ ihren Lagerplatz und verschwand hinter einem dichten, stacheligen Gebüsch, das sich ganz in der Nähe befand. Er war soeben fertig, als er merkte, dass sich irgendetwas Schwarzes um seine Knöchel geschlungen hatte. Als er sich bückte, um sich davon zu befreien, zog ein kräftiger Ruck seine Füße nach hinten und er fiel bäuchlings auf den Boden.

Sying bekam einen Riesenschreck und schrie aus Leibeskräften: »Hilfe, etwas hält mich fest. Helft mir schnell. Ich kann mich nicht befreien.«

Charlie war als Erste bei ihm und hielt ihn fest, während Sying immer weiter von ihr weggezogen wurde. Sie lehnte sich mit ihrem gesamten Gewicht dagegen und drückte ihre Füße fest in den Boden.

»Oh mein Gott, was ist das nur? Ich kann dich kaum halten, es zieht mich ebenfalls mit.«

»Ich weiß es nicht, es war plötzlich da«, keuchte Sying.

Endlich war auch der Rest ihrer Gruppe, von Syings Geschrei alarmiert, da. Taku knurrte die Stränge wütend an. George und Fatma unterstützten Charlie beim Festhalten, während die anderen versuchten, Sying aus seinen Fesseln zu befreien.

Fred hatte sich vor Syings Gesicht gestellt und sprach beruhigend auf ihn ein: »Halte durch, mein Freund. Wir werden dich bald losbekommen.«

Leider war er mitdieser Einschätzung etwasvoreilig.

Egal, was sie versuchten, wie sehr sie auch zerrten, es gelang ihnen nicht, die Fesseln nur ein Stück zu lockern. Selbst Taku, der sich in einen Strang verbissen hatte und wild daran zerrte, schaffte es nicht, ihn durchzubeißen.

»Es ist eine Pflanze«, stellte Ehawee fest, während sie sich den Schweiß von der Stirn wischte. »Madu, du hast doch ein Messer an deinem Gürtel, versuch es damit.«

Madu schlug sich mit der Hand vor den Kopf. »Daran

habe ich gar nicht mehr gedacht.« Während er Ehawees Vorschlag in die Tat umsetzte, sagte er: »Aber ich komme nicht durch, die Klinge rutscht immer wieder an der Oberfläche ab.« Nirgendwo konnte er die Tentakel durchschneiden. Auf diese Weise kamen sie nicht weiter.

Ehawee sah sich die Pflanze genauer an. Es waren zwei separate Stränge, die sich schwarz und knotig über den Waldboden schlängelten, sich mit einem Ende um Syings Füße wanden und keine zehn Meter entfernt im Boden zu verschwinden schienen.

Und noch etwas fiel ihr auf: »Diese Pflanze kenne ich nicht. Sie lässt sich nicht entfernen und irgendetwas scheint in ihr zu pulsieren.«

Nun schauten sich auch die anderen Syings Fesseln genauer an. Und tatsächlich, in gleichmäßigen Abständen schien eine winzige Welle die Tentakel entlang zu rollen.

Madu ging langsam an der Liane entlang. »Die Welle beginnt dort bei Syings Knöcheln. Aber wohin geht sie?«, dachte Madu laut.

Dort, wo die Stränge im Boden zu verschwinden schienen, wabbelte der Boden immer in dem Moment großflächig, wenn eine Welle eintraf. Madu nahm sich einen Stock und stocherte ein wenig an dieser Stelle herum.

Auf einmal hob sich der Boden vor ihm auf einer Breite von drei bis vier Metern an. Entsetzt stolperte er zurück und machte das Zeichen gegen das Böse.

Es sah so aus, als wollte etwas vor ihm den Boden verlassen. Dieses Etwas schüttelte und wand sich, bis es sich weit öffnete. Die anderen beobachteten alles mit großen Augen aus sicherer Entfernung.

Das konnte doch wohl nicht wahr sein!, schoss es George durch den Kopf. Die Pflanze sieht fast so aus wie die Venusfliegenfalle, die ich einmal in meinem Zimmer hatte. Allerdings ist dieses Exemplar einige Meter größer und komplett schwarz. Vermutlich bevorzugt sie auch statt Fliegen einen Snack in der Größenordnung von Sying. Diese Gedanken behielt er jedoch wohlweislich für sich.

Die untere Hälfte des gewaltigen Pflanzenkörpers lag auf dem Boden auf, während die obere sich erwartungsvoll aufgeklappt hatte. Die zahlreichen Zähne, die George bei seiner Pflanze fast niedlich gefunden hatte, waren gut dreißig Zentimeter lang, ebenfalls schwarz und sahen spitz und tödlich aus. Syings Fesseln endeten direkt in diesem großen Maul.

Aus seiner Position konnte Sying nichts erkennen, dennoch spürte er die Unruhe seiner Freunde.

»Was ist denn da los?«, rief er aufgeregt und versuchte sich weiter aufzurichten.

Fatma drückte ihn sachte zurück und sprach beruhigend auf ihn ein: »Madu und Ehawee versuchen, die Pflanze von dir zu entfernen. Das ist alles.«

Die Venusfliegenfalle zog immer wieder an ihren Tentakeln, um Sying in ihr Maul zu ziehen. Doch die Freunde hielten ihn fest.

»Was können wir nur machen? Es muss einfach eine Lösung geben.« Madu zerrte immer verzweifelter an den Strängen.

»Leute, mir wird ganz schwindelig«, stöhnte Sying und fasste sich mit einer Hand an den Kopf.

Charlie musterte ihn besorgt und sah, dass er tatsächlich sehr blass aussah.

Als sei ihm alles Blut aus dem Gesicht gewichen, schoss es ihr durch den Kopf.

Entsetzt starrte sie der pulsierenden Welle hinterher, die gerade wieder einen Strang hinunterlief. Die Pflanze selbst erschien ihr auch etwas praller als noch vor einigen Augenblicken.

»Oh mein Gott, ich weiß, was die Welle bedeutet. Dieses Monster da saugt Sying das Blut heraus.«

Das war furchtbar! Sie hatten gedacht, auf Zeit spielen zu können, bis sie eine Lösung fanden. Doch das warein Trugschluss! Die Pflanze konnte ganz entspannt abwarten, weil sie sich bereits von Sying ernährte. Es war nur eine Frage der Zeit, bis sie ihn völlig ausgesaugt hatte.

Von der Angst um ihren Freund getrieben, zogen und rissen sie mit vereinten Kräften an den Tentakeln. Nichts half. Die Pflanze gab Sying nicht frei.

»Stopp«, brüllte George schließlich. »Das bringt uns nicht weiter. Wir müssen nachdenken.«

Und schnell eine Lösung finden, fügte er in Gedanken hinzu. Sying lief die Zeit davon.

Ehawee ging im Geiste alle Pflanzen durch, die sie kannte. Als Waldbewohnerin waren ihr eigentlich sämtliche Pflanzen und Kräuter und deren Anwendungen vertraut. Davon war sie bisher zumindest ausgegangen.

Aber dieses Monster war ihr völlig fremd, sie hatte noch nicht einmal von seiner Existenz gewusst. So etwas brachte nur die Finsternis hervor. Wie sollte sie dann ein Mittel finden, um es aufzuhalten? In ihrem Wald gab es nur freundliche und schöne Pflanzen. Nein, ihr fiel nichts ein.

Aus der Ferne attackierte Madu die Venusfliegenfalle mit Steinen, in der Hoffnung, dass ihr Körper verletzlicher war als ihre Ausläufer.

Immer größere Steine warf er auf die Pflanze, frustriert musste er jedoch feststellen, dass er auch damit keinen Erfolg hatte. Selbst einen spitzen Ast, den er wie einen Speer geworfen hatte, war an diesem Monstrum abgeprallt. Kein einziger Angriff führte zum Erfolg oder nur zu einem winzigen Kratzer.

George überlegte ebenfalls, während er Sying weiter eisern festhielt. Dessen Hände fühlten sich mittlerweile eiskalt an und kalter Schweiß stand auf seiner Stirn. Kein Wunder, George wusste zwar nicht genau, wie viel Blut Sying schon verloren hatte, aber es war zumindest schon so viel, dass es ihm körperlich deutlich schlechter ging. Und sie hatten keine Möglichkeit, diese Pflanze zu verletzen oder nur das Saugen zu stoppen.

Moment, über die letzte Möglichkeit hatte er noch gar nicht richtig nachgedacht. Das Saugen stoppen? Er grübelte, welche Blut saugenden Tiere er auf der Erde kannte. Als Erstes fielen ihm natürlich die Mücken ein. Lästige kleine Biester, die man solange mit der Hand vertrieb, bis sich irgendwann die Möglichkeit bot, sie zu erschlagen. Das war definitiv keine Lösung für ihr Problem.

Dann gab es einige Arten blutsaugender Fledermäuse, aber auch dazu kam ihm nichts Hilfreiches in den Sinn. Blieben noch Blutegel. Diese schleimigen Dinger, die sich gerne an nackten Beinen im Wasser festsaugten. Vor allem ließen sich Blutegel wieder mit Salz entfernen. Konnte das auch hier funktionieren? Einen Versuch war es auf alle Fälle wert.

»Madu, lauf schnell in unser Lager und hole deinen Rucksack.«

Madu rannte sofort los. Er kannte zwar den Grund nicht, hatte jedoch die Dringlichkeit in Georges Stimme erkannt.

Als George Madu mit dem Rucksack heraneilen sah, rief er ihm zu: »Nimm das Salz und streu es auf die Stränge. Los, beeil dich!«

Madu schüttete das Salz auf die Teile der Pflanze, die Syings Knöchel umschlangen. Und es funktionierte! Die Stränge verdorrten an dieser Stelle sofort und fielen ab.

So schnell sie konnten, zogen sie Sying aus der Gefahrenzone und beobachteten weiter die Pflanze. Die Stränge wanden sich und zogen sich zurück.

Als die Venusfliegenfalle sich gerade wieder im Boden verstecken wollte und langsam ihre Kiefer schloss, landete etwas genau in ihrem Maul. Madu hatte den ganzen Beutel Salz geworfen. Volltreffer!

Das Ergebnis war verheerend. Zwar versuchte die Pflanze noch, den Beutel wieder auszuspucken, dochdas Salz hatte sich bereits in ihrem Inneren verteilt. Sie plusterte sich auf, bis sie explodierte. Die Pflanzenreste flogen durch die Luft und Madu, der ihr am nächsten stand, bekam eine große Ladung ab.

»Iiihh, Pflanzenglibber!« Madu zog die größten Stücke von sich herunter, was sich wegen ihrer sehr klebrigen Konsistenz als gar nicht so einfach erwies. Dann drehte er sich zu dem Rest der Gruppe um, die ihn und die Pflanzenreste fassungslos anstarrten. Er zuckte mit den Schultern.

»Schätze, morgen müssen wir unser Ei ohne Salz essen.« Dann ging er an ihnen vorbei zurück zum Lager.

Die anderen folgten ihm, wobei sie den schwachen Sying stützten mussten. Vorsichtig setzte sich Sying im Lager auf den Boden, Taku legte sich neben ihn.

»Danke, ihr habt mir das Leben gerettet. Ich dachte schon, mein letztes Stündlein hätte geschlagen.« Er sah George an. »Woher wusstest du …?«

George unterbrach ihn: »Du meinst das Salz? Blutegel fallen ab, wenn man sie mit Salz bestreut. Ich dachte, einen Versuch ist es wert. Wenn ich allerdings gewusst hätte, dass ich mein Essen jetzt ohne Salz … Aua!«

Charlie hatte ihn in die Seite geboxt und alle lachten erleichtert.

»Schluss jetzt, Sying braucht Ruhe. Wie fühlst du dich?«, ließ sich Fatma ungewohnt energisch vernehmen.

»Danke, ich denke, es geht mir schon wieder besser. Aber für den Wachdienst melde ich mich heute ab.«

Fatma, die sich ein wenig mit Erster Hilfe auskannte, reichte ihm etwas zu trinken.

»Du brauchst jetzt viel Flüssigkeit und etwas essen solltest du auch.«

Sying nahm alles dankbar an und befolgte ihre Anweisungen. Danach legte er sich hin und schlief umgehend vor Erschöpfung ein.

Eine clevere Idee

Nach der eher unruhigen Nacht packten sie ihre Sachen zusammen. Doch vor ihrem Aufbruch wollten sie noch frühstücken. Sie wickelten ihr Essen aus und zuckten erschrocken zurück. Unzählige Würmer tummelten sich in ihrem Essen. Angewidert warfen sie es weit weg.

»Na wenigstens haben wir jetzt die Frage geklärt, ob es hier Tiere gibt«, bemerkte George sarkastisch.

»Oh, es gibt Tiere hier, aber glaubt mir, den meisten davon wollt ihr nicht begegnen«, antwortete Ehawee ihm. »Wir sollten schauen, dass wir hier wegkommen.«

Die anderen konnten ihr nur beipflichten und so zogen sie zügig weiter.

»Es sollte nicht mehr allzu weit sein. Der Baum steht ja nur ungefähr zwei Tagesreisen von meinem Zuhause entfernt und wir sind fast schon so lange unterwegs.«

Ehawees Worte machten den anderen Mut. Sie legten einen Schritt zu. Da hob Ehawee ihren Finger und bedeutete ihnen, still zu sein. Vor ihnen war etwas, das konnten sie alle jetzt hören.

Allmählich konnten sie auch erste Schemen erkennen, die langsam auf sie zukamen. Was sie schließlich sahen, ließ ihnen das Blut in den Adern gefrieren.

»Trolle«, stieß Ehawee zischend aus. »Zwar ohne ihre Behemothen, aber auch alleine sind sie immer noch schlimm genug.«

Da stimmte ihr die übrige Gruppe zu. Die Trolle sahen

wirklich furchterregend aus. Sie waren nicht ganz so groß wie ein erwachsener Mensch, aber immer noch größer als die meisten aus ihrer Gruppe. Außerdem waren sie unglaublich muskulös. Da bewegten sich gewaltige Kraftpakete auf sie zu.

Die Haut der Trolle war ebenfalls grün, es war jedoch weder das helle Grün von Ehawees Haut, noch der satte dunkelgrüne Farbton von Nokomis Haut. Dies hier war ein sehr schmutziges Grün, oft unterbrochen von zahlreichen, grässlichen Narben, die im Gesicht, auf Armen, Beinen und Oberkörpern deutlich zu erkennen waren.

Sie trugen eine Art ledernen Lendenschurz, an dessen Gürtel diverse Waffen und Messer befestigt waren. Außerdem liefen sie barfuß über den Waldboden. Ihre Gesichter waren äußerst grobschlächtig und zu einer hässlichen Fratze verzerrt. Sie fletschten ihre gelbbraunen und spitzen Zähne. Ihre Haare, sofern sie welche hatten, standen wirr und schmutzig vom Kopf ab.

Ungefähr zwanzig dieser Ungeheuer kamen nun in einem Halbkreis auf sie zu. Sie schwangen ihre Keulen und hatten einen irren Blick.

Taku gebärdete sich wie wild und wollte sich auf die Trolle stürzen, so dass Ehawee alle Mühe hatte, ihn zurückzuhalten. Fred krabbelte sicherheitshalber in Georges Tasche. Bei einem Kampf war er eh keine große Hilfe, und so musste er wenigstens diese gruseligen Gestalten nicht länger ansehen. Dafür konnte er aber nun sehr gut das Gekrächze von Krähen hören, die ebenfalls immer näherkamen.

Instinktiv wichen die Kinder ein Stück zurück und sahen sich hektisch nach einem Ausweg um. Sie hoben ein paar Stöcke vom Boden auf, um sich zumindest ein wenig verteidigen zu können, aber im direkten Kampf konnten sie ihre Gegner unmöglich besiegen.

Der Weg zurück war auch keine Option, da sie ja unbedingt auf die andere Seite der Dunkelheit gelangen mussten. Was sollten sie also tun?

Charlie kam eine Idee. »Los, auf die Bäume da drüben«, schrie sie den anderen zu und deutete auf drei ziemlich dicht nebeneinanderstehende Bäume rechts hinter ihnen.

Dass die Bäume nur aus kahlen Ästen bestanden, erleichterte das Klettern enorm und nach kurzer Zeit saßen Fatma und Sying auf dem einen Baum, George auf dem zweiten und Madu und Charlie auf dem dritten.

»Taku, lauf weg, versuche an den Trollen vorbeizulaufen.« Ehawee sah Taku nach, der ihrem Befehl gehorchte. Sie hoffte, dass die Trolle sich nicht weiter für ihn interessierten und er unbeschadet auf der anderen Seite ankam.

Danach wollte sie als Letzte zu George auf den Baum klettern, als Charlie ihr zurief: »Nein, Ehawee, du musst auf meinen Baum klettern, ich brauche dich hier.«

Achselzuckend kletterte sie zu Charlie nach oben. »Verrätst du mir, was du vorhast?«

Doch bevor Charlie antworten konnte, wurden sie schon von den Krähen angegriffen, die noch vor den eher schwerfälligen Trollen die Bäume erreicht hatten. Mit ausgefahrenen Krallen stürzten sie auf die Kinder zu. Mit den Stöcken versuchten die Freunde, die Vögel so gut es ging, auf Abstand zu halten.

»Hol deine Steinschleuder raus, Ehawee«, befahl Charlie.

»Wieso? Ich habe nur noch drei Steine in der Tasche, damit kann ich die Trolle nicht aufhalten.«

Die Ersten hatten mittlerweile die Bäume erreicht. Zum Klettern waren die Trolle zu schwerfällig. Daher schlugen sie mit Äxten auf die Stämme der Bäume ein. Unter der Wucht der Schläge erzitterten die Bäume. Glücklicherweise waren ihre Bewegungen relativ unkoordiniert, trotzdem war es nur eine Frage der Zeit, bis die Trolle Erfolg haben würden.

»Was auch immer du vorhast, es sollte schnell passieren«, rief George zu Charlie herüber.

»Ich bin ja schon dabei«, kam prompt die Antwort, während Charlie in ihrem Rucksack wühlte. Sichtlich zufrieden holte sie den Lederbeutel hervor, den Nokomis ihr bei der Verabschiedung überreicht hatte.

»Nimm das hier anstatt der Steine.« Charlie übergab Ehawee den Beutel, die umgehend hineinblickte und anfing zu grinsen.

»Charlie, das ist genial!«

Während Madu weiterhin tapfer die Krähen abwehrte, griff sie in den Beutel und holte die goldenen Früchte des Quoitari-Baums heraus. Sie hatte sofort verstanden, welchen Plan Charlie verfolgte.

Vorsichtig spannte sie die erste Quoita in ihre Steinschleuder, zielte auf einen Troll und ließ los. Sie traf ihn mitten auf die Brust. Das Resultat war besser, als sie zu hoffen gewagt hatte. Nicht nur, dass die Brust des Trolls augenblicklich anschwoll und ihn nach vorne fallen ließ, auch war beim Aufprall das Fruchtfleisch zu allen Seiten weggespritzt und hatte weitere Trollegetroffen.

Beflügelt von diesem Ergebnis feuerte Ehawee direkt weitere Früchte auf die Trolle sowie auf einen Schwarm Krähen, die George gerade heftig angriffen. Dieser saß allein auf einem Baum und wusste sich kaum noch gegen die Übermacht zu verteidigen. Die Krähen stürzten sofort mit dicken Flügeln, Köpfen und Schwanzfedern zu Boden.

Zugleich herrschte bei den Trollen das reine Chaos. Viele waren so getroffen worden, dass sie sich gar nicht mehr bewegen konnten. Andere liefen planlos umher, versuchten ihr Gleichgewicht zu halten und sich nicht von einem geschwollenen Körperteil in irgendeine Richtung ziehen zu lassen. Dabei fielen sie häufig über andere am Boden liegende Trolle.

Niemand dachte mehr an die auf den Bäumen sitzende Gruppe, die langsam hinunterkletterte und sich, so unauffälligwiemöglich, anden Trollen vorbeischlich. Nachdem die Kinder diese endgültig hinter sich gelassen hatten, liefen sie, so schnell sie konnten,weiter.

Nach einiger Zeit stolperten sie unvermittelt ins Helle. Das geschah so rasch, dass sie einen Augenblick brauchten, um die neue Umgebungwahrzunehmen.

Als sie endlich realisiert hatten, dass sie es, wenn auch etwas ramponiert mit Kratzern und anderen Blessuren, geschafft hatten, der Gefahr zu entrinnen, jubelten sie aus vollem Herzen und beglückwünschten Charlie zu ihrer grandiosen Idee. Ehawee umarmte Taku, der sie schon sehnsüchtig erwartet hatte und freudigbegrüßte.

Nach einer Weile sah Sying George an und fragte: »Warum hältst du dir ständig den Kopf? Bist du verletzt?«

George druckste ein wenig herum. »Wisst ihr, als Ehawee auf die Krähen gezielt hat, wurde ich auch von einem winzig kleinen Stückchen der Quoita getroffen und … na ja, seht selbst.« Er ließ die Händesinken.

Ungläubig starrten die anderen ihn an und grinsten. Georges linkes Ohr hatte die Größe einer Pampelmuse angenommen, sein Ohrläppchen befand sich ungefähr in Höhe der Schulter. Durch das Gewicht wurde sein Kopf komplett nach links gezogen, wenn er ihn mit seinem rechten Arm nicht in die andere Richtung gezogen hätte.

Ehawee, die wie immer praktisch dachte, sagte: »Halt mal still! Das kann man ja nicht mitansehen.« Sie schnitt ein paar Lianen ab, die sie George so um Kopf und den rechten Arm wickelte, dass sein Kopf aufrecht blieb.

»Danke, so ist es schon viel besser.«

Nun sahen sich die Freunde in Ruhe um. Mit großen Augen betrachteten sie den Baum vor ihnen und waren vollkommen überwältigt.

Der Quoitari-Baum stand leicht erhöht und war unglaublich imposant, zu allen Seiten sehr ausladend und gleichmäßig gewachsen. Der Stamm hatte einen Umfang von mindestens zwanzig Metern. Die Baumkrone war voller Blätter, die wie ein Regenbogen aussahen. Auf der linken Seite waren die Blätter rot und gingen dann nacheinander in orange, gelb, grün, blau und violett über.

Zwischen den Blättern hingen nur noch wenige Früchte am Baum. Sie konnten einige silberne, wenige goldene und nur eine einzige kristallene Frucht, die ganz oben am Baum hing, erkennen.

Nur mühsam konnten sie sich von dem Anblick losreißen und sich wieder auf ihre eigentliche Aufgabe konzentrieren. Wo war die Scherbe?

»Das Baumrätsel gibt auch keinen Hinweis darauf, wo die Scherbe sein soll«, bemerkte Charlie, die sich noch einmal die Worte durchgelesen hatte. »Also gut, wo würdet ihr hier etwas verstecken?«

»Ich würde etwas unter den Wurzeln vergraben«, schlug Madu vor. »Aber sollten wir nicht vielleicht vorher eine Kleinigkeit ...«

Ein einstimmiges »Nein« unterbrach ihn mitten im Satz, was ihn zu einem beleidigten »man wird doch wohl mal fragen dürfen« veranlasste.

Da niemand einen besseren Vorschlag hatte, fingen sie an, an den Wurzeln zu graben. Sie suchten unter und neben den Wurzeln, erst eng am Stamm, dann immer weiter weg. Selbst Fred und Taku halfen mit.

Nach einiger Zeit richtete George sich auf und meinte: »Hier ist sie nicht. Ich glaube nicht, dass Aria wollte, dass wir Tonnen von Erde umgraben müssen. Die Scherbe muss irgendwo anders sein. Also denkt nach!«

Sie setzten sich in die Nähe des Baumes und überlegten erneut. Madu zeichnete, während er den Baum betrachtete, mit einem Stock Kritzeleien in den Boden. Charlie betrachtete die Zeichnungen aus dem Augenwinkel.

»Oh, du malst die Scherben.«

Madu blickte sie überrascht an. »Nein, eigentlich sollen das die Blätter vom Baum sein.« Sie sahen sich an.

»Sying, zeig uns noch einmal den Stern«, sagte Madu aufgeregt. Abwechselnd blickten sie auf den Stern und auf den Baum.

»Das ist es!«, rief er aus und erklärend für die anderen fügt er hinzu: »Die Scherben des Sterns haben exakt die gleiche Form wie die Blätter am Baum. Wenn ich eine Scherbe hier verstecken müsste, würde ich sie genau dazwischen verstecken.« Er zeigte auf die Baumkrone. Madus Worte ergaben Sinn.

»Na dann müssen wie ja nur noch eine Milliarde Blätter überprüfen. Das ist doch ein Kinderspiel«, sagte George sarkastisch.

»Vielleicht, vielleichtaberauch nicht«, antwortete Charlie ihm und deutete auf den nun wieder offen auf Syings Brust liegenden Stern, der hell aufleuchtete.

Aufmerksam schauten nun alle dahin und konnten einen Leuchtbogen verfolgen, der sich vom Stern ausgehend mit einem Blatt im oberen Teil des Baumes verband.

»Bingo«, freute Charlie sich, während George vor sich hin grummelte: »Oben, natürlich ist sie oben im Baum versteckt. Kann mir mal einer sagen, warum es nie der einfache Weg sein kann?«

»Aber dann würde es doch keinen Spaß machen«, kam prompt die Antwort.

Unter Syings sachkundiger Leitung bauten sie am Stamm eine menschliche Pyramide, an der Sying dann hochklettern und die unteren Äste erreichen wollte. Sie brauchten mehrere Anläufe und purzelten dabei mehrfach übereinander, bis sie schließlich eine stabile Pyramide zustande brachten, über die Sying nach oben gelangen konnte.

Mit seinen Händen erreichte er soeben die unteren Äste, so dass er sich daran hochziehen konnte. Einmal auf dem

Baum bewegte er sich wie ein Affe, sicher und schnell, immer weiter nach oben. Nach kurzer Zeit befand er sich in dem Gebiet, das der Lichtbogen angezeigt hatte.

Sein Stern leitete ihn auch noch das letzte Stück. Er stellte fest, dass der Stern, je nachdem in welche Richtung er sich bewegte, stärker oder schwächer leuchtete. Er entschied sich dafür, den stärkeren Signalen zu folgen und konnte endlich zwischen all den Blättern eine grüne Scherbe erkennen. Siewargenauwiedie Blätterausgerichtet und schimmerte im identischen Grün. Ohne den Lichtbogen hätten sie sie nie gefunden. Vorsichtig nahm er sie an sich und zeigte seinen Erfolg den anderen mit hocherhobenem Daumen an.

»Gut gemacht! Komm jetzt schnell herunter!«, rief Madu ihm von unten zu.

Sying wollte den Worten schon Folge leisten, als er einen Einfall hatte. »Einen Augenblick noch«, antwortete er, bevor er erneut in der Baumkrone verschwand.

Ungeduldig warteten die anderen und rätselten, was Sying vorhatte. Nach einiger Zeit erschien Sying endlich auf den unteren Ästen. Sie stellten sich wieder zu einer Pyramide auf, die ihnen diesmal auf Anhieb gelang, und bald standen sie alle nebeneinander unter dem Baum. Fragend sahen sie Sying an.

Stolz präsentierte ihnen dieser in der einen Hand die Scherbe und in der anderen die letzte noch vorhandene Quoi-Frucht.

»Ich dachte, sie könnte sich noch als nützlich erweisen. Und ein paar von denen habe ich auf dem Weg nach unten auch noch mitgebracht.« Er griff in seine Tasche und holte grinsend noch mehrere silberne und goldene Früchte hervor.

»Großartig«, »klasse«, »einfach genial«, begeisterte sich der Rest der Gruppe.

Dann sagte Charlie feierlich: »Wir haben es geschafft! Die erste Scherbe haben wir und den Rest finden wir auch noch!«

Sie brachen in Triumphgeheul aus und Madu vollführte einen kleinen Freudentanz, bei dem er immer wieder »wir sind die Scherbenfinder« sang.

Kah-tings

Die Zeit drängte. Unter Ehawees Führung schlug die Gruppe zügig den direkten Weg zum Meer ein.

Glücklicherweise warteten beim erneuten Verlassen des Lichtbereichs keine weiteren Gefahren auf die Kinder. Hinter dem Baum war die Dunkelheit nur wenige Meter breit, so dass sie schnell auf die andere Seite gelangten.

Sie genossen nach ihrem Aufenthalt in der Finsternis nun die Wanderung durch helle und freundliche Gegenden. Vor allem Sying war erleichtert, wieder gut sehen zu können.

Zu Beginn waren die ausgetretenen, mit einigen dickeren Steinen belegten Pfade zu beiden Seiten noch von dichten Wäldern umgeben. Je weiter die fünf Helden, Ehawee und Taku liefen, desto weniger Bäume säumten den Weg.

Stattdessen gab es mehr grüne Wiesen mit bunten Blumen, die ab und zu von steinernen, hüfthohen Mauern oder leicht zerfallenen Zäunen umgeben waren. Manchmal standen hinter den Zäunen merkwürdig aussehende Tiere und fraßen das saftige Gras.

Das müssen wohl die Ziegen Nirmas sein, dachte Madu.

Hin und wieder sahen die Kinder vereinzelt eine Hütte oder ein kleines Haus, die allerdings zum größten Teil verwaist und unbewohnt wirkten.

Ehawee schüttelte bedauernd den Kopf. »Seht ihr die

verlassenen Hütten und Häuser? Hier haben einst viele glückliche Familien gewohnt. Doch die Angst hat sie vertrieben. Sie spüren, wie die Dunkelheit sich ausbreitet und an Macht gewinnt. Wahrscheinlich sind die meisten zu Verwandten oder Freunden ins nächste Dorf gezogen, wo sie der Dunkelheit gemeinsam entgegentreten können.«

Sie blickte stirnrunzelnd in den zuvor noch ganz blauen Himmel. In der Zwischenzeit waren einige dunkle Wolken zusammen mit einem unangenehmen kalten Windaufgezogen.

»Ich fürchte, dass es nicht mehr lange dauern wird, bis es regnet. Wir sollten bei der nächsten Gelegenheit einen Unterschlupf finden, da die Regengüsse auf Nirma äußerst heftig sein können.«

Als hätte der Himmel ihre Worte gehört, fielen in dem Moment die ersten Tropfen auf den Boden. Sie beschleunigten ihre Schritte. Doch bereits wenig später öffnete der Himmel alle Schleusen und dieGruppe hatte das Gefühl, sich mitten in einem Weltuntergang zu befinden. Der Regen prasselte hart und unerbittlich auf sie nieder, so dass sie bereits innerhalb von Sekunden bis auf die Haut durchnässt waren. Vorsichtig liefen sie mit schmatzenden Schritten durch den rutschigen Schlamm. Der eisige Wind ließ sie frösteln.

»Hier entlang!« Ehawees Stimme wurde von einerBöe verweht. Das Mädchen war gerade dabei, über eine der steinernen Mauern am Wegesrand zu klettern. Ein Stück im Hintergrund konnte sie die unscharfen Konturen einer halbverfallenen Scheune ausmachen.

Die anderen folgten Ehawee über die Mauer und kamen

wenig später an der Scheune an, die ihnen im Moment willkommener war, als jedes weiter entfernte Luxushotel es hätte sein können.

Die Ritzen zwischen den einzelnen Brettern der Scheune waren relativ groß und einige Bretter fehlten sogar ganz, so dass der Wind seinen Weg ins Innere fand. Wenigstens war das Dach noch dicht, weswegen sie zumindest einigermaßen vor dem Regen geschützt waren. Das hin und her schwingende Scheunentor konnten sie mit einem Seil so sichern, dass es zublieb.

Erschöpft machten es sich die sechs Freunde auf einem Strohhaufen bequem. Auch Taku streckte müde alle viere von sich. Fred krabbelte ziemlich durchgeschüttelt aus Georges Rucksack, in den er sich vor dem Regen geflüchtet hatte. In ihren Taschen fanden sie zum Glück Kleidung zum Wechseln, die nur etwas feucht vom Regen geworden war. Notdürftig hängten sie die nassen Shirts und Hosen über die Holzbalken an der Scheunenwand.

Ein Feuer wagten sie nicht anzuzünden, da sie fürchteten, dass das Stroh allzu leicht in Brand geraten könnte. Frierend fielen sie schließlich in einen unruhigen Schlaf, während das Unwetter weiter um sie herumtobte.

Am nächsten Morgen schlug Madu als Erster die Augen auf und blieb zunächst nachdenklich liegen. Er hatte wieder den gleichen Traum wie in den Nächten zuvor und langsam konnte er dieses immer gleiche Bild der Ebene, das er im Schlaf sah, nicht mehr ignorieren.

Als er bemerkte, dass Sying ebenfalls aufgewacht war, ging er leise, ohne die anderen aufzuwecken, zu ihm.

»Sying, hast du auch seltsame Träume, seit du auf Nirma bist?« Rasch berichtete Madu seinem Freund von seinem.

Sying schüttelte den Kopf. »Nein, ich schlafe hier genauso gut oder schlecht wie zuhause. Und du siehst wirklich jedes Mal das Gleiche?«

»Ja, nur wird alles jedes Mal ein wenig deutlicher und mir fallen mehr Einzelheiten auf. Und ich habe dabei ein unbestimmtes Gefühl, dass mich jemand antreibt, diesen undeutlichen Ort ganz am Ende zu erreichen.«

»Das klingt tatsächlich seltsam. Vielleicht solltest du eher mal die anderen fragen.«

Doch Madu wehrte diesen Vorschlag sofort ab. »Nein, ich will sie nicht beunruhigen. Wahrscheinlich reagiere ich nur ein wenig ungewöhnlich auf Nirma.«

Er beschloss, vorerst seinen komischen Traum zu akzeptieren und sich keine weiteren Gedanken darüber zu machen.

Gemeinsam weckten sie nun die anderen und steckten vorsichtig den Kopf aus dem Tor nach draußen. Schönstes Wetter strahlte ihnen wieder entgegen.

»Oh nein, seht nur! Der Sonne fehlt schon wieder ein kleines Stück«, stellte Fatma betrübt fest.

»Wir sollten uns beeilen und schnell zu Ende frühstücken«, sagte Charlie.

»Das Unwetter hat ganz schön gewütet«, bemerkte George, als sie wieder unterwegs waren. »Bei diesem matschigen Boden und den vielen Pfützen können wir von Glück sagen, wenn wir keine nassen Füße bekommen. Verflixt!« Fast im gleichen Moment rutschte George aus und konnte gerade noch verhindern, dass Fred von seiner

Schulter fiel, indem er ihn beherzt festhielt. Daraufhin rieb sich Fred seine Seite mit schmerzverzerrtem Gesicht.

»Wenigstens Taku hat seinen Spaß«, meinte Charlie, die den Wolf beobachtete, der begeistert von Pfütze zu Pfütze sprang.

»Da jede Schnecke schneller ist als wir im Moment, können wir doch genauso gut eine Pause machen und eine Kleinigkeit essen,« schlug Madu vor, nachdem er mal wieder über einen umgestürzten Baum geklettert war.

Er wurde gnadenlos ignoriert.

Erst als langsam die Dämmerung hereinbrach, die vor ihnen liegende Landschaft zunehmend hügeliger wurde und Madu auch nicht mehr der Einzige war, der großen Hunger verspürte, beschlossen sie auf der Kuppe eines Hügels ihr Nachtlager aufzuschlagen. Da auf den Hügeln keine Bäume, sondern nur verschiedene Büsche wuchsen, brachen sie von diesen kleinere Zweige ab, um ein Feuer für ihre Essenszubereitung und für die Nacht zu entfachen.

Ehawee entfernte sich mit ihrer Schleuder ein Stück von der Gruppe und sammelte einige Steine, legte sich bäuchlings auf einen Hügel und zielte auf mehrere Tiere.

»Hey, noch kleinere Murmeltiere konntest du nicht finden?«

»Das sind keine Murmeltiere, das sind Fromos und die werden nicht größer.«

Schnell hatte sie ihnen ihr Fell abgezogen und die Fleischstücke zusammen mit ein paar weiteren Zutaten, die sie aus ihrem Rucksack geholt hatte, in einen Topf geworfen, den sie über dem Feuer aufgehängt hatte.

Schon bald zogen köstliche und ungewohnte Düfte durch das Lager und den Kindern lief das Wasser im Mund zusammen.

»Leute, Essen ist fertig.«

»Also zuhause waren Eintöpfe nie mein Ding. Aber der hier schmeckt echt gut. Was ist da drin?«, fragte George, der schon gekostet hatte.

»Das erzähle ich dir besser nicht«, zwinkerte Ehawee.

Am nächsten Morgen wurden sie früh von den ersten Sonnenstrahlen geweckt. Nach einem Frühstück, das hauptsächlich aus den allseits beliebten Blätterbroten bestand, ging ihre Wanderung durch die Hügellandschaft weiter. Sie dachten während ihrer Wanderung weiter über das neue Rätsel nach, doch niemand hatte eine zündende Idee.

»Hoffentlich war das endlich der letzte Hügel. Wir sind schließlich keine Bergsteiger!« Erschöpft blickte Fatma sich um. Eine wohltuende Briese umspielte ihren Tschador.

»Wow, das ist mal eine Aussicht«, staunte Madu.

Sie blickten hinunter in ein flaches Tal mit grünen Wiesen und ein paar vereinzelten Bäumen.

»Schaut, dort hinten ist ein Dorf.« Ehawee kniff die Augen zusammen, um im grellen Sonnenlicht besser sehen zu können, und zeigte in südöstliche Richtung.

»Na dann nichts wie los«, sagte Charlie und machte sich schon an den Abstieg.

Als sie das Dorf erreichten, wurden sie von Wachen genauestens beobachtet. Sie hinderten sie jedoch nicht daran, das Dorf zu betreten.

»Seit wann stehen an den Toren Wachen?«, fragte Ehawee sich.

»In der Umgebung haben Trolle immer wiedergeplündert und Dorfbewohner entführt«, flüsterte eine grauhaarige, alte Frau Ehawee zu, die ihre Worte zufällig gehört hatte.

Staunend sah die Gruppe sich um. Ein Haus reihte sich an das nächste. An einem war eine grüne Fahne mit einem ihnen unbekannten Tier aufgehängt.

Fast wie zuhause, dachte George.

In dem Moment tauchte Ehawee in seinem Blickfeld auf, die zielstrebig auf das Gebäude mit der Fahne zuging.

»Schaut, hier ist eine Kah-ting-Transportstation«, sie bedeutete den anderen ihr zu folgen. »Wenn wir Glück haben, können wir uns welche ausleihen.« Die fünf folgten ihr mit fragenden Blicken.

»Was auch immer Kah-tings sind, Transport klingt gut«, hoffte Sying. »Meine Füße tun soweh.«

Sie folgten Ehawee ins Innere dieser Transportstation. Direkt vor ihnen befand sich eine große Theke, über der eine goldene Glocke mit einem Seil hing. Dahinter erhoben sich deckenhohe Schränke, die in der Mitte eine schmale Tür freiließen. An dieser Tür war ein Bommelvorhang befestigt, der aus kleinen, glitzernden Steinen bestand.

Energisch zog Ehawee an dem Seil. Die Glocke schwankte sofort heftig und bimmelte hell. Aus dem hinteren Bereich hörten sie, wie ein Stuhl zurückgeschoben wurde, und schlurfende Schritte, die sich ihnen näherten.

Kurz darauf kam ein äußerst runzeliger Nirmaner durch

den Vorhang. Da er auch noch gebeugt ging, wirkte er sehr klein und gebrechlich. Die Kinder konnten nur mit Mühe ihr Bedürfnis unterdrücken, ihm helfend zur Seite zu springen vor lauter Sorge, er könne jeden Moment zusammenklappen. Doch entgegen aller Befürchtungen erreichte er den Thekenbereich, wo er schwer atmend stehen blieb, den Kopf so weit hob, dass er sehen konnte, wer da vor ihm stand, und sich ein krächzendes »Ja, bitte?« abrang.

»Wir würden gerne einige Kah-tings leihen«, erklärte Ehawee ihm.

Der Mann schaute sie überrascht an. »Wirklich? Die Zeiten sind äußerst unsicher und das Reisen wird immer gefährlicher.«

»Doch, wir sind uns ganz sicher. Und wir haben auch nicht viel Zeit, also wenn es möglich ist …« Ehawee legte einige Münzen auf die Theke.

Der Alte starrte sie einige Sekunden lang schweigend an, so dass die Gruppe schon befürchtete, er würde ihre Bitte ablehnen. Schließlich steckte er das Geld ein, nickte und läutete dreimal die Glocke. Ein junges Mädchen, wahrscheinlich seine Ur-Ur-Urenkelin, erschien umgehend.

»Wir haben Kundschaft. Bereite die Kah-tings für die Reise vor.«

Das Mädchen tauchte unter der Theke durch und winkte ihnen ihr zu folgen. Nur wenig später standen sie an einem großen eingezäunten Areal, auf dem sich die besagten Kah-tings befanden. Der Anblick dieser Tiere löste bei Fatma und Charlie regelrechte Begeisterungsstürme und Rufe wie »ach wie süß«, »wie niedlich« und »kann man sie streicheln?« aus. Aber selbst die Jungs mussten zugeben, dass diese Tiere toll aussahen.

Im Wesentlichen erinnerten sie an Kängurus, besaßen jedoch keinen Beutel und einen kürzeren Schwanz. Ihr Kopf war im direkten Vergleich eher rundlich und nicht so spitz zulaufend wie der eines Kängurus. Bei jedem Sprung flatterten ihre langen Ohren hinter ihnen her.

Fasziniert traten die Kinder an das Gatter und streckten die Hände aus. Neugierig kamen zwei Kah-tings herangehüpft und schnupperten daran.

Das Mädchen gab den Kindern rotblättrige Zweige. »Die fressen sie besonders gerne.«

Sie hielten den Kah-tings die Zweige hin und sahen zufrieden, wie freudig diese daran fraßen. Während die Tiere so beschäftigt waren, legte das Mädchen ihnen ein Geschirr für den Rücken an. Nachdem sie insgesamt sechs der Kah-tings so fertiggemacht hatte, sollten die Kinder in die Rucksäcke steigen. Ihre Beine streckten sie dabei seitlich durch eine Öffnung und saßen sozusagen Huckepack auf den Tieren.

»Die sind aber brav, und man sitzt richtig bequem«, staunte Fatma und tätschelte ihrem Kah-ting den Hals.

»Das ist super«, jubelte Sying und drückte die Fersen fester an die Flanke des Tieres. Sofort sprang sein Kah-ting los. »Oh nein, was soll ich tun?«

»Zieh an seinen Ohren, an beiden gleichzeitig«, rief das Mädchen ihm zu.

Beherzt folgte Sying dieser Anweisung. Abrupt stoppte der Kah-ting und Sying stieß unsanft gegen den Rücken des Tieres.

Da ihm aber nichts weiter passiert war, erklärte das Mädchen: »Normalerweise sind die Kah-tings sehr brave Tiere und hüpfen den Weg von allein entlang. Wenn ihr sie lenken müsst, zieht einfach an ihren Ohren. An dem rechten, wenn sie sich nach rechts bewegen sollen, an dem linken, wenn es in die andere Richtung gehen soll.«

»Dank Sying wissen wir ja schon, wie das Bremsen funktioniert«, feixte George und alle lachten. Sying schaute böse in die Runde.

»Ja«, bestätigte das Mädchen, »allerdings empfehle ich euch, nicht ganz so stark zu ziehen. Wenn ihr bereit seid, könnt ihr leicht mit der Ferse an die Seite klopfen.«

»Hüa«, schrie Fred, der auf dem Kopf von Georges Kah-ting saß, seine Hände fest in das Kopffell des Tieres gekrallt.

Die Gruppe setzte sich in Bewegung, während Taku neben ihr herlief. Abgesehen von Ehawee wurden alle ordentlich durchgeschüttelt.

»Das ist schlimmer als die Karussells auf der Kirmes«, stöhnte Charlie.

»Ihr dürft nicht gegen die Kah-tings arbeiten, sondern müsst euch ihren Bewegungen anpassen und mitgehen«, riet Ehawee ihnen.

Dank dieses Tipps klappte das Reisen gleich viel besser.

»Also, daran könnte ich mich gewöhnen«, rief Madu den anderen zu. Bestätigend nickten die anderen.

Sie hüpften weiter, bis es langsam dunkel wurde. Dann schlugen sie erneut ein Lager auf, aßen eine Kleinigkeit und schliefen ein, während die Tiere friedlich neben ihnen grasten.

Pescos

Was für ein Ausblick!«, staunte Charlie. Sie standen an einer Kante der Klippen und sahen auf das Meer herab, das sich scheinbar endlos unter ihnen ausbreitete.

»Das Meer ist so blau und so riesig«, stimmte Madu, der zum ersten Mal in seinem Leben ein Meer sah, ihr ehrfürchtig zu.

»Ich kann auch ein Fischerdorf sehen«, schwärmte Fatma. »Es sieht so aus, als würden einige Gebäude direkt im Meer stehen.«

»Das ist Pescos. Ich hoffe, dass man uns dort bezüglich der Marianer helfen kann. Das Gebäude im Meer ist die Dorfkneipe«, erklärte Ehawee. »Dort gibt es den leckersten Amayeta-Saft weit und breit. Es lohnt sich, ihn zu probieren.«

Sie wanderten die Klippen entlang, dem Dorf entgegen. So nah am Meer vermissten sie ihre Kah-tings auch nicht mehr. Diese hatten sie schweren Herzens vor Stunden freigelassen, da die Tiere auf dem sandigen Untergrund nur noch mühsam vorankamen.

Als die Freunde Pescos betraten, erwartete eine Gruppe Nirmaner sie schon. Ihre Wanderung entlang der Klippen war offensichtlich nicht unbemerkt geblieben.

Ein Mann löste sich aus der Gruppe und ging ihnen ein paar Schritte entgegen.

»Das ist der Dorfvorsteher Jobus«, raunte Ehawee den

anderen zu, bevor sie zur Begrüßung die ausgestreckten Hände von Jobus ergriff.

»Ehawee, welch eine Freude, dich wiederzusehen. Es ist lange her. Geht es deiner Großmutter gut?«

»Ich freue mich auch, Jobus. Nokomis geht es ausgezeichnet. Aber es sind schwierige Zeiten.«

Sein Blick fiel auf ihre Begleiter. »Du reist in interessanter Gesellschaft. Wenn unsere Informationen stimmen, seid ihr unsere Retter.« Er sah zu Ehawee, die seine Annahme durch ein unmerkliches Nicken bestätigte. Daraufhin richtete er sich zur vollen Größe auf und sagte ernst: »Retter von Nirma, es ist uns eine Ehre. Wie können wir euch helfen?«

Da Ehawee merkte, dass ihre menschlichen Freunde sich unbehaglich fühlten und nicht wussten, was sie sagen sollten, sprang sie ein: »Wir müssen zu den Marianern. Weißt du, wo wir sie finden können?«

Jobus klatschte begeistert in die Hände und strahlte sie an: »Aber natürlich! Zumindest können wir euch einen Ort nennen, an dem die Wahrscheinlichkeit sehr hoch ist, die Meeresbewohner anzutreffen. Letztlich liegt die Entscheidung aber bei ihnen. Nur wenn die Marianer es wollen, werden sie Kontakt zu euch aufnehmen. Doch zu allererst braucht ihr ein Boot. Komm mit!«

Überschwänglich zog Jobus Ehawee mit sich. Als der Rest der Gruppe ihm folgen wollte, winkte er ab: »Das Boot kann Ehawee auch allein aussuchen. Schaut euch lieber ein wenig in unserem Dorf um. Alles, was ihr möchtet, geht auf mich. Ihr seid eingeladen.«

»Aber Ehawee, wo finden wir dich?«, fragte George.

»Wir treffen uns in der Kneipe, ihr wisst schon, die im Meer.« Sekunden später war sie zusammen mit Takuaus ihrem Blickfeld verschwunden.

»Was machen wir jetzt?«, fragte Sying.

»Na du hast doch Jobus‘ Worte gehört. Wir schauen uns das Dorf an«, antwortete George.

Das kleine Fischerdorf bestand aus zahlreichen aus Stein gebauten weißen Häusern mit blauen Fenstern. Hinter dem Dorf war ein kleiner Hafen mit vielen bunten Booten zu sehen. Mehrere große Haufen von Netzen lagen zwischen den einzelnen Häusern. Zahlreiche Marktstände luden zum Vorbeischlendern ein. Köstliche Gerüche zogen durch die Straßen.

»Ich liebe solche Märkte. In Spanien sehen sie genauso aus. Wenn ich die ganzen leckeren Sachen sehe, bekomme ich sofort Hunger«, meinte Charlie.

Es wurden unglaublich vielseitige Waren gehandelt. Sie sahen Fische in allen Varianten und andere Dinge aus dem Meer, die sie nicht genau zuordnen konnten. Auch wurden einige lebende Tiere verkauft, die sie nicht kannten. Daneben gab es Stände, die Kleidung oder Schmuck anboten. Charlie steckte sich spontan einen Ring mit einer wunderschönen Perle an den Finger und betrachtete ihn entzückt.

»Früher habe ich bei meinen Urlauben am Meer immer alle Muscheln geöffnet, die ich finden konnte. Ich wollte so gern eine Perle finden. Aber leider war das nie der Fall.«

»Perlen«, stieß George hervor, der einen Geistesblitz hatte. »Perlen sind schön, bauen sich aus mehreren

Schichten auf und liegen in einer Muschel, in ihrem Bett.«

Die anderen gingen in Gedanken noch einmal das Rätsel durch.

»Das muss es sein«, stimmte Madu ihm zu.

Jetzt sahen alle Fatma an, die langsam ebenfalls nickte. »Ich glaube auch, dass du die Lösung gefunden hast.«

»Mensch, George, das war eine geniale Idee von dir.« Charlies Kompliment brachte George in Verlegenheit. Da er nicht wusste, was er sagen sollte, zuckte er nur unbeholfen mit den Schultern und lenkte ab: »Wir müssen unbedingt zu Ehawee und ihr erzählen, dass wir das Rätsel gelöst haben. Vielleicht kennt sie sogar eine besondere Perle.«

»Aber wir wissen nicht, wo sie sich gerade aufhält«, gab Charlie zu bedenken. »Es macht wenig Sinn, das Dorf nach ihr abzusuchen. Ich finde, wir sollten an unserem vereinbarten Treffpunkt auf sie warten.«

Alle waren damit einverstanden. Gut gelaunt machten sie sich auf den Weg zur einzigen Kneipe des Dorfes.

Diese war auf einen Felsen im Meer gebaut. Um diesen waren bunte Barhocker in unterschiedlichen Höhen ins Meer gestellt worden, auf denen man sich sicher hervorragend mit einem Getränk in der Hand niederlassen konnte, zumindest sofern es keinen stärkeren Wellengang gab und das Wasser einen nicht überspülte. Da gerade Ebbe war, konnten sie zu Fuß dorthin waten und mussten nicht in die eigens für höheres Wasser am Strand bereitliegenden Boote steigen.

Obwohl Madu und Sying begeistert für diese Plätze draußen plädierten, wurden sie von den anderen überstimmt und folgten den dreien zähneknirschend eine Treppe hoch, deren Stufen etwas uneben in den Felsen gehauen worden waren.

Über der Tür stand auf einem windschiefen Schild der Name der Kneipe »Zum fröhlichen Fisch« in großen grünen Buchstaben geschrieben. Kaum hatten sie das Innere betreten, waren Madu und Sying mit dieser Entscheidung wieder versöhnt. Hatte die Kneipe von außen noch wie ein leicht verwittertes Haus ausgesehen, fühlte man sich nun umgehend in eine Meeresgrotte versetzt.

Der Raum war deutlich größer, als sie erwartet hatten. Man konnte sogar in einem weiteren, tiefer gelegenen Bereich sitzen. Überrascht und erfreut kletterten sie die hängenden Fischernetze herunter, um die zweite Ebene zu erreichen.

Die fünf setzten sich an einen Tisch im hinteren Teil. So hatten sie einen wunderbaren Blick durch den gesamten Raum. Von einer Kellnerin bekamen sie ungefragt große Gläser mit Amayeta-Saft hingestellt. Ehawee hatte nicht zu viel versprochen, er schmeckte wirklich köstlich.

»Schaut euch das an. Abgefahren«, George deutete auf durchsichtige Röhren, die kreuz und quer durch die Grotte liefen.

»Wow, da können die Fische aus dem Meer durchschwimmen.« Sying schaute sich mit strahlenden Augen um.

»Habt ihr schon das Aquarium unter der Theke gesehen?«, fragte Fatma.

»Das ist echt cool.« Auch Madu war begeistert.

»Wahnsinn, ich habe noch nie Fische gesehen.« Fred

war von Georges Schulter auf eine Röhre geklettert und beobachtete fasziniert die Unterwasserwelt.

»Wollt ihr noch weiter die Fische bestaunen oder sollen wir vielleicht das nächste Rätsel lösen?«, erinnerte Charlie sie an ihre Mission. Sie legte die Pergamentrolle auf den Tisch und sie lasen gemeinsam den mittlerweile neu erschienenen Text:

Bei mir gibt es das Oben,
Bei mir gibt es das Unten,
Bei mir gibt es das Kalte,
Bei mir gibt es das Heiße,
Bei mir gibt es das Feste,
Bei mir gibt es das Flüssige.

Das Erste musst du erreichen,
um zum Zweiten zu kommen,
das Dritte ist beim Ersten,
das Vierte ist beim Zweiten,
das Fünfte ist bei beiden
und das Sechste kommt aus dem Zweiten.

Obwohl alle die Zeilen gelesen hatten, konnten sie sich nicht wirklich darauf konzentrieren. Sie ertappten sich immer wieder dabei, wie ihre Blicke zu den Röhren wanderten und sie die Fische darin beobachteten. Besonders interessant wurde es immer dann, wenn Fische aus verschiedenen Richtungen eine besonders schmale Röhre durchqueren wollten. Meist gab es einen kurzen Kampf, im Zuge dessen einer schließlich aufgab und bis zu einer Gabelung zurückschwamm oder von seinem Gegner geschoben wurde.

Ihre Überlegungen wurden erst unterbrochen, als Ehawee mit Taku erschien. Bei ihrem Anblick sprudelten alle gleichzeitig los: »Wir müssen dir was Tolles erzählen …«, »… endlich bist du da …«, »…Rätsel gelöst …«

Lachend hob sie die Arme: »Nur einer, bitte, sonst verstehe ich kein Wort.«

»George hat das Rätsel gelöst, du weißt schon, das mit den Schichten und dem dunklen Bett. Wir suchen …«, Madu machte eine kleine, dramatische Pause, »… eine Perle.«

»Das ist ja großartig, dann haben wir wenigstens einen Anhaltspunkt.«

Erwartungsvoll schauten sie alle an und waren enttäuscht, dass sie nicht mehr dazu sagte.

Vorsichtig fragte Charlie: »Du hast keine Ahnung, welche Perle gemeint sein könnte, oder?«

»Nein«, bedauernd schüttelte Ehawee den Kopf, »aber in dem Punkt können uns bestimmt die Marianer weiterhelfen. Im Übrigen können wir auch sofort zu ihnen aufbrechen. Ich habe alles organisiert: Boot, Seekarte, Kompass und was wir noch so brauchen.«

Voller Tatendrang erhob sich die Gruppe.

»Moment, wo ist Fred?«, fragte George. Suchend blickten sie sich um und mussten lachen, als sie ihn entdeckten.

Fred war auf eine höhere Röhre geklettert und spielte offenbar gerade »wer ist schneller, der Fisch in der Röhre oder der Pilz darauf«. Allerdings schien ihm das mehr Spaß zu machen als den Fischen, die ein wenig panisch wirkten.

Auf Georges Rufen rutschte er eine steilere Röhre zu ihnen herunter und gemeinsam verließen sie die Kneipe.

Ehawee hatte sich letztlich für ein etwas über sieben Meter langes Segelboot entschieden. Es hatte eine kleine Kajüte mit vier Schlafplätzen und einer kleinen Kombüse. Die Schlafplätze waren ausreichend, da sie sowieso nicht alle gleichzeitig schlafen würden. Die Außenwand des Bootes war in fröhlichen Farben gestrichen worden.

Madu und Sying jubelten, als sie das Boot sahen. Sie turnten sofort darauf herum und spielten König des Meeres, Pirat oder ähnliches und fochten Kämpfe mit imaginären Schwertern aus.

Aber auch die anderen waren mit Ehawees Wahl zufrieden.

Da Taku Wasser nicht besonders mochte und Fred bei der Aussicht, sich in Kürze auf dem Meer zu befinden, leichte Panikattacken bekam, ließen sie die zwei am Ufer bei den Dorfbewohnern zurück. Zuerst hatte George leichte Schuldgefühle deswegen, als er aber einen Blick zurückwarf und sah, wie Fred auf dem Rücken des Wolfes saß und ihn herumkommandierte, war er beruhigt.

Kurz darauf stachen sie auch schon in See. Ehawee hatte gottlob bei ihren früheren Besuchen in diesem Dorf etwas Segeln gelernt und zusammen mit George, der ebenfalls schon Segelunterricht gehabt hatte, konnten sie die anderen ein wenig einweisen und das Boot sicher durch die Wellen steuern.

Nach der Beschreibung des Dorfvorstehers sollte ihr Ziel ein Felsen sein, der ein Stück aus dem Meer herausragte und etwa anderthalb Tage von ihnen entfernt lag.

Den ersten Tag verbrachten sie ruhig und relativ problemlos. Madu und Ehawee angelten einige Fische, die sie in der kleinen Bordküche für alle zubereiteten. In der Nacht standen sie abwechselnd am Steuerbord, so dass jeder zumindest einige Stunden schlafen konnten.

Von allen Seiten

Lautes Gekrächze und Hilferufe weckten die Schlafenden unsanft am nächsten Morgen. Die Krähen griffen sie wieder an. Dabei hatten sie es diesmal weniger auf die Kinder als auf ihr Gepäck abgesehen. Ein paar Rucksäcke hatten die Freunde mit unter Deck genommen, aber drei Gepäckstücke waren oben geblieben. Bei ihrem Überraschungsangriff gelang es den Krähen, sofort mit zweien davonzufliegen.

Tapfer versuchte Ehawee, die gerade das Schiff gesteuert hatte, das dritte zu verteidigen, als die anderen durch den Lärm alarmiert nach oben stürmten. Als eine Krähe soeben mit dem verbliebenen Rucksack verschwinden wollte, sprang George mit einem stuntreifen Sprung über die Reling hinter ihr her und hängte sich mit seinem vollen Gewicht an den Rucksack.

Für einen Moment sah es so aus, als wolle die Krähe auch mit ihm davonfliegen. Dann ließ sie aber mit einem wütenden Krächzen ihre Beute los. Einen Wimpernschlag später stürzte George zusammen mit der Tasche neben das Boot ins Meer und versank in den Fluten. Prustend tauchte er zur Erleichterung der anderen kurz darauf wieder auf und kletterte mühsam auf das Boot zurück. Der nasse Rucksack und seine durchnässte Kleidung fühlten sich dabei bleischwer an.

Wenigstens erwies sich seine Sorge, dass die Vögel noch einmal zurückkamen, als unbegründet. Die Krähen waren offensichtlich mit ihrer Beute zufrieden und unternahmen keinen weiteren Angriffsversuch mehr.

»Diese hinterhältigen Vögel«, schimpfte Ehawee ihnen mit erhobener Faust hinterher.

»Das kann man wohl sagen. Aber Mensch, George, das hast du super gemacht«, meinte Madu bewundernd.

»Ein wirklich filmreifer Sprung«, lobte auch Charlie ihn überschwänglich. »Deine Aktion war jedoch sehr gefährlich, du hättest verletzt werden können.«

»Ich habe nicht großartig darüber nachgedacht, sondern instinktiv gehandelt«, erklärte George. »Leider konnte ich nur einen Rucksack zurückholen.«

»Das war aber der wichtigste von allen!«, sagte Fatma. »Ich habe gerade nachgeschaut. Du hast die Tasche mit der Pergamentrolle, der Quoi-Frucht und dem Saft gerettet.«

»Die silbernen und goldenen Früchte des Quoitari Baumes, die sich in den gestohlenen Rucksäcken befinden, sind zu verschmerzen«, versicherte Ehawee George. »Doch ohne das Pergament hätten wir gleich aufgeben können.«

Nachdem George sich umgezogen hatte, widmeten sie sich dem nächsten Rätsel.

Charlie sprach ihre Gedanken laut aus: »Es scheint ein Ort voller Widersprüche zu sein, oben und unten. Das Meer hat eine Oberfläche und einen Bereich unter der Meeresoberfläche. Vielleicht befindet sich diese Scherbe im Meer, vorausgesetzt wir liegen mit unserer Lösung des zweiten Rätsels richtig. Groß genug ist es auf jeden Fall!« Sie sah die anderen hoffnungsvoll an.

George spann ihre Schlussfolgerungen direkt weiter. »Das Wasser ist flüssig und es gibt feste Elemente wie Steine oder Korallen im Meer. Und das Wasser kann kalt sein oder wärmer.«

Sying widersprach: »Es gibt warme Meeresströmungen, aber wirklich heiß ist das Wasser dort nicht. Vielleicht ist das ja auf Nirma anders.«

Fragend schauten sie Ehawee an, die bedauernd mit dem Kopf schüttelte. »Soweit ich weiß, ist das nicht der Fall. Wenn wir die Marianer finden, können wir sie danach fragen.«

»Ich glaube nicht, dass die Lösung für dieses Rätsel ebenfalls Meer lautet«, meldete Fatma sich zu Wort. »Die zweite Strophe passt nicht dazu, zumindest wenn sie sich, wie ich glaube, mit ihrer Nummerierung auf die vorherige Strophe bezieht. Die ersten zwei Zeilen machen durchaus noch Sinn. ›Das Erste musst du erreichen, um zum Zweiten zu gelangen.‹ Man muss erst an der Meeresoberfläche sein, um weiter in die Tiefe zukommen.«

Die anderen hörten ihr aufmerksam zu; soweit konnten sie Fatma folgen. »Doch dann hakt es: ›Das Dritte ist beim Ersten und das Vierte beim Zweiten.‹ Das würde bedeuten, dass das Kalte an der Wasseroberfläche ist und das Heiße in der Tiefe, aber normalerweise wird das Wasser mit zunehmender Tiefe kälter.«

Sie sah Ehawee an, die zustimmend nickte. »Das ist auch auf Nirma so.«

»Und dann ist da noch die letzte Zeile. Demnach würde das Wasser von unten kommen und das ergibt meines Erachtens gar keinen Sinn.«

Sie schaute die anderen verunsichert an. Für Fatma waren die vielen Worte recht ungewöhnlich. Normalerweise war sie eher der stille Typ und ließ den anderen den Vortritt. Aber Rätsel waren schon immer ihre große Leidenschaft gewesen und dies führte offenbar dazu, dass sie ihre Scheu vergaß.

Charlie antwortete, nachdem sie über Fatmas Argumentation noch einmal nachgedacht hatte: »So wie du das sagst, macht die Lösung ›Meer‹ wirklichkeinen Sinn mehr. Aber was könnte es dann sein?«

Keiner wusste eine Antwort.

»Ich kann den Felsen sehen. Wir haben es fast geschafft«, verkündete George, der am Bug stand und mit einem Fernrohr das Meer absuchte, nur wenig später.

Diesepositive Nachricht löste bei allen große Freudenrufe aus.

Sie segelten Richtung Westen, ihr Ziel nun fest im Blick, als am Horizont dunkle Wolken aufzogen. Es wurde windiger und auch der Wellengang verstärkte sich. Die meisten der Kinder stellten sich gottlob als relativ seefest heraus, wohingegen Sying beim ersten Anzeichen der raueren See augenblicklich grün im Gesicht wurde und zu würgen anfing.

Madu hatte Mitleid mit seinem Freund und versuchte, ihn mit einem kleinen Scherz aufzumuntern. »Sieh es positiv, jetzt kannst du sogar schon ganz ohne Quoias-Frucht die Farbe wechseln.«

Doch Sying vermochte über den Witz gar nicht zu lachen. Er fühlte sich richtig elend und es war ihm ein absolutes Rätsel, wie Madu bei dem ganzen Geschaukelauch noch herzhaft in ein Blätterbrot beißen konnte. Und so dauerte es nicht lang, bis Sying brechend über der Reling hing.

Ehawee runzelte die Stirn. Wetterumschwünge kamen zwar vor, doch war dieses schlechte Wetter aus dem Nichts nicht normal. Da steckte bestimmt Brelor dahinter.

In dem Moment rief George alarmiert aus: »Wir werden verfolgt!«

Besorgt eilten die anderen zu ihm.

»Was siehst du? Wer ist es?« Charlie konnte ihre Ungeduld kaum zügeln. George, der mittlerweile das Fernrohr zu Hilfe genommen hatte, gab seine Beobachtungen weiter. »Ich kann drei mit Trollen besetzte Schiffe erkennen. Und diese Typen sehen nicht gerade freundlich aus.«

Unglücklicherweise schienen diese Schiffe auch etwas schneller als ihr eigenes zu sein, da das schlechte Wetter offenbar nur über ihrem eigenen Boot hing. Vermutlich würden sie ungefähr zeitgleich den Felsen erreichen.

Sie versuchten mit allen Mitteln, noch mehr Geschwindigkeit aus dem Boot herauszuholen, doch war dieses Vorhaben nicht besonders erfolgreich. Sie hatten schon alle Hände damit zu tun, das Boot weiter auf Kurs zu halten.

Mittlerweile waren alle bis auf die Haut durchnässt und Sying klammerte sich halbtot an die Reling.

»Ich glaube, das Wetter bessert sich«, atmete Fatma auf.

Doch Ehawees Worte dämpften ihre Freude darüber: »Es bessert sich nur, weil unsere Verfolger jetzt so dicht hinter uns sind. Schließlich will Brelor nicht, dass seine eigenen Helfer durch den Sturm behindert werden.«

Sie waren noch ungefähr zweihundert Meter von dem doch recht unscheinbaren Felsen entfernt. Hoffentlich waren die Marianer auch wirklich da und konnten ihnen helfen.

Auf einmal erhielt ihr Boot einen unerwarteten Schlag, der sie das Gleichgewicht verlieren ließ. Ein weiterer Schlag ließ Fatma und George, die sich gerade erst mühsam wieder aufgerappelt hatten, erneut aufs Deck fallen.

George stand als Erster wieder und schrie aus Leibeskräften, während er sich selbst an die Reling klammerte, den anderen zu: »Festhalten! Was trifft uns da? Kann das jemand sehen?«

»Es ist eine Schlange, eine riesige Seeschlange!«, rief Charlie ängstlich.

Wie sollen wir es denn mit so einem Ungeheuer aufnehmen? Wie können wir uns aus dieser Lage befreien? George überlegte fieberhaft und sah sich nach einer Lösung um. Dabei stellte er fest, dass die anderen Schiffe das Schauspiel aus sicherer Entfernungbeobachteten.

»Unsere Verfolger haben wohl beschlossen, diesem Biest den Vortritt zu lassen«, teilte George den anderen mit.

»Dann können wir uns erst einmal nur auf die Seeschlange konzentrieren«, machte Madu den anderen Mut.

»Nur ist gut«, antwortete Charlie.»Sie spielt mit uns. Wir sind die Beute, die vor dem finalen Schlag noch geärgert wird.«

Und genauso verhielt es sich. Die Schlange traf immer mal wieder ihr Boot, was die Kinder jedes Mal erschreckte und ordentlich durchschüttelte.

»Was sollen wir machen?« Verzweifelt blickte Georgezu Charlie.

»Ich weiß es nicht, ich weiß es einfach nicht.« Panik schwang in jedem ihrer Worte mit.

Fatma und Madu liefen Tränen der Erschöpfung und Machtlosigkeit über die Wangen. Denn auch sie sahen keinen Ausweg mehr. Und Sying hatte offenbar den Verstand verloren, denn er hoffte fast, gefressen zu werden, damit sein Elend auf See ein Ende hatte. Die Einzige, die sich noch kämpferisch gab, war Ehawee. Breitbeinig stand sie auf dem Deck und hielt das Holzstück eines gebrochenen Mastes in den Händen.

Auf einmal keuchte Madu: »Da hinten kommt noch etwas auf uns zu geschwommen!«

Trotz ihrer Lage konnte George sich eine sarkastische Bemerkung nicht verkneifen: »Großartig, noch eine dritte Bedrohung. Wir haben also die Wahl, ob wir lieber von der Seeschlange gefressen oder von den Trollen oder den Unbekannten erwischt werden.«

Ehawee, die sich von George das Fernrohr geliehen hatte, rief begeistert: »Das sind die Marianer! Was für ein Glück, dass sie uns gefunden haben. Wir müssen nur noch ein wenig durchhalten!«

»Leider sind wir nicht die Einzigen, die gesehen haben, dass Hilfe unterwegs ist«, sagte Charlie alarmiert. »Die Schiffe kommen näher!«

Außerdem wollte die Seeschlange, die des Spielens überdrüssig geworden war, keinesfalls ihre Beute teilen oder gar ganz verlieren, und setzte offenbar zum finalen Schlag an. Sie schraubte sich vor den Augen der entsetzten Kinder aus dem Wasser, so dass sie fast vollständig zu sehen war. Dabei glänzten Millionen Wassertropfen auf ihren gelbgrünen Schuppen. Ihr Maul hatte sie weit aufgerissen und zeigte ihre spitzen und langen Zähne.

»Sie lässt sich auf das Boot fallen«, schrie George den anderen eine Warnung zu. »Springt ins Wasser!«

Genau in dem Moment, in dem er selbst ins Wasser tauchte, fiel die Schlange auf ihr Boot, das in alle Richtungen zersplitterte. Nach Luft schnappend tauchte er zwischen zahlreichen Trümmern auf. Suchend blickte er sich um.

Hoffentlich sind alle gesprungen!, dachte George.

»Charlie, Sying … könnt ihr mich hören?«

Zu seiner großen Erleichterung bekam er von allen Antwort. Selbst Sying hatte es in seinem geschwächten Zustand geschafft, sich über Bord fallen zu lassen.

Dabei grenzte es an ein Wunder, dass niemand von ihnen von Trümmern oder gar von der Seeschlange selbst getroffen worden war. Sie entfernten sich von der Schlange und den Trümmern und schwammen auf den Felsen zu. Fatma hatte dabei besonders große Schwierigkeiten, da ihr nasser Tschador sie extrem nach unten zog.

George platzte der Kragen: »Unglaublich, du würdest wohl lieber sterben, als dieses Ding auszuziehen.«

Dennoch unterstützte er die anderen dabei, Fatma über Wasser zu halten. Mit letzter Kraft erreichten sie den Felsen und klammerten sich fest daran. Dabei schnitt ihnen der scharfkantige Stein in die Hände.

Zum ersten Mal sahen sie die Marianer, die auf Delfinen sitzend heraneilten, aus der Nähe. Es gab Frauen und

Männer, die enganliegende Kleidung aus einem fischschuppenähnlichem Material trugen. Ihre Haut war noch grünlich, jedoch mit einer leicht bläulichen Beimischung. Das tarnte sie im Wasser vermutlich ganz hervorragend. Ihre Haare waren kurz und lagen blaugrün schimmernd, glatt am Kopf an. In ihren Händen hielten sie teils Speere und teils Harpunen. An ihrem Rücken waren Netze befestigt.

Die Marianer teilten sich auf. Die einen schwammen auf die Seeschlange zu, die anderen widmeten sich den Trollen. Speere und Harpunen flogen durch die Luft. Einige Marianer schleuderten ihre Netze, in denen sich die Trolle verfingen und ins Wasser stürzten.

Aber die Trolle ergaben sich natürlich nicht freiwillig. Da ihnen ihre Keulen auf See nichts nutzten, griffen sie mit Wurfkugeln an. Immer wieder erwischten sie einen der Meeresmenschen, der verletzt von seinem Delfin ins Wasser fiel. Glücklicherweise wurden diese Marianer von ihren Tieren in Sicherheit gezogen.

So wogte der Kampf hin und her. Dann machten die Trolle ihre Kanonen fertig. Diese Waffen konnten den Ausschlag zu ihren Gunsten geben.

Als ein Marianer das bemerkte, blies er in eine Muschel, so dass ein dumpfer langanhaltender brummender Ton entstand.

Sofort fingen die Marianer an, das erste Schiff schnell zu umkreisen. Dies geschah sowohl an der Oberfläche als auch in der Tiefe. Zahlreiche Fischschwärme – ebenfalls durch das Muschelsignal angelockt – schlossen sich ihnen an.

Die Trolle unterließen umgehend ihr Vorhaben. Kopflos rannten sie auf dem Schiff umher. Verzweifelt versuchten sie ihr Schiff zu wenden und sich aus der Gefahrenzone zu bringen. Doch dafür war es bereits zu spät! Die Marianer hatten mithilfe der Fische einen Strudel erzeugt, der das Schiff erfasst hatte. Unerbittlich wurde es in die Tiefe gezogen. Nach wenigen Augenblicken war es komplett verschwunden.

Die Trolle auf den anderen Schiffen, die das Schicksal ihrer Kumpane hautnah miterlebt hatten, verspürten offenbar kein Interesse, ihnen zu folgen. Sie wendeten umgehend ihre Schiffe und fuhren unter dem triumphierenden Geschrei der Marianer davon.

Gleichzeitig gab auch die Seeschlange ihren Widerstand auf. Mehrere Speere ragten aus ihrem Körper und an einigen Stellen hatten die Harpunen große Fleischwunden hinterlassen. Nachdem sie noch einmal heftig mit ihrem Schwanz auf das Wasser geschlagen hatte, verschwand sie in den Fluten.

Sechs Wassermenschen glitten von ihren Delfinen ins Wasser und schwammen auf die Kinder zu. Wobei schwimmen ein viel zu profanes Wort war für das, was sie taten: Sie glitten so harmonisch durch das Wasser, als würden sie eine Symbiose mit dem Meer eingehen.

»Wir müssen sofort tauchen, gebt uns eure Hände«, forderte sie einer der Marianer auf.

»Tja, leider gibt es da wohl ein kleines Problem. Wir haben nämlich unsere Tauchausrüstung vergessen«, wandte George, der von den kürzlichen Ereignissen noch ein wenig mitgenommen war, ironisch ein.

»Wir haben keine Zeit mehr. Es wird nicht mehr lange dauern, bis Brelor zum nächsten Schlag ausholt. Ihr müsst uns vertrauen … eure Hände.«

Sie wussten nicht, was nun geschehen würde, aber da sie keinesfalls von Seeungeheuern oder, was auch immer noch kommen sollte, gefressen werden wollten, ergriffen sie die ausgestreckten Hände der Wassermenschen. In dem Moment, als ihre Hände sich trafen, geschah etwas Seltsames. Ihre Hände und die der Marianer verschmolzen miteinander.

»Wir werden für euch atmen, ihr müsst nur den Mund geschlossen halten«, wurde ihnen noch erklärt, bevor sie schon unter Wasser gezogen wurden.

In atemberaubender Geschwindigkeit ging es immer tiefer. Auf ihrem rasanten Weg nach unten konnten sie noch erkennen, dass der Felsen unter der Oberfläche des Meeres aus Korallen bestand und bis auf den Meeresboden reichte. Unzählige bunte Fische tummelten sich hier.

Nach einiger Zeit schwammen die Marianer in Unterwasserhöhlen hinein und zogen die Kinder durch mehrere geflutete Gänge, bis siein einer Sackgasse auftauchten. Sie befanden sich in einem kleinen, ovalen Becken, das alle über eine Treppe verließen.

Sobald die Kinder sich nicht mehr im Wasser befanden, lösten sich ihre Hände von denen der Wassermenschen und sie konnten wieder selbst atmen.

Bei den Marianern

»Wow, das war wirklich verrückt«, staunte Sying. »Ja, und es fühlte sich komischerweise ganz normal an«, war auch Charlie noch verwundert von diesem Erlebnis. »Aber ich bin trotzdem froh, dass ich wieder selbst atmen kann.« Erleichtert sog sie die Luft ein.

Überrascht sahen die Kinder, dass sich die Wassermenschen an Land verändert hatten. Ihre Finger und Zehen hatten die Schwimmhäute verloren und ihre Bewegungen waren nicht mehr so geschmeidig wie unter Wasser. Sie liefen ein wenig plump und unbeholfen.

Sieht aus, als wäre ihnen ein Fuß eingeschlafen, dachte Madu für sich.

Die Wassermenschen führten sie in einen Raum, in dem man das Gefühl hatte, man würde sich noch mitten im Meer befinden. Die Wände waren blau angemalt und überall standen Muscheln und Korallen in unterschiedlichen Größen. An einer Seite befand sich eine Scheibe mit Blick ins Meer, an dem die unterschiedlichsten Fische vorbeischwammen. Überall gab es Hängematten, in denen sich ein paar Wassermenschen lümmelten.

Die Kinder wurden zum Anführer der Marianer gebracht, der auf einem Podest von mehreren Beratern umgeben stand.

Wow, dachte Charlie beeindruckt, er sieht aus wie Poseidon persönlich.

Abgesehen von seiner grünblauen Haut sah er genauso aus, wie bei ihnen zu Hause immer der Meeresgott aus den alten Sagen dargestellt wurde. Obwohl er saß, konnte man erkennen, dass er sehr groß war. Er hatte einen äußerst muskulösen Körper, um den er eine dunkelblaue Toga gewickelt hatte. Seine ebenfalls dunklen, blaugrünen Haare fielen ihm ein wenig wild bis auf die Schultern und standen damit im starken Gegensatz zu den kurzen, glatten Haaren der anderen Marianer. Zusätzlich trug er einen stattlichen Bart.

Bei ihrer Ankunft unterbrach er sein Gespräch und wandte sich ihnen zu, um die Kinder zu begrüßen. »Retter von Nirma …«

George murmelte dazwischen: »Ich wünschte, siewürden das nicht immer sagen.«

Poseidon hielt kurz inne und die anderen warfen George einen strafenden Blick zu.

Dann fing er noch einmal an: »Retter von Nirma, wir sind unglaublich froh darüber, dass wir euch noch rechtzeitig erreicht haben. Mein Name ist Peidon und ihr befindet euch in meinem Reich. Aber wir können uns noch später unterhalten«, fügte er dann mit einem Blick auf die vor Kälte schlotternde Gruppe vor ihm hinzu. »Ich denke, wir sollten euch erst einmal etwas Trockenes zum Anziehen geben und vielleicht wollt ihr euch auch ein wenig ausruhen.«

Er winkte mehrere Umstehende heran, die sie in andere Räume brachten und ihnen eine ausreichende Kleiderauswahl zu Verfügung stellten. Außerdem boten die Marianer an, ihre Kleider zu trocknen, was die Freunde nur zu gerne annahmen. Während der Wartezeit bekamen alle große Tücher, in die sie sich genüsslich einwickelten. Sie rochen leicht, aber nicht unangenehm nach Meer. Eine Marianerin erklärte ihnen lächelnd, dass die Tücher aus ganz feinen Fasern aus Algen und Seegras gewebt worden seien.

Sie hatten sich gerade gegenseitig in der ungewohnten Robe bewundert, da kam ein junges Mädchen mit ihrer trockenen Kleidung zurück.

Fatma fragte erstaunt: »Unsere Kleider fühlen sich ganz warm an. Wie ist das nur möglich?«

»In der Nähe von unseren Höhlen liegt ein unterirdischer Vulkan. Es ist uns gelungen, seine Wärme in bestimmte Wohnbereiche umzuleiten und zu nutzen«, teilte ihr eine Meeresbewohnerin mit. »Wollt ihr jetzt eure Sachen wieder anziehen oder unsere anbehalten?«

Bis auf Charlie entschieden sich alle wieder für ihre alten Kleider. Sie behielt ihr kurzes, schillerndes marianisches Kleid an, da es ihr so gut gefiel.

»Es steht dir auch wirklich gut«, rutschte es George heraus.

»Danke«, freute Charlie sich über das Kompliment.

Trocken und ein wenig aufgewärmt fühlten sie sich gleich viel besser. Danach gingen sie wieder in die große Unterwasserhöhle von eben zurück.

Peidon sagte: »Jetzt können wir uns, denke ich, in Ruhe unterhalten. Ihr glaubt also, ihr werdet hier unten eine der Scherben finden.«

Woher weiß er das nur?, überlegte Charlie. Wieso wissen immer alle schon über uns Bescheid?

Als hätte Ehawee ihre Gedanken erraten, flüsterte sie

ihr zu: »Alle Informationen, die Nirma betreffen, werden von den Fenghuangs bei allen Völkern verbreitet. Und ich selbst habe Nokomis über sie eine Nachricht geschickt, dass wir die erste Scherbe gefunden haben und uns nun auf dem Weg zum Meer befinden. Vermutlich hat sie diese Information an Peidon geschickt. Die Anführer der einzelnen Völker haben ihr eigenes Botennetz.«

Mit der Erklärung zufrieden, wandte sich Charlie direkt an Peidon: »Wir glauben, dass wir das nächste von Arias Rätseln gelöst haben.« Charlie las Peidon und den anderen Umstehenden noch einmal die entsprechenden Zeilen vor. »Unserer Ansicht nach ist damit der Austausch eines Kristallsplitters mit einer Perle gemeint. Eine Perle findet man bei uns auf der Erde normalerweise in Muscheln, die im Meer leben.«

»Ihr sucht also nach einer bestimmten Muschel im Meer«, brachte es Peidon prägnant in einem Satz auf den Punkt.

So ausgedrückt hörte sich ihr Anliegen selbst in ihren Ohren absurd an. Die sprichwörtliche Nadel im Heuhaufen war nichts dagegen. Doch Peidons nächste Worte beruhigten sie ein wenig.

»Ich denke, ich weiß sogar, welche Muschel Aria als Versteck ausgewählt hat. Es gibt hier in der Nähe eine Muschel größer und schöner als alle anderen. Aber sie ist nicht frei zugänglich. Vor langer Zeit bereits hat eines der größten Seeungeheuer, die wir hier haben, die Muschel geraubt und im hinteren Bereich seiner Höhle versteckt.

Viele haben damals versucht, die Muschel herauszuholen, aber die meisten sind nicht einmal in die Höhle hineingekommen. Zumindest nicht lebendig. Das Untier schleppt nur Totes in seine Höhle, um es später zu verzehren. Ich spreche von dem Riesenkraken. Er schläft so gut wie nie und bewacht diese Muschel fast die ganze Zeit. Ich wüsste nicht, wie wir an ihm vorbeikommen sollten.«

Das wussten die Kids auch nicht, sie brauchten definitiv einen Plan.

»Könntet ihr nicht einfach wieder eure Speere und Harpunen benutzen?«, wollte Madu naivwissen.

»Mein Kind, du machst dir keine Vorstellung von der Größe dieses Monsters. Es füllt mit seiner Größe fast die gesamte Höhle aus. Die Verletzungen, die unsere Waffen ihm zufügen könnten, wären für ihn nicht lästiger als ein paar Mückenstiche. Abgesehen davon, ist seine Haut so gut wie unverwundbar.«

Peidons Ausführungen waren nicht geradeermutigend. Hätten sie doch nur noch die Quoita-Früchte! Allerdings hätte ihnen ein Krake mit Beulen in diesem Fall wohl auch nicht weitergeholfen, zumindest solange er in seiner Höhle geblieben wäre.

»Kann man ihn irgendwie dort weglocken?«

Die Antwort folgte prompt. »Unmöglich! Er bleibt eigentlich immer in der Nähe der Muschel. Sie ist sein kostbarster Besitz, der von ihm akribisch bewacht wird. Selbst bei der Nahrungssuche bleibt der Krake meist in der Höhle. Dank seiner Arme hat er eine große Reichweite und kann ein großes Gebiet damit abdecken.«

»Ein Unwetter oder ein Strudel wie bei dem Schiff, würde das …«

»Nein, erstens können wir am Meeresboden keinen

vernünftigen Strudel erzeugen und selbst wenn, ließe sich das Untier davon nicht stören und aus seiner Höhle herausziehen. Es kann selbst in den stärksten Strömungen seine Position halten.«

So wurde ein Vorschlag nach dem nächsten gnadenlos auseinandergenommen und verworfen.

»Man kann den Kraken nicht töten und auch nicht verjagen. Und man kommt nicht an ihm vorbei, da er den Höhleneingang vollständig blockiert«, fasste George zusammen. »Na, das sind ja großartige Aussichten!«

Langsam gingen ihnen die Ideen aus und eine gedrückte Stimmung machte sich breit.

Peidon, der den Stimmungsumschwung bemerkte, sagte daraufhin: »Im Moment bringt uns das Grübeln nicht weiter. Manchmal hilft es, wenn man auf andere Gedanken kommt. Indem man sich mit etwas ganz anderem beschäftigt, ergibt sich mitunter fast von allein eine Lösung für ein Problem.«

Er hielt inne und besprach sich kurz mit anderen Marianern. Dann wandte er sich ihnen wieder zu. »Wenn ihr wollt, könnt ihr an der Hand meines Volkes in der Nähe dieser Höhle das Meer auf eine Weise erkunden, wie ihr es bisher noch nicht erlebt habt und so schnell auch nicht mehr erleben werdet. Außerdem hatten wir für heute Abend eine Tanz- und Schauspielaufführung geplant. Ich wüsste nicht, warum sie nicht stattfinden sollte. Wenn ihr wollt, könnt ihr euch dies nachher mit uns zusammen ansehen. Also, was haltet ihr von meinem Vorschlag?«

Ein wenig Ablenkung und Entspannung würde ihnen gewiss guttun, weshalb sie begeistert zustimmten. Lediglich Fatma und Sying wollten auf den Unterwasserspaziergang lieber verzichten und sich stattdessen in den Unterwasserhöhlen umsehen.

Die anderen nahmen liebend gern den Vorschlag an. Sie bekamen von den Marianern Ganzkörperanzüge, die ihre Temperatur im doch etwas kühleren Wasser halten sollten. So zogen sie sich innerhalb kurzer Zeit ein zweites Mal um.

Wieder zurück in der großen Höhle gesellte sich eine Gruppe jugendlicher Marianer zu ihnen und stellte sich als ihre Begleiter für den Ausflug vor. Unter ihnen befand sich ein junges Mädchen, das seine Aufregung über die fremden Gäste kaum verbergen konnte. Sie näherte sich Charlie. Offenbar wollte sie ein Gespräch mit ihr anfangen, traute sich jedoch nicht, die Initiative zu ergreifen.

Charlie, die die Zwickmühle des Mädchens erkannte, lächelte sie freundlich an. »Hallo, ich bin Charlie.«

Erleichtert antwortete das Mädchen: »Hi, mein Name ist Naraja. Ich bin dreizehn Jahre alt und freue mich, bei dem Ausflug deine Partnerin zu sein. Alle meine Freundinnen beneiden mich darum. Wie alt bist du? Und du bistwirklich von einer fremden Welt? Ist es da genau wie hier? Ist es wahr, dass ihr mit den Trollen gekämpft habt?« Da der Bann einmal gebrochen war, war Naraja in ihrem Eifer nicht zu stoppen.

Lachend hob Charlie die Hand. »Stopp, eine Frage nach der nächsten. Also ich bin auch dreizehn … halt nein«, Charlie rechnete kurz nach, wie lange sie schon auf Nirma waren. Sie hatte gestern tatsächlich Geburtstag gehabt, ohne es zu merken oder gar zu feiern. Dies war der erste

Geburtstag ohne ihre Eltern und ein Anflug von Trauer überkam sie. So in Gedanken bemerkte sie gar nicht, dass George bei ihren Worten aufhorchte und sie ernst musterte.

Sie fing sich aber schnell wieder und beantwortete weiter Narajas Fragen. »Also mittlerweile bin ich wohl vierzehn Jahre alt und ich komme tatsächlich aus eineranderen Welt, die wir Erde nennen. Einige Dinge sind sehr ähnlich, aber vieles ist dort auch anders. Es gibt zum Beispiel keine Marianer oder Trolle, gegen die wir im Übrigen wirklich gekämpft haben.«

»Keine Wassermenschen? Wer kümmert sich bei euch denn dann um das Meer?«

Obwohl dies eine einfache Frage war, bereitete sie Charlie doch einiges Unbehagen. »Tja, eigentlich neigt bei uns jedes Land dazu, das Meer seinen Interessen und Bedürfnissen nach zu nutzen. Es gibt aber einige große Organisationen mit vielen Mitgliedern, die sich für den Schutz der Meere und der darin lebenden Tiere und Pflanzen einsetzen.«

Naraja sah so aus, als wollte sie zu diesem Thema noch etwas sagen, schloss jedoch wieder ihren Mund, da sich die Gruppe um sie herum in Bewegung setzte. Es hatten sich bereits weitere Pärchen gebildet, die jetzt nacheinander zum Becken gingen.

»Wir werden uns ein Korallenriff in der Nähe anschauen«, erklärte ein Marianer ihnen. »Wenn ihr diese Augentropfen«, er reichte eine kleine Flasche herum, »in eure Augen träufelt, brennt das Meerwasser nicht in ihnen und ihr könnt unter Wasser normal sehen. Sollte etwas nicht in

Ordnung sein, macht ihr das folgende Handzeichen«, er vollführte mit seiner Hand eine wellenförmige Bewegung, »und wir kehren mit euch in die Höhle zurück. Alles verstanden?«

Da alle nickten, konnte der Ausflug beginnen. Aufgeregt gingen sie die Treppen in das Becken hinunter und sofort verschmolzen ihre Hände mit denen ihrer marianischen Partner. Kurz darauf hatten sie das Höhlensystem verlassen. Das Korallenriff war nicht weit entfernt, es sah schon aus der Ferne wunderschön aus.

Farbenfrohe Korallen in allen Größen waren von noch farbenfroheren Meerestieren umgeben. Es gab Fische in den schillerndsten Farben und ein Fisch war so durchsichtig, dass man jede Gräte in seinem Inneren sehen konnte. Da die Fische die Marianer als freundliche und friedfertige Meeresbewohner anerkannten, ließen sie sich von der ankommenden Gruppe nicht stören. Im Gegenteil, viele schwammen sogar näher heran, fast wie zu einer Begrüßung. Charlie war ganz entzückt, als ein Seepferdchen ihr freundlich gegen die Wange stupste.

Als Ehawee ihre freie Hand nach einem feuerroten Fisch, der aus lauter Kringeln zu bestehen schien, ausstreckte, machte ihr Marianer das Zeichen für Gefahr. Augenblicklich zog sie ihre Hand zurück und schaute ihren Partner fragend an.

Der pflückte ein Stück von einer Alge und warf dieses gegen den Fisch, dessen Kringel sich bei Kontakt blitzschnell aufrollten und kleinste Stacheln zu allen Seiten abschossen. Diese Ministacheln konnten sicherlich keine ernsthaften Verletzungen bewirken, waren aber bestimmt ziemlich schmerzhaft, wenn man von ihnen getroffen wurde.

Es war eine absolut faszinierende Welt, doch das Beste an ihrem Ausflug stand ihnen noch bevor. Durch einen glücklichen Zufall kam genau zu diesem Zeitpunkt ein Schwarm riesengroßer Pantoffeltierchen vorbei. Zumindest erinnerten sie George vom Aussehen an solche, die er einmal unter einem Mikroskop im Biologieunterricht beobachtet hatte. Dabei handelte es sich um flache, ovale und durchsichtige Wesen.

Ihr Auftauchen versetzte die marianischen Jugendlichen, die ihre Erden-Partner und Ehawee umgehend zu den Tieren zogen, in helle Begeisterung. Jedes Pärchen schwamm zu einem Pantoffeltierchen und stellte sich, ein Bein vorangestellt, auf seinen Rücken. Im oberen Bereich hatten die Tiere so etwas wie längere Haarbüschel, deren Ende sich die Marianer um das freie Handgelenk wickelten. Sie bedeuteten ihren Partnern, es ihnen gleich zu tun. Kaum hatten sie die entsprechende Haltung wie die Marianer eingenommen, ging es auch schonlos.

Es war eine Art des Unterwassersurfens, die unvergleichliche Glücksgefühle hervorrief. Sie ritten förmlich auf den Tieren, die sich spontan in Kurven legten und auch Loopings fabrizierten. Hätten sie dies alleine versucht, wären sie vermutlich schon zu Beginn heruntergefallen, doch durch die Marianer wurden sie so gut stabilisiert, dass sie einen ganz sicheren Stand hatten. Den Pantoffeltierchen schien es genauso viel Spaß zu machen wie seinen Reitern.

Madu leitete mit seinem Marianer ihr Pantoffeltierchen

so nah am Sichtfenster der Höhle vorbei, dass Sying, der zufällig gerade vor dem Fenster stand und etwas trank, sich so erschreckte, dass er sich verschluckte. Hustend rieb er sich die Augen und schaute dem verschwindenden Madu nach.

Nach einer Weile wurden sie langsamer und hielten wieder an der Stelle an, an der sie zuvor aufgestiegen waren. Bevor sie sich von den Tierchen verabschiedeten, holten die Marianer aus ihren Taschen etwas gelbes Glitschiges. Dieses hielten sie den Tieren hin, die es genüsslich verspeisten.

Danach war es auch an der Zeit, in die Höhle zurückzuschwimmen. Dort angekommen, erzählten sie Fatma und Sying überschwänglich von ihren Erlebnissen und zumindest Letzterer bedauerte danach ein wenig, nicht doch mitgekommen zu sein.

»Wir haben ebenfalls tolle Dinge gesehen. Wir haben eine Führung durch weitere Räume der Höhlen bekommen«, schilderte Sying begeistert. »Hiergibt es sogar heiße Bäder, die durch einen unterirdischen Vulkan gewärmt werden. Ich habe ein wunderbares Bad genommen.«

Bei Syings Worten hatte Fatma wieder ein ähnlich merkwürdiges Gefühl, das sie auch beim Durchqueren der Bäderhöhle erlebt hatte. Was ist das nur?, fragte sie sich, wurde aber von Charlies Frage in ihren Überlegungen unterbrochen.

»Und was hast du gemacht, Fatma?«

»Oh, ich war in einer gigantischen Bibliothek«, antwortete Fatma mit glänzenden Augen. »Die Regalreihen bestehen aus Gräten oder aus den Knochen anderer Meerestiere. Zahlreiche Netze hängen von der Decke herab, über die man anstelle von Leitern die oberen Buchreihen erreicht. Ich habe mir viele Bücher angesehen und in einigen gelesen. Die Seiten bestehen oft aus gepressten Meerespflanzen, andere dagegen sind aus normalem Papier. Ich hätte dort noch Stunden bleiben können.«

»Ich glaube, das war der unglaublichste Tag unseres Lebens«, stellte Madu fest.

Dem konnten die anderen nur beipflichten.

Ein gefährlicher Plan

Nach einem ausgiebigen Abendessen saßen die Marianer und die Kinder vor der großen Scheibe und schauten ins Meer. Madu hatte wieder ordentlich zugeschlagen: Bei diversen Fisch- und Muschelgerichten, Algensalat und Seepflanzennudeln, grünem Smoothie aus Meeresblumen konnte er nicht widerstehen. Mit Besteck aus Gräten und Fischbeinen hat es sogar noch besser geschmeckt.

»Seht mal da«, rief ein Marianerkind aufgeregt. Mehrere Wassermänner und -frauen begannen zu tanzen. Dabei bewegten sie sich mit einer solchen Geschmeidigkeit und Anmut, dass es den Kindern den Atem verschlug. Die Tänze vor ihnen wurden durch Geräusche, die die Marianer mithilfe verschiedener Muscheln im Inneren der Höhle erzeugten, untermalt.

Es gab sowohl langsame als auch schnelle Bewegungen. Bei Letzteren wurden die Frauen mit einer unglaublichen Geschwindigkeit herumgewirbelt, so als wäre das Wasser überhaupt nicht vorhanden.

Danach folgte das Schauspiel. Es wurde eine Geschichte vorgeführt, die ein wenig an die alten Stummfilme erinnerte. An Stelle eines Untertitels wurde die Geschichte durch mehrere Sprecher, die hinter den Zuschauern standen, erklärt. Es war eine herzzerreißende Liebesgeschichte zwischen zwei Arborianern mit einem traurigen Ende.

Als die Schauspieler sich verbeugten, war es einen Augenblick still, bevor tosender Applaus losbrach. Charlie und Fatma liefen sogar einige Tränen über die Wangen und selbst die Jungs hatten feuchte Augen. Die ganze Geschichte war so fantastisch gespielt, dass sie fast vergessen hatten, dass es sich um Schauspieler handelte.

»Ist die Geschichte wirklichwahr?«, wandte Charlie sich an Naraja.

»Die Geschichte ist schon so alt, dass das niemand mehr genauweiß«, antwortete diese eifrig.»Aber inhaltlich kann sie sich durchaus so zugetragen haben.«

George packte sie unvermittelt am Arm.

»Aua.« Naraja rieb sich den Arm, was von George vollkommen ignoriert wurde.

»Was hast du gerade gesagt?«

»Aua. Es tut übrigens immer noch weh!«

George verdrehte die Augen. »Nicht das, ich meine, was du davor gesagt hast.« Er war nach der Aufführung ungewöhnlich schweigsam gewesen, irgendetwas arbeitete in seinem Unterbewusstsein. Er hatte das Gefühl, als hätte er gerade einen wichtigen Hinweis erhalten, den er nur nicht richtig verstand.

Die anderen sahen ihn an, als hätte er den Verstand verloren.

Er versuchte es daraufhin noch einmal etwas freundlicher. »Bitte, Naraja, kannst du noch mal deinen letzten Satz von eben wiederholen? Es ist wirklich wichtig.«

»Ich habe nur gesagt, dass es durchaus sein kann, dass sich die Geschichte so ereignet hat.«

George ließ sich ihren Satz noch einmal durch den Kopf gehen und plötzlich wusste er, was sein Unterbewusstsein ihm die ganze Zeit zu vermitteln versuchte, nämlich eine Lösung für ihr Muschel- bzw. Krakenproblem.

»Kommt mit, ich glaube, ich weiß, wie wir an die Scherbe gelangen können.«

Er bedeutete den anderen, ihm durch den Raum zu folgen, und plapperte aufgeregt darauf los, als er gerade in Peidons Hörweite war: »Du hast gesagt, dass der Krake nur Totes in seine Höhle lässt. Bei der Aufführung wurde der Arborianer durch das Gift einer Anemone gelähmt. Selbst seine Atmung hat ausgesetzt. Würde der Krake den Unterschied zwischen einem wirklichen Toten und einem durch das Gift der Anemone nur Gelähmten erkennen?«

Peidon ließ sich seine Worte durch den Kopf gehen. »Ich kann die Frage nicht mit Sicherheit beantworten, aber ich denke eher, er würde es nicht merken. Man müsste es vielleicht einmal ausprobieren. Worauf willst du hinaus?«

»Wenn also einer von uns mit dem Gift der Anemone in Kontakt käme, würde er von dem Kraken als vermeintlich tot in die Höhle gezogen werden. Sobald die Lähmung nachlässt, könnte derjenige dann die Scherbe in der Muschel an sich nehmen.«

»Das wäre tatsächlich möglich, aber auch äußerst gefährlich. Und wenn einer von euch das machen will, wie soll derjenige solange die Luft anhalten? Denn sobald die Lähmung nachlässt, muss er wiederatmen.«

»Könnte diese Aufgabe nicht ein Marianer übernehmen?«, fragte Charlie dazwischen.

Doch Peidon schüttelte den Kopf. »Es gibt einen

Grund, weshalb die Geschichte, die ihr eben gesehen habt, von Arborianern handelt. Das Gift der Anemonen wirkt bei uns Marianern nämlich wirklich tödlich. Vorausgesetzt, so weit würde der Plan gelingen, dann müsste derjenige immer noch die Höhle verlassen. Und wie soll das gehen, wenn der Krake den Ausgang versperrt?«

»Verlässt er denn niemals seine Höhle?«

»Ganz selten, wenn sich ein besonderer Leckerbissen in seiner Nähe außerhalb seiner Reichweite befindet. Aber selbst dann kehrt er sofort in seine Höhle zurück.«

»Was könnte denn so ein Leckerbissen sein?«

»Auf jeden Fall etwas Großes, was sich selten in diese Gegend verirrt, zum Beispiel der Bula-Fisch.«

»Das bedeutet also, wenn wir dem Kraken diesen Fisch vor die Nase halten, würde er herauskommen?«

»Normalerweise schon. Aber der ganze Plan hat meiner Meinung nach viel zu viele Unwägbarkeiten. Und für denjenigen in der Höhle bedeutet dies auf jeden Fall ein lebensgefährliches Unternehmen.«

»Das mit der Höhle mache ich«, sagte George.

»Moment mal«, protestierte Charlie. »Wer sagt das denn? Das kannst du nicht einfach so entscheiden.«

»Doch. Es war ja meine Idee!«

»Ich denke, es sollte derjenige machen, der am längsten von uns die Luft anhalten kann. Und das können wir ja problemlos austesten«, mischte Sying sich ein.

Das war ein vernünftiges Argument, dachte George. Trotzdem passt es mir nicht, dass jemand anderes als ich dieses Risiko eingehen soll. Allerdings werde ich bestimmt diesen Wettkampf gewinnen. Denn ich bin schließlich der

Älteste und der Größte der Gruppe und damit besitze ich auch das größte Lungenvolumen.

»In Ordnung«, lenkte George ein, »dann machen wir diesen Tauchwettbewerb.«

Peidon zupfte etwas unschlüssig an seinem Bart herum und sah sie lange nachdenklich an. Dann gab er sich einen Ruck. »Also wenn ihr tatsächlich diesen Plan durchziehen wollt, werden wir euch helfen. Ich werde umgehend einige meiner Leute losschicken, um den Bula-Fisch zu fangen. Er lebt etwas weiter weg und ist nicht leicht zu finden. Deswegen wird es einige Zeit dauern, bis sie zurückkehren.«

Er signalisierte einigen Marianern zu ihm zu kommen und sprach kurz mit ihnen.

Dann wandte er sich erneut an die Kinder: »Sie werden in einer Stunde aufbrechen.«

Das klang gut. Sie vereinbarten, sich in einer halben Stunde an dem Becken, in dem sie bei ihrer Ankunft aufgetaucht waren, für den Tauchwettbewerb zu treffen. Bis auf Fatma wollten sich alle der Herausforderung stellen. Bei ihr lag es nicht daran, dass sie aus Angst verzichtete, obwohl sie die sicherlich hatte, sondern dass sie einfach keine gute Schwimmerin war und schon ohne zusätzlichen Druck Probleme im Wasser hatte.

Pünktlich trafen alle am vereinbarten Ort ein. Neben Fatma standen auch noch einige Marianer am Rand des Beckens, die ebenfalls zuschauen und sich den Wettkampf auf keinen Fall entgehen lassen wollten. Es wurden sogar Wetten abgeschlossen. Einige wetteten um Geld, andere um Schmuck oder irgendwelche Gefälligkeiten.

Auf Peidons Kommando tauchten alle gleichzeitig unter. Relativ schnell kamen Ehawee und Sying als Erste wieder nach oben und nach ungefähr eineinhalbMinuten musste auch Charlie aufgeben. Jetzt waren nur noch George und Madu im Rennen. Obwohl eigentlich alle dachten, dass George gewinnen würde, wurden sie eines Besseren belehrt. Denn dieser kam tatsächlich als nächster mit hochrotem Kopf und schweratmend hoch. Erst zwanzig Sekunden später kehrte auch Madu an die Oberfläche zurück. Er sah dabei noch vergleichsweise entspannt aus. Der Wettkampf war entschieden.

George grummelte zwar noch etwas, konnte aber an dem Ausgang des Wettbewerbs nichts mehr ändern. Daher wollte er zumindest dabei helfen, die Anemonen zu sammeln. Da der Kontakt mit einer Anemone für einen Marianer sofort tödlich war, war geplant, dass die Marianer sie zu den Anemonenfeldern führen würden und George und Charlie das Einsammeln derselben übernehmen würden.

»Woher wissen wir denn, dass die Anemonen bei Menschen nicht tödlich wirken?«, fragte Fatma nicht zu Unrecht.

»Da kann ich euch beruhigen«, antwortete Peidon. »Bei uns wird die tödliche Reaktion durch unsere spezielle Atmung ausgelöst. Die gleichen Prozesse, die uns das Atmen unter Wasser ermöglichen, sind auch für die tödliche Wirkung des Giftes verantwortlich. Ein Restrisiko bleibt natürlich, da ein Mensch noch nie Kontakt mit dieser Pflanze hatte.«

Anemonenernte

An der Hand jeweils eines Marianers und begleitet von vier weiteren schwammen George und Charlie zu einem Anemonenfeld. Sind sie bei ihrem Ausflug zuvor noch in sehr langsamen Tempo geschwommen, waren sie jetzt so schnell unterwegs, dass sie keine Einzelheiten mehr wahrnehmen konnten. Trotz der Augentropfen verschwamm alles um sie herum. Als die Marianer das Tempo wieder drosselten, sahen sie die Anemonen, die sich über den Meeresboden, Steine und Korallen ausbreiteten.

Vor ihnen entfaltete sich die reinste Farbenpracht, es gab Anemonen in neongelb, rot, blaulila – wunderschön und doch so gefährlich.

Nur mühsam konnten sie sich von dem Anblick loseisen und auf ihre eigentliche Aufgabe konzentrieren. Um die Gefahr für die Marianer so gering wie möglich zu halten, wollten die beiden Kinder allein die Anemonen pflücken. Sie holten die Handschuhe hervor, die ihre Ganzkörperanzüge ergänzen sollten. Ihre Hände mussten bisher für die Verschmelzung mit den Marianern frei bleiben.

Doch nun lösten die Marianer die Verbindung. Rasch zogen sie die Handschuhe über und schwammen zum Feld. Vorsichtig griffen sie nach den Anemonen. Ihre starken Wurzeln gaben nur unter Protest nach, so dass es eine äußerst anstrengende Angelegenheit war. Schon bald mussten sie zu den Marianern zurückkehren, um durch die Verschmelzung neuen Sauerstoff aufzunehmen.

Als sie sich wieder umdrehten, wussten sie nicht mehr, welche Anemonen sie bereits teilweise ausgegraben hatten. In einem Feld vieler roter Anemonen sah eine wie die andere aus. Also änderten sie die Strategie und suchten sich einzelne Anemonen aus, die zwischen andersfarbigen wuchsen. Dadurch mussten sie zwar weiter herausschwimmen, waren aber auch viel erfolgreicher. Schnell hatten sie so jeder vier Anemonengesammelt.

Als sie das dritteMal zu den Marianern zurückkehrten, stellten sie mit Entsetzen fest, dass diese in einen Kampf mit einem wabbeligen, roten Etwas verwickelt waren.

Der Angreifer war sehr groß und unförmig und forderte ihre ganze Aufmerksamkeit. Er änderte immer wieder seine Form, um so die Marianer zu umschließen. Zu allem Überfluss versperrte das Wabbelding ihnen auch den Weg zu den Marianern, die verzweifelt versuchten, sich zu verteidigen und das Tier abzuwehren.

Charlie und George wurde langsam die Luft knapp. Und es sah nicht so aus, als würden die Marianer schnell gewinnen. Verzweifelt griff Charlie als einzige Möglichkeit in ihren Beutel und schleuderte eine Anemone gegen das seltsame Wesen.

Gute Idee! Hoffentlich wirkt das Gift, feuerte George in Gedanken an.

Und tatsächlich, das Tier erstarrte! Kurz bevor sie ihrem Atemreflex nachgeben mussten, erreichten sie die Marianer und gaben ihnen die Hände.

Puh, Rettung in letzter Sekunde, dachte Charlie.

Diesmal verweilten sie etwas länger, bis sie wieder losschwammen. Als sie endlich genug Anemonen hatten, kehrte George als Erster wieder zu den Marianern zurück.

Umso überraschter war Charlie, dass er, als sie zurückkam, noch einmal auf die Blumen zusteuerte. Er signalisierte ihr jedoch, bei den Marianern zu bleiben. Was hatte er nur vor? Er schwamm viel weiter in das Feld hinein als bisher und verschwand schließlich hinter einem großen Stein, wo sie ihn nicht mehr sehen konnten.

Wo blieb er nur? Charlie machte sich große Sorgen.

Auch die Marianer wurden langsam unruhig. Nach einer gefühlten Ewigkeit kam er wieder in ihr Blickfeld. Doch er hatte kaum noch Luft. Seine Bewegungen wurden hektischer. Da ergriff ein Marianer, der ihm trotz der Gefahren über das Feld entgegengeschwommen war, seine Hand. Was George dort gemacht hatte, blieb vorerst sein Geheimnis. In gewohnt schnellem Tempo traten sie den Rückweg an, bis sie wieder in dem Becken in der Höhle auftauchten.

Erleichtert verließen George und Charlie das Wasser. Der ganze Ausflug hatte sich als schwieriger erwiesen, als sie sich vorgestellt hatten. Sie fühlten sich ausgelaugt und ihre Knie wackelten ordentlich bei ihren ersten Schritten an Land.

Ihre Ankunft blieb nicht lange unbemerkt. Umgehend kamen ihre Freunde und einige Marianer, um sie zu begrüßen und ihnen ein Handtuch zu reichen.

»Ich bin so froh, dass ihr heil zurückgekommen seid«, sagte Fatma glücklich. »Seid ihr denn erfolgreich gewesen?«

Noch zu erschöpft für eine Antwort, hielten die zwei triumphierend ihre Beutel hoch und sonnten sich in den Glückwünschen. Sie setzten sich auf Hocker in der Muschelhalle und aßen dankbar eine warme Suppe.

»Das tut richtig gut. Trotz der Anzüge war es doch ziemlich kalt da draußen«, sagte Charlie mit leicht blauen Lippen und wickelte sich enger in ihr kuscheliges Handtuch.

In der Zwischenzeit hatten ihre Begleiter Peidon Bericht über ihren Ausflug erstattet. Besorgt kam er zu ihnen und erkundigte sich persönlich nach ihrem Befinden. »Ich kann nicht glauben, dass ihr wirklich einem Quabbel begegnet seid. Er galt bei uns schon längst als ausgestorben. Es ist äußerst seltsam, dass er jetzt wieder erschienen ist. Aber du hastgeistesgegenwärtigreagiertund allegerettet«, wandte er sich zuletzt noch einmal an Charlie. Diese freute sich sehr über das Kompliment.

Auf einmal sah Charlie George fragend an: »Sag mal, was sollte eigentlich dein Extra-Ausflug am Schluss bedeuten? Was hast du da gemacht?«

Jetzt blickten auch alle anderen zu George. Der wurde erstaunlich verlegen und sogar ein wenig rot. Er druckste herum.

»Na ja, ich habe zufällig mitbekommen, wie du erzählt hast, dass du wohl in den letzten Tagen Geburtstag hattest und ich dachte … ich wollte … ich fand …« Er gab auf und schaute stattdessen in seine Tasche. Vorsichtig griff er hinein und holte eine Blume heraus.

Ehrfürchtiges Gemurmel erhob sich um sie herum: »Die Blume der Tränen.«

Charlie erinnerte sich an die Blume aus dem Schauspiel, die die Liebe der beiden Arborianer zueinander symbolisieren sollte.

»Ich habe sie beim Pflücken der Anemonen an einem Stein entdeckt. Herzlichen Glückwunsch zum Geburtstag.« Mit diesen Worten reichte er Charlie die Blume.

»Oh George, das ist so nett von dir.« Charlie hatte Tränen der Freude in den Augen. Spontan umarmte sie ihn. »Das ist das Netteste, was jemand seit langer Zeit für mich getan hat. Danke.«

George räusperte sich verlegen, freute sich aber sichtlich, dass seine Überraschung gelungen war. Er wurde dank der anderen, die nun an Charlie herantraten, um ihr noch nachträglich zu gratulieren, einer Antwort enthoben. Einige Kinder, die in der Nähe waren, stimmten spontan eine Art marianisches Geburtstagslied an und alle Anwesenden in der Höhle schlossen sich an. Charlie war ganz gerührt und umarmte alle herzlich.

Danach gingen George und Charlie in ihre Räume, um sich umzuziehen. Charlie stellte die Blume in eine Vase mit Meerwasser.

Als die sechs wieder zusammensaßen, erfuhren sie, dass sich die anderen während ihres Ausfluges Gedanken zu einem weiteren Problem gemacht hatten.

Ehawee klärte die beiden auf. »Fatma hat uns auf eine Sache aufmerksam gemacht, an die wir noch gar nicht gedacht haben. Wenn Madu in der Höhle erwacht und die Scherbe an sich genommen hat, müssen wir den Kraken zum richtigen Zeitpunkt herauslocken. Woher wissen wir, wann das ist? Es gibt zwar Berichte von Nirmanern, die mit der Anemone Kontakt hatten, aber niemand weiß, ob es sich bei Menschen genauso verhält.«

George und Charlie sahen sich an. Ehawee hatte Recht. Wenn Madu früher als gedacht erwachte, würde er ertrinken.

»Doch wir haben für dieses Problem eine Lösung gefunden. Wir probieren es einfach vorher aus.« Sie strahlte in die Runde.

»Wie bitte?« Charlie dachte, sie hätte sich verhört.

»Wir führen einen Versuch durch: Fatma, Sying und Madu werden die Anemone berühren und wir stoppen die Zeit, bis sie wieder erwachen.«

Der Vorschlag klang zwar etwas verrückt, machte aber durchaus Sinn.

»Warum sollen wir nicht auch mitmachen?«, fragte George.

»Nun zum einen müssen wir vielleicht eine zweite Versuchsrunde einlegen und wir wollen nicht zu viele Anemonen verschwenden. Zweitens habt ihr schon euren Teil mehr als erfüllt, jetzt sind die anderen dran. Und drittens sind Fatma und Sying Madu vom Alter her am nächsten.«

Da diesen Argumenten nicht viel entgegenzusetzen war, wurden Fatma, Sying und Madu einstimmig als Versuchspersonen nominiert.

Da viele von den Marianern dem Experiment beiwohnen wollten, wurden drei Liegen in die große Halle gebracht. George überreichte jedem der drei einen Teller, auf dem jeweils eine Anemone lag. Die Kinder legten sich erst auf die Liegen und berührten auf ein Kommando gleichzeitig die Anemone. Augenblicklich verdorrtendie

Pflanzen, als hätten sie mit dem Gift gleichzeitig ihr Lebenselixier verloren, während die drei sofort erstarrten. Sie sahen wirklich tot aus.

Charlie, die sich über ihre Münder beugte, konnte keinen einzigen Atemhauch feststellen. Ängstlich sah sie zu Peidon herüber, der ihr aber beruhigend zunickte. Soweit verlief wohl alles nach Plan. Nun hieß es abwarten.

Beobachteten sie zu Beginn alle die drei noch mit Argusaugen, so kam langsam ein wenig Langeweile auf. Einige Marianer verließen den Raum, andere unterhielten sich und fingen verschiedene Spielchen an.

Nach genau dreißig Minuten begann Fatma endlich sich zu bewegen. Das geschah zuerst so geringfügig, dass sie es fast nicht bemerkt hätten. Doch innerhalb von zehn Sekunden war sie wieder komplett bewegungsfähig und atmete normal.

Abrupt setzte sie sich auf und schüttelte sich. »Oh war das furchtbar, ich konnte alles sehen und hören, aber ich konnte weder atmen, noch mich bewegen oder irgendwie verständlich machen.«

Entsetzt hörten die Umstehenden ihr zu. Man bekam tatsächlich während der Starre alles mit, wie schrecklich. Alle hatten ein wenig gehofft, dass sie in der Zeit doch mehr oder weniger schlafen würden, aber die Wahrheit war gruselig.

Zwei Minuten nach Fatma erwachten auch Sying und Madu im Abstand von nur wenigen Sekunden. Die Starre hatte bei ihnen ähnliche Gefühle ausgelöst wie bei Fatma. Sie waren froh, dass sie sich wieder bewegen konnten und dieses Erlebnis erst einmal hinter ihnen lag.

George nahm kurz Madu beiseite. »Madu, wenn du das nicht ein weiteres Mal durchmachen willst, spring ich für dich ein.«

Madu war zwar blass, aber auch entschlossen, als er meinte: »Ich schaffe das schon.«

Um sicher zu gehen, dass die Zeitspanne der Lähmung nicht variierte, wollten sie den Versuch wiederholen. Allerdings sollte diesmal eine Versuchsperson genügen.

»Ich mache es noch mal«, stellte Sying sich zur Verfügung. »Aber es wäre schön, wenn es dabei nicht so still wäre. Es ist ganz furchtbar, sich nicht bewegen zu können und sich auch die ganze Zeit darauf konzentrieren zu müssen.«

»Ich kann dir etwas vorlesen«, bot Fatma an.

Da Sying ihr Angebot dankbar annahm, holte sie ein Buch aus der Bibliothek der Marianer. Dazu musste sie wieder den Baderaum durchqueren.

Fatma stutzte. Ich habe genau das gleiche Gefühl wie beim letzten Mal. Als würde ein bestimmter Gedanke versuchen, an die Oberfläche zu gelangen. Doch es gelingt mir nicht ihn festzuhalten. Ich muss es vielleicht später noch mal versuchen.

Daher kehrte sie mit einem Buch in der Hand zu Sying zurück und las ihm während seiner nächsten Starre Geschichten über das Meer vor. Nach exakt der gleichen Zeit wie zuvor wachte Sying wieder auf. Es ging ihm gut, dank der Geschichten hatte er sich diesmal von seiner Situation besser ablenken können.

Übertrug man alle gesammelten Erkenntnisse auf Madu, so würde er nach zweiunddreißig Minuten und fünf Sekunden wieder anfangen zu atmen. Das zumindest hofften sie.

Peidon gesellte sich zu ihnen. »Ich würde euch raten, heute früh schlafen zu gehen, da ihr einen sehr anstrengenden Tag hinter euch habt und ihr morgen sicher alle eure Kräfte brauchen werdet. Meine Leute werden bestimmt in den nächsten Stunden mit dem gefangenen Fisch zurückkehren, so dass wir schon morgen versuchen können, an die Scherbe zu gelangen.«

Da sie alle ziemlich erschöpft waren, stimmten sie Peidon sofort zu. Sie wollten gerade zu ihren Räumen gehen, als ihnen auffiel, dass Madu fehlte. Suchend blickten sie sich um und entdeckten ihn schließlich in einer Gruppe marianischer Mädchen, die ihm immer wieder neue Teller mit maritimen Köstlichkeiten reichten.

Dazu fielen Sätze wie »Oh du bist so mutig« und »Du willst wirklich in die Krakenhöhle?« und »Was bist du doch für ein Held?«.

»Hey Madu«, konnte George sich nicht verkneifen. »Bekommst du gerade deine Henkersmahlzeit? Können wir dir helfen?«

Als Antwort bekam er von Madu ein bisschen Algensalat an den Kopf geworfen. »Danke, ich komme schon zurecht.«

Lachend ließen sie ihn allein. Ein bisschen Spaß und Ablenkung konnte er sicher gut gebrauchen.

Am nächsten Tag mussten sie noch bis zum Mittag warten, bis die Marianer endlich mit dem gefangenen Bula-Fisch zurückkehrten. Sie ließen ihn in einem Käfig im

Auftauchbecken zurück. Interessiert betrachteten die Kinder den Fisch und waren irgendwie enttäuscht.

»Der Fisch sieht ziemlich unspektakulär aus«, murrte Sying. »Ich habe ihn mir interessanter und bunter vorgestellt. Stattdessen ist er nur graubraun-gefleckt. Wenigstens ist er groß.«

Madu schlug ihm auf die Schulter und meinte: »Das ist doch alles egal. Hauptsache, er schmeckt dem Kraken.«

Da der Fisch nun endlich da war, machten sie sich für ihre Mission bereit.

Fatma blieb zurück. Sie wollte sich und die anderen nicht gefährden, weil sie nicht schwimmen konnte. So konnte sie die Zeit besser nutzen und über das neue Rätsel nachdenken.

Die anderen machten sich zusammen unter Peidons Kommando auf den Weg. George trug den Beutel mit den Anemonen bei sich. Außerdem hatten die Marianer sie alle bis auf Madu mit Speeren ausgerüstet. Bis zur Höhle des Kraken war es nicht allzu weit. Sie lag in einer anderen Richtung als das Anemonenfeld, dafür erreichten sie sie schon nach der Hälfte der Zeit. Sie gingen hinter einem großen Korallenberg in Deckung und beobachteten den Kraken erst einmal. Er war wirklich gigantisch. Seine Arme reichten nach vorne gut fünfzehn Meter weit und bewegten sich ständig hin und her. In der Mitte zwischen seinen Armen befand sich ein großer rundlicher Kopf. Er hatte sehr kleine Augen, die direkt über einem großen Maul saßen.

Sie schluckten, als sie das Ungetüm so nah vor sich sahen. Plötzlich fand George seine Idee nicht mehr so gut.

Wir brauchen diese Scherbe, machte er sich selbst Mut und nahm mit seiner behandschuhten Hand eine Anemone aus dem Beutel.

Er blickte noch einmal alle an, dann löste sich Madu auf Peidons Nicken von seinem begleitenden Marianer und berührte die Anemone. Augenblicklich erstarrte er. Charlie nahm sofort die Zeit, während George und Ehawee Madu in die Reichweite des Kraken schoben. Zügig schwammen die zwei zu den anderen zurück, wohingegen Madu reglos im Wasser dümpelte.

Doch der Kraken reagierte nicht. Als sie schon dachten, ihr Plan würde nicht funktionieren, schlug er zu. Blitzschnell schoss sein Tentakel vor und wickelte sich um Madu. Um den Körper hinter sich in der Höhle zu deponieren, wälzte er sich ein ganzes Stück aus der Höhle heraus, drehte sich, während sein hinteres Ende sich weiterhin in der Höhle befand, und schob Madu mithilfe seiner Arme nach hinten durch. Danach nahm er wieder seine ursprüngliche Position ein.

Nun konnten sie nur noch abwarten. Madu hatte noch sechsundzwanzig Minuten, bis er erwachen sollte. Nach zwanzig wollten sie den Bula-Fisch betäuben, den sie in einem Käfig mit sich führten.

Nachdem Madu durch die Bewegungen des Kraken erst etwas hin und her geschwappt war, hielt er, als er endlich zu Ruhe gekommen war, seine Position.

Nach kurzer Zeit hatten sich seine Augen ein wenig an das schlechte Licht gewöhnt und er konnte Einzelheiten erkennen.

Oh mein Gott, sind das etwa Knochen?!, dachte Madu

entsetzt. Tatsächlich. Ich erkenne Gräten und Knochen. Hoffentlich sind die nicht von Nirmanern, sondern von Tieren. Und da schwimmen mehrere tote Fische. Da sie länger als ich hier sind, wird der Krake sie hoffentlich auch vor mir verspeisen wollen. Doch wo ist nur diese Muschel?

Da sein Blickwinkel durch die Bewegungslosigkeit stark eingeschränkt war, konnte er nur einen Teil der Höhle sehen. Und unter dem Knochenberg konnte sich noch alles Mögliche verbergen. Ihm blieb nichts anderes übrig, als darauf zu warten, dass die Wirkung des Anemonengiftes nachließ.

Als er sich wieder bewegen konnte, machte er sich direkt daran, die Höhle zu erkunden. Die Höhle war nicht wirklich groß, er konnte die Felswände deutlich erkennen. Aber auch hier sah er keine Muschel.

Ich muss wohl den Grätenberg durchwühlen, plante Madu sein weiteres Vorgehen und begann, die ersten Knochen zur Seite zu schieben. Mann, wo ist dieses Ding nur? Allmählich wurde seine Luft knapp. Er blickte zum Kraken, der noch keine Anstalten machte, sich zu bewegen. Madu versuchte es an der Höhlendecke, nur war dort ebenfalls nichts zu erkennen.

Ich brauche endlich Luft. Die Muschel ist nicht hier. Ich muss hier raus!

Im gleichen Moment schoss der Krake vor und für Madu war der Weg nach draußen frei. Als er genau über der Stelle schwamm, auf der der Körper des Kraken gelegen hatte, sah er es. In den Boden eingedrückt lag eine große Muschel. Das Vieh hatte tatsächlich darauf gehockt!

Mit letzter Energie schwamm er dahin und versuchte, den Deckel der Muschel aufzuziehen. Doch er war zu schwer. Mit dieser Anstrengung hatte er seinen Luftvorrat endgültig aufgebraucht und ihm tanzten schwarze Punkte vor den Augen.

Das kann einfach nicht sein. So kurz vor dem Ziel, ich schaffe es noch.

Kurz bevor er aufgeben musste, spürte er, wie sich eine Hand in seine schob. Er bekam wieder Luft. Peidon selbst war in die Höhle hineingeschwommen, um ihm zur Hilfe zu eilen. Zusammen schafften sie es, den Deckel der Muschel aufzuziehen, die in ihrem Inneren tatsächlich die blaue Scherbe verborgen hatte. Madu nahm sie an sich. Sie konnten gerade noch das Quartier des Kraken verlassen, als das Untier mit seinem erbeuteten Fisch dahin zurückkehrte.

Erleichtert sahen alle die zwei auf sich zuschwimmen. Die Freude vergrößerte sich noch um ein Vielfaches, als sie erkannten, was Madu in seiner freien Hand hielt: die blaue Scherbe!

Währenddessen saß Fatma mit der Pergamentrolle in der Bibliothek. Sie hatte das Gefühl, dass sich die Lösung direkt vor ihrer Nase befand. Daher nahm sie erneut in dem Sessel Platz und dachte über den Hinweis nach. Aber alle Ideen musste sie aus dem einen oder anderen Grund verwerfen.

Schließlich stand sie auf und wanderte rastlos erst durch die Bibliothek und dann durch das danebenliegende Bad, das im Moment leer war. Spontan beschloss Fatma, ein Fußbad zu nehmen. Nachdem sie ihren Tschador bis zum Knie hochgezogen und ihre Hose ein Stück aufgekrempelt hatte, setzte sie sich an den Beckenrand. Sie tauchte ihre Füße ins Wasser und zog sie augenblicklich zurück.

Verflixt, war das heiß! Ich muss meine Füße langsam an die Temperatur gewöhnen. Ja, so gehtes!

Genaugenommen war es sogar äußerst wohltuend. Die Temperatur des Wassers hatte sie das erste Mal ziemlich überrascht. Dabei hatte die Marianerin ihnen doch erzählt, dass ihre Wärmequelle ein unterirdischer Vulkan war und ein Vulkan konnte äußerst heiß werden.

Da war der Gedanke wieder! Nur diesmal war er klar und deutlich in Fatmas Kopf. Aufgeregt sprang sie auf und lief mit nassen Füßen in die Bibliothek zurück. Dabei hinterließ sie feuchte Abdrücke auf dem Boden.

Sie griff nach der Pergamentrolle und ging alles noch einmal gedanklich durch. Alle Zeilen passten, sie hatte die Lösung! Sie kehrte in die große Höhle zurück und wartete dort ungeduldig auf die Rückkehr ihrer Freunde.

Nachdem diese nach ihrer gelungenen Mission eingetroffen waren, wurden sie freudig begrüßt.

Als Fatma hörte, wie knapp Madu und Peidon nur einer Katastrophe entkommen waren, überlief sie ein Schauer. »Ich bin so froh, dass ihr erfolgreich gewesen und gesund zurückgekehrt seid.«

Charlie musterte sie. »Fatma, du siehst so aus, als wolltest du uns unbedingt noch etwas sagen.«

Sie sahen sie an. »Dem ist auch so. Denn während ihr weg gewesen seid, habe ich noch einmal über das Rätsel nachgedacht. Ich weiß jetzt, was damit gemeint ist. Gibt es hier auf Nirma einen Vulkan?« Fatma sah Ehawee fragend an.

»Ja, der Acaraho! Er liegt mitten im Mutani-Gebirge.«

»Dann ist der Acaraho unser nächstes Ziel, da wir dort die nächste Scherbe finden werden.«

Erstaunt hörten sie von Fatma, wie sie auf einen Vulkan als Lösung des Rätsels gekommen war und verglichen ihre Lösung Zeile für Zeile.

Charlie dachte laut nach. »Also man muss erst das oben, also den Gipfel erreichen, um nach unten ins Vulkaninnere zu kommen. Das Kalte ist oben. Auf den Berggipfeln liegt oft Schnee. Das Heiße ist unten, Lava, Feuer, das ist ebenfalls richtig. Das Feste, den Stein oder Felsen, gibt es sowohl oben als auch unten und zu guter Letzt kommt die Lava, das Flüssige, von unten aus dem Vulkan. Es stimmt alles. Wir haben unser nächstes Ziel!«

Die Schlucht des Vertrauens

Bevor man den Aufstieg beginnen kann, muss man noch die ›Schlucht des Vertrauens‹ überqueren. Es heißt, diese Schlucht sei so tief, dass sie bis zum Mittelpunkt von Nirma reichen würde. Ich war bisher nur einmal dort. Damals existierte noch eine Brücke, über die man bequem auf die andere Seite gelangen konnte. Leider ließ Brelor sie vor Kurzem von seinen Schergen zerstören.« Während sie auf die Berge zu gingen, beschrieb Ehawee ihnen ihre nächste Etappe.

Nachdem sie noch eine Nacht bei den Marianern verbracht hatten, waren sie am Morgen von diesen zurück nach Pescos gebracht worden. Als sie in Höhe des fröhlichen Fisches ihre Verschmelzung gelöst hatten, war beiden Seiten der Abschied schwergefallen. Sie hatten neue Freunde gefunden und ein einzigartiges Abenteucr unter Wasser erlebt. Das würden sie nie vergessen.

Ihre Laune hatte sich deutlich verbessert, als sie im Dorf von Taku und Fred begrüßt wurden. Unter den guten Wünschen der Dorfbewohner waren sie zügig zu ihrem nächsten Ziel aufgebrochen und seitdem unterwegs.

Ehawee fuhr mit ihren Erklärungen fort: »Das bedeutet, dass wir die Schlucht auf dieselbe Art wie zu den Anfängen von Nirma überwinden müssen. In alten Geschichten heißt es, dass ein unsichtbarer Weg über diese Schlucht führt, der aber von der anderen Seite aus sichtbar wird. Ich meine mich zu erinnern, dass zusätzlich zur Brücke ein Seil über die Schlucht lief.« Sie wandte sich an Sying. »Kannst du als Zirkusartist über das Seil auf die andere Seite laufen?«

»Das sollte kein Problem sein!«

Ehawee klatschte in die Hände. »Prima, dann haben wir das Problem ja schon gelöst. Dann kann Sying uns alle von der anderen Seite über die Schlucht lotsen.«

Ganz so optimistisch wie Ehawee und Sying sahen die anderen die Lage nicht, aber sie hofften einfach, dass der Plan so funktionieren würde.

Einen Weg über eine Schlucht zu gehen, den man nicht sehen konnte, stellten sie sich nicht so einfach vor. Dazu kam die Gefahr, wenn man stolperte oder falsch trat, direkt bis zum Mittelpunkt von Nirma zu stürzen. Also, da konnte man schon leicht beunruhigt sein.

Zu Beginn ihres Weges hatten grüne Wiesen mit vereinzelten Bäumen und Büschen ihren Weg gesäumt. Mittlerweile war die Landschaft karger geworden. Nach vier Tagen Wanderung durch nur leicht besiedelte Gebiete erreichten sie endlich die Schlucht.

Sie fiel zu beiden Seiten steil ab und war ungefähr zehn Meter breit. Vorsichtig schauten sie über die Kante. Ihr Blick suchte instinktiv einen Grund, ein Ende der Schlucht, doch breitete sich unter ihnen nur das große Nichts aus.

»Dieser Anblick ist wirklich unheimlich!«, gruselte Madu sich.

Vor ihnen spannte sich tatsächlich ein Seil über die Schlucht.

»Wir müssen uns beeilen! Es fängt schon an zu regnen.«

Ehawee schaute zur gegenüberliegenden Seite. Das Gelände stieg dort steil an. Die Gipfel der Berge waren hinter dichten, dunklen Wolken verborgen.

Sying sah sich das Seil an und testete mit einem Fuß seine Spannkraft. »Wie gesagt, für mich ist es kein Problem auf die andere Seite zu balancieren. Allerdings sollte ich besser damit warten, bis der Regen aufgehört hat.«

Dem konnten die anderen nur beipflichten. Der Regen war inzwischen stärker geworden, ein scharfer Wind aufgezogen und es war stockdunkel. Die Kinder suchten in einer kleinen Höhle Unterschlupf. Da ertönte ein lautes Donnern und Krachen und der Boden bebte heftig. So schnell, wie der Regen gekommen war, hörte er wieder auf und die Wolken verschwanden.

»Na, das ging ja schnell«, bemerkte George noch, als Sying klagend aufstöhnte.

Die Sonne von Nirma hatte ein weiteres Stück Leuchtkraft verloren. Die Dunkelheit hatte sich bis zu ihnen ausgebreitet.

»Oh nein!« Fatma sah erschrocken zu Sying.

»Ich kann nichts mehr sehen«, sagte dieser leise.

Eine knappe Angelegenheit

Schweigend saßen die Freunde zusammen, die Verzweiflung war deutlich spürbar.

»Ich kann nicht über das Seil balancieren. Es tut mir so leid.« Sying war den Tränen nahe. Er hatte fast vergessen, wie es war, nicht sehen zu können.

»Was sollen wir nur machen? Auf der anderen Seite ist es ebenfalls dunkel. Erst weiter hinten scheint sich die Sonne wieder durchzusetzen«, stellte George fest.

»Dann könnte ich euch nicht lotsen, selbst wenn ich es irgendwie dorthin schaffen würde.«

Madu blickte zur anderen Seite der Schlucht. Es stimmte, dort herrschte die Dunkelheit. Aber da war eine Stelle auf einem großen Felsen, auf die noch Sonne fiel. Es war kein großer Bereich, doch er müsste ausreichend sein, um den Stern zu aktivieren und Sying wieder sehen zu lassen. Schnell machte er die anderen auf seine Beobachtung aufmerksam.

»Das hilft uns aber nicht weiter, solange ich nicht auf die andere Seite gelangen kann. Es ist hoffnungslos.«

So durfte es nicht enden. Charlie kniete sich vor Sying hin und umfasste seine Hände mit ihren.

»Sying«, sagte sie mit leiser, ruhiger Stimme. »Erzähl mir, wie das für dich ist, wenn du auf dem Seil bist. Schaust du dann die ganze Zeit nach unten auf das Seil?«

»Nein, ich schau eigentlich immer nach vorn und geradeaus.«

»Dann siehst du es also gar nicht?«

»Doch, ich sehe es im Augenwinkel.«

»Ja, aber ich meine, wenn du einen Fuß vor den anderen setzt – dann siehst du doch eigentlich mehr mit deinen Füßen und deiner Erfahrung als mit deinen Augen, oder?«

»Ja schon, aber …«

»Es gibt kein Aber! Du hast uns so viel von deinen Aufführungen erzählt, bei denen du viel schwierigere Sachen gemacht hast, als einfach nur über ein Seil zu laufen. Du hast uns gesagt, das ist etwas, was du im Schlaf kannst. Hier musst du nicht einmal schlafen, was bedeutet, dass alle deine anderen Sinne hellwach sind. Bei der Seilüberquerung ist dein Tastsinn viel wichtiger für dich, als dass du nach vorne oder in die Umgebung schauen kannst?«

Sying nickte stumm. Wenn Charlie das so formulierte – das ergab irgendwie Sinn.

Charlie atmete tief durch. »Also, wenn wir dich zum Anfang des Seils führen und deinen Fuß auf das Seil stellen, schaffst du es dann auf die andere Seite zu balancieren?«

Alle hielten den Atem an.

Sying dachte nach und hob dann seinen Kopf. »Ja, das müsste gehen.«

»Dann nichts wie los, solange drüben noch etwas Sonne ist«, sagte George und drückte Sying einen längeren, geraden Stock in die Hand. »Ich glaube, den könntest du brauchen!«

»Woher wusstest du …?«

»Sagen wir einfach, ich hatte so eine Ahnung.« George schlug Sying aufmunternd auf die Schulter.

Charlie stellte Syings rechten Fuß vorsichtig auf das Seil.

»Stell dir einfach vor, dass um dich herum ganz viel Publikum ist«, schlug Madu noch aufmunternd vor.

Sying nahm den Ast quer zur Stabilisierung vor seine Brust, schloss die Augen und ging los. Zuerst zögernd, dann immer sicherer. Charlie hatte Recht gehabt: Er musste nichts sehen. Selbst eine Windböe brachte ihn nicht aus dem Gleichgewicht. Ruhig und professionell glich er die Schwingungen aus. Als er den Boden aufder anderen Seite berührte, streckte er die Hand triumphierend nach oben und stimmte in den Jubel der anderen ein.

»Los, schnell, Sying. Du musst zum Felsen«, rief Charlie ihm zu. Gemeinsam lotsten sie ihn zur richtigen Stelle.

Sying kletterte rasch nach oben. Sobald er ins Sonnenlicht trat, kehrte auch seine Sehkraft zurück. Mit hoch erhobenem Daumen gab er den anderen zu verstehen, dass alles in Ordnung war.

Danach blickte er auf die Schlucht vor ihm. Eigentlich war es ein Segen, dass er nichts gesehen hatte. Ob er so cool geblieben wäre, wenn er die unendlich scheinende Tiefe unter sich gesehen hätte, bezweifelte er.

Wie prophezeit, konnte er von dieser Seite den Weg genau erkennen, den die anderen gehen mussten.

»Okay«, rief er hinüber. »Es kann losgehen.«

Mutig trat Charlie als Erste dort an den Rand des Abgrundes, wo laut Sying der Weg begann.

»Zuerst musst du ungefähr einen Meter nach vorne springen, dann landest du auf einer größeren Steinplatte.«

Charlie fasste sich ein Herz und sprang mit klopfendem Herzen ein Stück nach vorne ins Nichts. Fatma entfuhr ein erstickter Schrei. Aber Charlie war sicher auf einem festen Untergrund gelandet, obwohl es für alle außer Sying so aussah, als stünde sie in der Luft.

»Okay, jetzt musst du dich ein Stück nach links bewegen. Gut, stopp jetzt zwei Schritte nach vorn und dann nach rechts.«

Schritt für Schritt gab Sying Charlie Anweisungen, die sie konzentriert befolgte. In der Mitte wurde es knifflig, weil sie dort die Arme nach oben strecken und sich mittels ihrer Hände wie an einem Spielgerät nach vorne hangeln musste. Aber auch das schaffte sie und kam erleichtert auf der anderen Seite an.

»Es ist gar nicht so schwierig«, rief sie den anderen zu. »Ihr schafft das auch!« Dann runzelte sie die Stirn. »Ich kann den Weg von hier nicht erkennen. Wahrscheinlich sorgt Brelors Dunkelheit dafür.«

»Dann sollten wir uns beeilen, bevor noch der letzte Sonnenfleck verschwunden ist«, meinte Sying. »Also, der Nächste bitte.«

Das ließ sich Madu nicht zweimal sagen. Er stellte sich an die gleiche Stelle wie Charlie zu Beginn und wollte schon nach vorne springen, als ihn Syings panisches »Nein!« stoppen ließ. »Madu, nicht! Der Weg hat sich geändert!«

»Das gibt es doch nicht«, murmelte George vor sich hin.

Sying nannte Madu die richtigen Schritte und Madu landete ohne Schwierigkeiten ebenfalls auf der anderen Seite.

Bevor Ehawee sich auf den Weg über die Schlucht machte, verabschiedete sie sich von Taku. »Ab hier kannst du uns leider nicht weiter begleiten. Lauf zurück zum Mystixwald.« Sie umarmte ihn noch einmal und wagte ebenfalls den gefährlichen Übergang.

Als George ihr mit Fred, der sicherheitshalber in seiner Tasche verschwunden war, folgte, hörten sie das Gekrächze von Krähen, das schnell näherkam. Jetzt musste nur noch Fatma hinüber. Dann hatten sie alle auch dieses Hindernis überwunden. Sie hatte bereits ihren Tschador etwas gerafft, als hinter ihr plötzlich eine Gestalt auftauchte.

Sying rief ihr eine Warnung zu: »Achtung, Fatma, pass auf!«

Erschrocken drehte sie sich um und sah Raspe mitausgetreckten Armen auf sie zu stürmen. Er wollte sie indie Schlucht stoßen!

Panisch sah Fatma sich nach einem Fluchtweg um, konnte aber keinen finden. Und die anderen konnten nur hilflos zuschauen.

Im letzten Augenblick stürzte sich Taku, der sich noch in der Nähe aufgehalten hatte, auf Raspe. Gemeinsam fielen sie über die Kante.

»Taku, nein!« Ehawees Schrei hallte durch die Schlucht. Sie rannte fassungslos zum Rand der Schlucht, konnte aber nichts erkennen. Schluchzend sank sie zu Boden.

Die anderen hatten schockiert die Szene beobachtet. Als ihre Erstarrung nachließ und sie tröstend zu Ehawee eilten, ließ ein erneutes Beben sie hinfallen. Als sie wieder standen, sahen sie, dass der Felsen jetzt auch im Dunkeln lag.

Sying war wieder blind!

»Oh nein!« Bei der sonst so tapferen Charlie füllten sich die Augen mit Tränen, während Fatma verzweifelt zu ihnen hinüberblickte.

»Moment.« Sying schloss die Augen. Direkt vor dem Beben hatte er einen kurzen Blick auf den neuen Weg werfen können. Er versuchte sich zu erinnern, wie er ausgesehen hatte. »Okay, ich hab's. Ich weiß, wie du gehen musst.«

Und dann navigierte er Fatma über die Schlucht. Kurz vor der anderen Seite war er sich nicht mehr sicher. Wie war der letzte Schritt? Musste sie schräg nach rechts oder nach links springen? Verflixt, er wusste es nicht mehr.

»Sying, wie muss ich gehen? Die übrigen Krähen kommen.«

Das war gelinde gesagt untertrieben, denn sie waren schon da und sie attackierten Fatma von allen Seiten mit ihren Krallen. Fatma versuchte, sie abzuwehren. Dabei hatte sie alle Mühe, sich nicht allzu viel auf dem Stein zu bewegen, der laut Sying nicht besonders groß war.

Ehawee feuerte, von Trauer und Wut getrieben, mit ihrer Steinschleuder einen Stein nach dem nächsten auf die Vögel. In der Zwischenzeit hatten George, Charlie und Madu sich mit langen Stöcken bewaffnet. So gut es ging, versuchten sie damit die Krähen von Fatma fernzuhalten. Als die Vögel ihre Taktik änderten und nicht nur Fatma, sondern alle Kinder angriffen, mussten sie sich selbst schützen.

Währenddessen hatte Sying die Augen geschlossen und ging den Weg noch einmal in Gedanken durch. Verzweifelt versuchte er sich an das letzte Stück zu erinnern.

Fatma blickte nach oben. Oh nein, eine Krähe ist genau über mir und will sich auf mich stürzen! Der Krähe fehlt ein Fuß! Das bedeutet, dass es Raspe ist. Er muss sich während seines Falls wieder verwandelt und so gerettet haben.

In Todesangst schrie sie zu Sying herüber: »Sying, sag was!«

»Nach rechts, Fatma, spring ungefähr eineinhalb Meter schräg nach rechts vorne.«

Ohne lange Nachzudenken sprang Fatma auf die genannte Stelle und von dort sofort weiter auf die andere Seite, wo die anderen ihr schon helfend die Hände entgegenstreckten.

Die Krähen setzten ihre Attacken fort. Die Kinder liefen, so schnell sie konnten. Sie stoppten erst, als sie wieder einen sonnenbeschienenen Bereich erreichten.

Ehawee nahm erneut ihre Steinschleuder und traf damit eine Krähe nach der nächsten. Der Rest der Gruppe warf ebenfalls Steine nach den Tieren. Nach einigen empfindlichen Treffern drehten die Krähen schließlich ab und flogen davon.

»Das ist gerade noch mal gut gegangen«, sprach Charlie das aus, was alle dachten.

Das Mutani-Gebirge

Charlie fiel Fatma spontan um den Hals. Die beiden Mädchen wussten nicht, ob sie lachen oder weinen sollten, und zitterten am ganzen Leib. Auch Madu und Sying umarmten sich lachend. George stand etwas abseits daneben.

»Na ja, wenn du abgestürzt wärst, hättest du dieses Ding da zumindest als Fallschirm benutzenkönnen.«

Fatma hatte ein eher zurückhaltendes und ruhiges Wesen, aber was zu viel war, war zu viel. Sie war erschöpft und wäre gerade fast gestorben und sie hatte es satt, sich ständig von George als Fußabtreter benutzen zu lassen.

Mit einem Wutschrei stürzte sie sich auf ihn. George wurde von diesem Angriff so überrascht, dass er nach hinten fiel und Fatma auf ihm landete, während sie mit beiden Fäusten auf seine Brust trommelte. »Was soll das immer? Was hast du für ein Problem mit mir? Was habe ich dir getan?«

Nur mit Mühe konnten die anderen die rasende Fatma von ihm wegzerren.

»Du willst wissen, was ich für ein Problem mit dir habe?« Mühsam rappelte George sich auf. »Das kann ich dir verraten. Wegen der Probleme in deinem Land musste mein Vater dahin. Nur deswegen ist er verschwunden. Und was ist mit euch Frauen? Endlich müsst ihr nicht mehr in Burkas oder, wie immer diese ganzen Dinger heißen, herumrennen. Und was passiert? So gut wie gar nichts! Die meisten Frauen tragen sie weiter. Oder die Terrororganisationen! Menschen, die euch helfen wollen, werden entführt. Also entschuldige, wenn es jedes Mal, wenn ich dich anblicke, für mich so ist, als würdest du dich über meinen Vater lustig machen.«

Fatma war während Georges Rede blass geworden.

»Wie kannst du es wagen? Wie kannst du es wagen, so einen Mist zu erzählen und dich dabei noch im Recht zu fühlen? Dass dein Vater verschwunden ist, tut mir leid. Aber glaubst du, du bist der Einzige, der gelitten hat? Mein Vater und mein Bruder sind ebenfalls verschwunden. Und nicht, weil sie sich einer Terrororganisation anschließen wollten, sondern um gegen sie zu kämpfen. Ich weiß nicht, ob sie leben oder tot sind. Und während für euch der Krieg weit weg ist, habe ich ihn jeden Tag vor meiner Haustür, bereits mein ganzes Leben lang. Viel zu oft habe ich Freunde, Familienangehörige und auch unbekannte Menschen sterben sehen, nicht in den Nachrichten, sondern direkt vor meiner Nase. Und du besitzt die Frechheit, uns vorzuwerfen, dass wir nicht hinausgehen? Wie könnten wir das so unbedenklich tun, wenn wir auf jedem Weg Gefahr laufen, erschossen oder von einer Bombe getötet zu werden?«

Fatma war immer näher an George herangetreten und tippte ihm mit ihrem Finger gegen die Brust. »Und was den Punkt mit den Burkas oder diesen Dingern, wie du immer zu sagen pflegst, angeht: Würdest du, wenn plötzlich bei dir zu Hause jemand aus einem anderen Land klingelt und dir sagt, es ist ab heute erlaubt nackt in der Öffentlichkeit herumzulaufen, dies dann augenblicklich tun? Würdest du dir deine Kleidung ausziehen und nackt nach draußen gehen?«

»Das ist doch wohl etwas völlig anderes«, protestierte George.

»Das ist es nicht. Natürlich ist es falsch, Frauen zu zwingen sich zu verhüllen. Aber genauso falsch ist es auch, sie zu zwingen, es nicht zu tun. Viele kennen ihr ganzes Leben lang keine andere Kleidung und manche wollen keine andere. Wenn sie plötzlich ohne Burka zum Markt oder irgendwohin gehen sollen, fühlen sie sich nackt. Sie fühlen sich beobachtet und schämen sich. Für die jungen Frauen ist dies viel leichter, für diejenigen, die sich noch nie oder nur kurze Zeit verschleiert haben. So ein Prozess braucht Zeit.«

Nach dieser Predigt ließ Fatma erschöpft von George ab, ließ alle anderen stehen und stürmte den Berg hoch. Die anderen folgten ihr schweigend, wobei George, der noch eine Weile verdattert dagestanden hatte, das Schlusslicht bildete. Sie hatten Mühe, Fatmas Tempo mitzuhalten, aber nach einer gewissen Zeit schien sie sich beruhigt zu haben und wurde etwas langsamer.

Neben der Trauer um Taku dachte jeder für sich über Fatmas Worte nach, keiner jedoch so sehr wie George.

Irgendwie hatten ihre Worte ihn betroffen gemacht, viele Dinge hatte er noch nie aus diesem Blickwinkel betrachtet. Er musste zugeben, dass auch die Tatsache, dass ihre beiden Väter im Kampf gegen den gleichen Feind vermisst wurden, sie stärker miteinander verband als mit irgendwem sonst. Langsam dämmerte es ihm, dass er sich Fatma gegenüber wie ein voreingenommener und unfairer

Vollidiot benommen hatte. Sie hatte ihm nie etwas getan, im Gegenteil: Sie war eigentlich die ruhigste und netteste Person der ganzen Gruppe.

Er dagegen hatte sich von seinen Vorurteilen leiten lassen, zugegebenermaßen auch geleitet von der Angst um seinen Vater. Aber das hatte ihm nicht das Recht gegeben, ihr von Anfang an keine Chance zugeben.

Während George so in seine Überlegungen vertieft war, versuchten die anderen Ehawee in ihrer Trauer um Taku zu trösten. Besonders Fatma, die sich wieder beruhigt und der Taku das Leben gerettet hatte, war sehr um Ehawee bemüht, die dankbar für die Unterstützung ihrer Freunde war. Doch im Moment saß der Schock über den Verlust des Wolfes noch zu tief, so dass sie lieber still für sich blieb.

So zogen sie jeder mit seinen eigenen Gedanken beschäftigt durch die Berge. Nach einer Weile setzten sie sich in gedrückter Stimmung zu einer Rast auf den Boden. George setzte sich wieder einmal etwas abseits, blickte aber überrascht auf, als Charlie sich neben ihn setzte.

»Wenn du gekommen bist, um mir auch den Kopf zu waschen, kannst du gleich wieder gehen.«

»Du bist ein Idiot. Und du solltest dich bei ihr entschuldigen.«

»Ja, ich weiß. Aber ich habe keine Ahnung, wie ich das anstellen soll.« Resigniert ließ er den Kopf hängen.

»Ich bin sicher, dir fällt etwas ein. Manchmal sind es auch kleine Gesten, mit denen man sich entschuldigen kann. Und, George? Ich wusste nicht, dass dein Vater vermisst wird. Es tut mir sehr leid und ich hoffe sehr, dass er gefunden wird.« Sie drückte kurz aufmunternd seine Hand, stand dann auf und setzte sich wieder zu den anderen.

George grübelte noch eine Weile vor sich hin, gab sich schließlich einen Ruck und ging zu Fatma hinüber.

»Du, Fatma, ich habe gedacht … ich meine, ich habe mich gefragt … also nur, wenn du möchtest … ähm…«, er stotterte wie ein Fünfjähriger herum. Er unternahm einen neuen Versuch: »Möchtest du vielleicht meine Amayeta-Beeren haben?«

Er erntete von allen verwunderte Blicke, nur Charlie nickte ihm anerkennend zu. Diese Früchte waren besonders beliebt und sie hatten zwischendurch verschiedene Spiele mit genau diesen Früchten als Einsatz gespielt.

Fatma und George sahen sich einen Augenblick an, dann nickte sie und sagte: »Gerne. Vielen Dank, George!«

Erleichtert gab er ihr die Amayetas und wollte wieder zu seinem alten Platz zurückkehren, als Fatma hinzufügte: »Willst du dich nicht zu uns setzen?«

Dieses Angebot nahm er liebend gern an und setzte sich neben sie. Erleichtert, dass dieser Streit nun beigelegt war, schwatzten und lachten sie wieder zusammen. Neugierig rollten sie die Pergamentrolle auf. Da der nächste Hinweis glücklicherweise schon erschienen war, las Charlie ihn mit ihrer klaren Stimme vor:

Vor tausenden von Jahren verraten,
seit so langer Zeit den Blicken entschwunden,
und doch bin ich da.

Das Volk, das ebenfalls verschwand,
weiß, wo ich bin.
Findest du sie, findest du mich.

Alle sahen wieder Fatma an, doch die schüttelte nur den Kopf: »Ich habe überhaupt keine Ahnung, was dies bedeuten soll.«

»Aber ich«, sagte Ehawee, dämpfte jedoch mit ihren nächsten Worten direkt die aufkeimende Freude der anderen über die vermeintlich schnelle Lösung des Problems.

»Seit Generationen wird hier auf Nirma den Kindern eine Geschichte erzählt, die von einer verlassenen Stadt und einem verschwundenen Wüstenvolk handelt. Die Stadt Aurat soll imposanter, schöner und mächtiger als alle anderen Städte auf Nirma gewesen sein. Sie wurde von einem König regiert, der sich darüber sorgte, dass Kontakte mit der Außenwelt Unfrieden in seine Stadt bringen würden. Deshalb gestattete er nur einem einzigen anderen Volk Handel mit ihnen zu treiben und sie zu besuchen. Bei diesem Volk handelte es sich um ein uraltes Nomadenvolk der Wüste, den Usahs. Viele kamen zu den Usahs und boten ihnen unglaubliche Schätze an, wenn sie sie nur in diese Stadt schmuggeln würden. Doch der alte Clanführer der Usahs lehnte alle Angeboteab.

Dann jedoch verliebte sich sein Sohn Dulan in Malia und schmuggelte sie, um sie zu beeindrucken, heimlich in die Stadt. Unerkannt wanderte sie durch die Stadt und traf dabei den Sohn des Königs. Sie verliebten sich ineinander und Malia blieb bei ihm. Dulan war außer sich vor Zorn und fiel mit einer Horde Söldner nachts in die Stadt ein. Dabei wurden alle Bewohner der Stadt getötet und die Stadt geplündert. Zuletzt wollte er seine geliebte Malia umbringen. Diese soll ihn angefleht haben, ihr zu verzeihen und sie am Leben zu lassen. Er ließ das Schicksal entscheiden. Sie sollte zwischen zwei Truhen wählen, von der eine das Leben, die andere aber den Tod enthielt. Sie traf die falsche Entscheidung und starb. Von seiner Schuld und Trauer überwältigt, brachte er sich kurz darauf um.«

»Was für eine traurige Geschichte«, meinte Fatma.

»Eine geheimnisvolle Stadt, Liebe, Verrat … Auf der Erde würde man daraus einen Film machen«, sagte Charlie.

»Ich bin noch nicht fertig.« Ehawee fuhr fort: »Es heißt, daraufhin habe sich ein starker Wind erhoben, der Aurat mit so viel Sand bedeckt habe, um die Stadt und den mit ihr verbundenen ungeheuerlichen Frevel für immer vor allen Augen zu verbergen. Dies dauerte so lange, bis sic letztlich vollkommen verschwunden war. Angeblich haben sich die zahllosen Tränen, die die Gemeuchelten bei dem Überfall vergossen haben, mit dem Sand verbunden und ihn erstarren lassen, so dass die Stadt selbst nicht verschüttet, sondern von einer riesigen Sandkuppel bedeckt wurde. Darunter soll sie immer noch so aussehen wie am Tag des Überfalls. Die Usahs aber sollen seitdem, entsetzt von dem schrecklichen Frevel einer der ihren und vor lauter Schande, untergetaucht sein. Sie haben geschworen, erst zurückzukehren, wenn sie die uralte Schande auf die eine oder andere Weise wieder gut gemacht haben. Seitdem wurden sie von keiner Nirmanerseele mehr gesehen.«

Gespannt und auch betroffen hatten die Kinder die Geschichte angehört. Wie traurig, wie sinnlos.

»Kann die Geschichte überhaupt so passiert sein?«, fragte Sying. »Ich meine, eine ganze Stadt, die niemand findet, und ein Volk, das seit tausenden von Jahren niemand gesehen hat? Das hört sich doch sehr unwahrscheinlich an.«

»Wir haben auf Nirma schon viele seltsame Dinge erlebt«, widersprach Charlie. »Ich glaube schon, dass es so gewesen sein kann. Und es ist immerhin ein Anhaltspunkt.«

»Vor tausenden von Jahren sah Nirma bestimmt ganz anders aus als jetzt«, grübelte George, während sie aufbrachen.

Ehawee beobachtete dabei stirnrunzelnd die Krähen, die sie auf ihrem Weg durch die Berge wieder vermehrt begleiteten.

»Ich weiß nicht, die Vögel verhalten sich seltsam, als würden sie auf etwas warten. Wir sollten aufpassen.« Ehawee hätte sie nicht extra darauf hinweisen müssen, wachsam zu sein. Beunruhigt und angespannt liefen sie weiter.

Der Angriff erfolgte dann aber doch überraschend. Die Vögel stürzten sich auf die Gruppe, die sie verzweifelt abwehrte. Fred fiel vor Schreck von seinem Stammplatz auf Georges Schulter auf den Boden.

»Aua«, entfuhr es Fred, als er schmerzhaft aufkam. Er rappelte sich auf und sah überall nur die Beine und Füße der Kinder, die bei dem Versuch sich zu verteidigen hin und her liefen.

Ich muss sehen, dass ich hier verschwinde, bevor jemand auf mich tritt, dachte Fred. Und vor den Krähen muss ich mich auch in Acht nehmen.

Sein Vorhaben war leichter gedacht als getan. Gerade noch konnte er einem Schnabel, der nach ihm hackte, ausweichen. Und zwei schmerzhafte Tritte bekam er bei dem Versuch ab, aus der Gefahrenzone zu fliehen.

So schaffe ich es hier nie heil heraus, ich muss mir etwas anderes überlegen.

Einen Augenblick später sprang er schließlich auf den Fuß, der ihm am nächsten war und klammerte sich am Unterschenkel fest.

Ehawee verspürte ein zusätzliches Gewicht an ihrem Bein. Irritiert blickte sie nach unten. Erleichtert stellte sie fest, dass es sich nur um Fred handelte. Sie ließ ihn dort und kämpfte weiter gegen die Krähen. Die Angriffe waren zwar lästig und teilweise auch schmerzhaft, aber nicht so hart und zielgerichtet wie an der Schlucht.

Welcher Zweck steckte dahinter? Es scheint, als wollten sie uns ablenken, dachte Ehawee und schaute sich argwöhnisch um.

Plötzlich verdunkelte ein riesiger Schatten die Sonne und alle sahen nach oben.

Fatma schrie auf: »Der Vogel Roch, Achtung!«

Was auch immer der Vogel Roch war, er war riesig und flog auf sie zu. Wo konnten sie sich verbergen? Panisch sahen sie sich nach einem Versteck um.

Er beachtet uns gar nicht. Er hat es auf Sying abgesehen, erkannte Ehawee auf der Suche nach Deckung plötzlich.

»Er will Sying! Er will den Stern.« So schnell sie konnte, lief sie zu Sying und erreichte ihn einen Wimpernschlag vor dem Vogel.

Sie konnte Sying, der vollkommen erstarrt war, gerade noch zur Seite schleudern, als sie an seiner statt von dem Vogel ergriffen wurde. Wenige Sekunden später befand sie sich mindestens fünfzehn Meter über dem Boden und jeder weitere Flügelschlag entfernte sie noch weiter.

Ehawee war starr vor Angst. Was passiert hier mit mir? Was hat der Vogel mit mir vor? Ich habe gar nicht über meine Handlung nachgedacht.

Verzweifelt blickte sie auf den weit entfernten Boden. Sie meinte die entsetzten Blicke ihrer Freunde erkennen zu können, die ihr nachsahen.

Da erinnerte sie sich an Fred, der sich immer noch an ihr Bein klammerte!

Bei den Yetiden

Die fünf hatten sich noch nicht annähernd von dem Angriff erholt, als sie merkten, dass sie nicht allein waren. Ihre Nerven lagen blank.

»Wer ist da? Kommt raus! Ich weiß, dass da jemand ist!« Madu sprang mit einem Stock in der Hand hin und her und brüllte die Felsen an. »Na los, kommt schon!«

Die anderen folgten seinem Blick, als sich eine Gruppe aus ihrem Versteck löste.

»Yetiden«, flüsterte Charlie.

Ehawee hatte von den Bergbewohnern bereits erzählt. Die Kinder erkannten sie sofort. Die Yetiden waren ungefähr so groß wie sie selbst, hatten ein weißgraues, zotteliges Fell, wobei Hände und Füße felllos waren und je vier Finger und Zehen hatten. Sie waren barfuß, das raue Gestein und die Kälte schienen ihnen aber nichts auszumachen. Ihre Gesichter waren menschenähnlich, allerdings hatten sie größere und rundere Augen und eine etwas flachere Nase. Sie trugen kurze, lederne Kleidung über ihrem Fell und einige hatten Umhänge um. Außerdem trugen sie Waffen in Form von Speeren und auch Pfeil und Bogen.

George schlug sich mit der Hand vor die Stirn. Kaum zu glauben, dass er jetzt erst den Zusammenhang herstellte: Yeti – Yetiden. Offenbar waren die Menschen, die vor ihnen Nirma besucht hatten, auch hier vorbeigekommen.

Beschwichtigend hob Madu die Hände und legte zum

Zeichen seiner friedlichen Absichten seinen Stock hin. Die anderen folgten seinem Beispiel.

Die Yetiden kamen vorsichtig näher und einer von ihnen ergriff das Wort: »Retter von Nirma, ich grüße euch. Ich bin Arik. Wir hatten über die Fenghuangs schon die Nachricht erhalten, dass ihr auf dem Weg zu uns seid. Ebenso hatten sie uns berichtet, dass ihr von Krähen verfolgt wurdet.« Er spie dieses Wort förmlich aus. »Da dies niemals etwas Gutes bedeutet, sind wir euch entgegengekommen, umeuch im Notfall beistehen zu können. Leider haben wir es nicht rechtzeitig geschafft, um die Entführung eurer Freundin zu verhindern.«

»Wo wurde sie hingebracht? Was passiert jetzt mir ihr?« Sying war völlig außer sich, schließlich hatte Ehawee ihn gerettet und war nur deswegen in die Klauen dieses Ungetüms geraten.

»Roch ist einer der wichtigsten Helfer von Brelor und sein Verbündeter. Ich vermute, dass er sie zu ihm bringen wird, allein schon, um nicht ohne Beute wieder vor ihm zu erscheinen. Aber ich glaube nicht, dass sie im Moment in tödlicher Gefahr schwebt. Als Nokomis‘ Enkelin ist sie ein wichtiger Trumpf, den Brelor, wie ich vermute, zur rechten Zeit ausspielen wird.«

Ariks Worte trösteten die Kinder ein wenig. Sie hatten schon befürchtet, dass Ehawee das Frühstück für diesen Roch sein sollte. Brelors Gefangene zu sein, war sicherlich auch nicht angenehm, aber als Gefangene konnte man wenigstens gerettet werden, und genau das hatten sie vor.

»Wir sollten uns zügig auf den Weg zu unseren Höhlen machen. In den Bergen hier wird es schnell dunkel und wir haben noch ein gutes Stück des Weges zu bewältigen.« Arik läutete mit diesen Worten den Aufbruch ein. Ein Teil seiner Leute ging vor den Kindern, der andere Teil hinter ihnen.

Charlie ging neben Fatma: »Du scheinst den Vogel Roch zu kennen, wohingegen ich noch nie von ihm gehört habe.«

»Bei dem Vogel Roch handelt es sich um ein Fabelwesen aus meiner, also aus der arabischen Welt. Es gibt viele Geschichten über ihn. Es heißt, dass er problemlos Elefanten, die zugleich auch seine Lieblingsspeise sein sollen, tragen kann. Verzehrt man das Fleisch von Roch, so wird man um Jahrzehnte verjüngt und man erhält ewige Jugend. Dir ist er vielleicht am ehesten durch Geschichten über Sindbad bekannt. Einmal zerstört er sein Schiff, ein anderes Mal bindet sich Sindbad an seine Füße, um von einer Insel zu entkommen.«

Fatma sah Charlie fragend an, aber diese schüttelte nur den Kopf. Sie hatte zwar als Kind die Geschichten von Sindbad gehört, konnte sich jedoch nicht an Einzelheiten erinnern.

Sying machte sich die ganze Zeit Vorwürfe. »Ich konnte mich einfach nicht bewegen, ich verstehe das nicht. Ich habe genau gesehen, wie der Vogel auf mich zukam, und ich wusste genau, was er vorhatte, aber ich … Ehawee ist nur meinetwegen fort. Wenn ich nicht so feige gewesen wäre, wäre sie noch hier.«

»Du warst nicht feige«, widersprach Madu ihm. »Jeder von uns hätte in dieser Situation so reagiert.«

Doch Sying war untröstlich. Um ihn auf andere Gedanken zu bringen, stellten die anderen Mutmaßungen über ihre Begleiter an.

»Die Yetiden sehen unserem Yeti aus den Geschichten schon ziemlich ähnlich«, sagte George. »Ich frage mich, ob damals welche von ihnen mit den Menschen auf die Erde gelangt sind. Das würde zumindest die angeblichen Sichtungen des Yetis erklären.«

Bevor jemand auf diesen interessanten Gedanken eingehen konnte, überlegte Madu laut: »Ob den Yetiden mit ihrem Fell nie kalt wird? Und was machen sie im Sommer, wenn es heiß ist? Schneiden sie sich das Fell dann kurz?«

Charlie, die seine Worte gehört hatte, lachte: »Du hast Probleme.«

»Wir sind da«, unterbrach Arik ihr Geplänkel und blieb vor einem Felsen stehen.

Irritiert sahen sie sich um. Sie waren da, aber siekonnten beim besten Willen keine Veränderung in ihrer Umgebung erkennen. Arik lächelte nachsichtig, als er ihre Verwirrung bemerkte.

»Wir leben gut versteckt, aber wenn ihr wisst, wo ihr suchen müsst, ist es kein Problem, uns zu finden.«

Er schritt voran und verschwand in einer Felswand. Bei genauerem Hinsehen erkannten sie, dass es sich um mehrere Felsen handelte, die immer wieder schmale Öffnungen zwischen sich frei ließen.

Sie folgten Arik und gelangten auf einen großen Platz, der sich langsam füllte. Dahinter erhob sich eine hohe Felswand, die von zahlreichen Höhleneingängen gespickt war.

»Mein Volk hatte den Platz sicherheitshalber geräumt

und sich in die Höhlen zurückgezogen, weil wir nicht genau wussten, ob es zu einem Kampf kommen würde. Aber normalerweise ist hier immer viel los. Ihr werdet schon sehen.«

Und genauso verhielt es sich auch. Da sich ihre Ankunft herumgesprochen hatte, wurden sie schnell von Neugierigen umzingelt, die siemitzahlreichen Fragen überhäuften.

Die fünf fühlten sich sichtlich überfordert, so dass Arik ein Machtwort sprach: »Wir sollten unsere Besucher erst mal in Ruhe ankommen lassen. Heute Abend gibt es noch ausreichend Gelegenheit für Fragen oder Erzählungen.«

Das wirkte. Arik bat einen jungen Yetiden, Korbin, sie herumzuführen. Unbehelligt konnten sie sich umsehen.

Der Platz vor ihnen schien zugleich Aufenthalts- als auch Arbeitsbereich zu sein. So wurden in einer Ecke gemeinsame Mahlzeiten zubereitet. Auf mehreren großen Spießen wurde Fleisch über Lagerfeuern von einige Yetiden langsam und sorgfältig gedreht. Direkt daneben wurde Brot gebacken und andere Nahrung, die sie nicht kannten, verarbeitet. In einer anderen Ecke wurden Leder und Felle zu Kleidern und anderen nützlichen Sachen verarbeitet.

»Eure Kleidung ist für den Aufenthalt im Gebirge nicht geeignet. Wir werden euch einige Kleidungsstücke geben, die euch warmhalten«, erklärte Korbin ihnen.

Neben der Küche stellte ein Schmied Werkzeuge und Waffen her. So sahen sie diverse Messer, Speere und Pfeile aber auch Kugeln, die geschleudert wurden und sicher einiges Unheil anrichteten, wenn sie trafen. In der Mitte des Platzes befanden sich lange Tische und Bänke, an denen einige Yetiden saßen. Insgesamt herrschte ein sehr geschäftiges Treiben. In einer Nische fand offensichtlich die Betreuung der Kleinsten statt.

Wie lustig die Kleinen bei ihren Purzelbäumen aussehen. Als würden kleine Fellkugeln durch die Gegend rollen, dachte Fatma schmunzelnd.

Nach der Besichtigung des Vorplatzes führte Korbin sie in die Höhlen. Sie traten durch den Eingang und befanden sich unmittelbar in einer Höhle von gigantischen Ausmaßen. Trotzdem vermittelte sie den Eindruck von Behaglichkeit. An den Wänden hingen zahlreiche Wandteppiche, die offenbar einige Szenen aus der Geschichte der Yetiden zeigten. Der Boden war mit Teppichen belegt. In einer Ecke befand sich eine weitere Koch- und Grillstelle, über der durch ein Loch in der Felsdecke der Rauch abziehen konnte und in deren Nähe es zahlreiche Sitzmöglichkeiten gab.

Korbin befand sich ganz in seinem Element. Es machte ihm Spaß den Reiseführer zu spielen und ihren Gästen alles genau zu erklären: »Die kleineren Höhlen und Nischen, die von dieser Haupthöhle abgehen, führen zu den Privaträumen der einzelnen Familien. Der größte Teil unseres Volkes lebt hier, da wir auch sehr gesellig sind. Nur wenige bevorzugen entfernt gelegene Höhlen. Allerdings gibt es noch eine weitere Höhle, in die unsere Jugendlichen ziehen, wenn sie in die Phase treten. Dann kommen alle besser miteinander aus.«

»Die yetidische Pubertät«, grinste George. »Ich glaube, mein Onkel hätte nichts dagegen, so eine Höhle auch bei uns einzuführen.«

»Lasst mich durch, aus dem Weg.« Eine resolute, etwas fülligere Yetidin bahnte sich ihren Weg durch eine Gruppe herumstehender Halbwüchsiger. Sie baute sich, die Hände in die Hüften gestemmt, vor ihnen auf.

Korbin verdrehte die Augen. »Arik hat gesagt, sie sollen in Ruhe gelassen werden. Also bitte halte dich daran, Cima.«

»Ach papperlapapp. Diese knochigen Gestalten hier sehen so aus, als würden sie dringend etwas zu Essen benötigen. Also kommt mit.«

Madu, dessen Augen bei ihren Worten aufgeleuchtet hatten, folgte ihr umgehend. Korbin wusste, dass es keinen Sinn machte, mit Cima zu diskutieren.

»Meinetwegen«, gab er seine Zustimmung.

Sie setzten sich alle an einen Tisch und aßen den köstlichsten Eintopf, den sie je gekostet hatten. Vor allem Madu und Cima schienen sich gefunden zu haben. Sie beköstigte andere für ihr Leben gern und Madu aß dankbar alles auf, was sie ihm auftischte.

Als sie fertig gegessen hatten, gesellte sich Arik wieder zu ihnen. Sying wollte von ihm den kürzesten Weg zu Brelors Reich wissen, um so schnell wie möglich Ehawee befreien zu können, aber Arik winkte ab.

»Schlag dir das mal aus dem Kopf, mein Freund. Abgesehen davon, dass es ohnehin keinen direkten Weg dorthin gibt und ihr sowieso erst noch verschiedene Gebiete durchqueren müsst, hättet ihr auch keine Chance, sie zu befreien. Die einzige Möglichkeit, dies zu tun, besteht für euch darin, in den Besitz des zweiten Sterns zu gelangen und Brelor zu besiegen.«

Es fiel den fünfen schwer, nicht umgehend ihre Freundin und Fred befreien zu können. In dem Punkt mussten sie viel Geduld aufbringen. Sie konnten nur hoffen, dass es den beiden den Umständen entsprechend gut ging und sie den Flug unbeschadet überstanden hatten.

Immer mehr Yetiden gesellten sich zu ihnen und löcherten sie mit Fragen. So saßen sie noch lange zusammen und unterhielten sich prächtig. Charlie saß neben Korbin und fragte ihn gerade nach dem weiteren Weg zum Vulkan.

»Der Weg dorthin dürfte für euch einigermaßen gut zu bewältigen sein. Direkt bei uns befindet sich der gefährlichste Abschnitt. Der Weg dort ist nicht allzu breit und durch unvorhergesehenen Steinschlag wurde leider schon der ein oder andere in die Tiefe gerissen. Habt ihr diese Stelle erst hinter euch gelassen, ist der weitere Weg nicht schwieriger als bis zu uns. Allerdings droht euch in diesem Teil der Berge eher die Gefahr von plötzlichen Wetterumschwüngen. Und nehmt euch in Acht vor den Berggeistern.«

Als Madu dies hörte, machte er schnell das Zeichen gegen das Böse, doch auch die anderen sahen besorgt aus. Berggeister, irgendwie konnten sie sich diese nur schwer vorstellen.

»Meistens treiben die Geister nur einwenig Schabernack mit vorbeiziehenden Wanderern und richten keine schlimmen Schäden an«, versuchte Korbin die Kinder zu beruhigen, die ihn weiterhin zweifelnd anschauten.

»Hoffentlich hast du damit Recht«, meinte Madu beunruhigt. Vor Geistern hatte er großen Respekt.

Da ihnen allen mittlerweile die Augen zufielen, führte Cima die Kinder in ihre Schlafräume. Passende Kleidungsstücke für den morgigen Tag lagen für sie bereit. In dicke Felle eingekuschelt, schliefen sie rasch ein.

Kaum hatte Madu die Augen geschlossen, sah er wieder die Ebene vor sich. Nur diesmal konnte er sie betreten. Selbst im Traum verspürte er eine immense Erleichterung, dass er sich endlich bewegen und das Terrain vor ihm näher erkunden konnte. Er wanderte durch die Ebene, die sich anfangs nur wenig veränderte. Dabei trieb ihn erneut eine innere Stimme an, sich zu beeilen. Den Grund dafür kannte er nicht, aber er wusste, dass er so schnell wie möglich dieses undeutliche Gebilde ganz im Hintergrund erreichen musste.

Madu beschleunigte seinen Schritt. Der Boden war relativ flach und bis auf einige vereinzelte Bäume, Büsche und Steine gab es wenig Abwechslung. Er näherte sich einem kleineren Wald. Zwischen seinem momentanen Standpunkt und dem Wald wuchs ein sehr auffälliger Baum, dessen Form ihn an eine Hand erinnerte, da seine vier Äste wie Finger nach oben ragten.

Madu erschreckte sich enorm, als unvermittelt eine Horde Trolle auf ihren Behemothen aus dem Wald hervorbrach und direkt auf ihn zu galoppierte. Er wollte fortlaufen, wollte sich bewegen, nur wollten ihm seine Füße nicht gehorchen. Mit vor Angst geweiteten Augen sah er die Trolle immer näherkommen.

Nach einer Zeit, die ihm wie eine Ewigkeit vorkam, löste sich seine Erstarrung und er versuchte zu einem großen Felsen, der sich rechts von ihm befand, zu gelangen. Doch es war zu spät, er hatte zu lange gewartet. Sie hatten ihn erreicht.

Reflexartig riss Madu seine Hände schützend vor das Gesicht, aber das würde ihn auch nicht mehr retten. Die ersten Tiere erreichten ihn, gleich würden ihn die Hufe zertrampeln. Wie in Zeitlupe sah er die ersten Hufe auf sich zukommen, als …

… schweißgebadet mit hämmerndem Herzen wachte Madu auf. Er saß in seinem Bett, die Arme noch abwehrend erhoben und versuchte, sich zu beruhigen. Der Traum war so real gewesen.

Sein Blick fiel auf George und Sying, die nichts mitbekommen hatten und weiterhin friedlich schliefen. Sollte er sie wecken und ihnen davon erzählen? Aber nein, helfen konnten sie ihm sicher auch nicht und er würde nur neue Sorgen bei ihnen wecken.

Madu ließ sich wieder zurück in sein Kissen sinken. Allerdings dauerte es eine Weile, bis er wieder eingeschlafen war.

Am nächsten Morgen zogen sie ihre neuen Kleidungsstücke an und frühstückten auf dem Vorplatz. Cima ließ es sich nicht nehmen, vor allen Dingen Madu noch eine extra große Portion aufzutischen. Gut gestärkt und neu ausgerüstet brachen sie auf. Arik und Korbin wollten sie das erste Stück bis zu Beginn des gefährlichen Teils begleiten.

»Unter normalen Umständen hätte ich euch eine Eskorte mitgegeben, die euch bis zum Acaraho begleitet hätte.

Aber es herrschen schlimme Zeiten und wir sind ohnehin schon zu wenige, um die Vorbereitungen gegen den Feind zu treffen.«

Charlie lächelte ihn an. »Ihr habt bereits mehr für uns getan, als wir erwartet hatten. Macht euch keine Gedanken.«

Nachdem sie bereits einige Meter zurückgelegt hatten, fiel Madu ein, dass er die Quoi-Frucht in der Höhle vergessen hatte. Er hatte sie am Abend noch einigen Kindern gezeigt und vergessen, sie wieder einzupacken. Aber er hatte sie heute Morgen auch nirgendwo gesehen. Vielleicht hatte eines der Kinder sie mitgenommen. Es half alles nichts. Die Frucht war zu wichtig, sie mussten sie holen.

Sie beschlossen, dass Madu mit George und Fatma, die ihm beim Suchen helfen wollten, zurückgehen sollte. Währenddessen wollten Charlie und Sying mit den Yetiden weitergehen.

In der Höhle fanden die drei schnell die Frucht bei einem schuldbewussten Yetiden-Mädchen. Schneller als gedacht, stießen sie wieder auf Arik und Korbin, die am Anfang des gefährlichen Weges, von dem Korbin gestern gesprochen hatte, stehengeblieben waren.

Charlie und Sying hatten bereits den größten Teil des gefährlichen Bereichs hinter sich gebracht. Dabei bewegten sie sich auf einem schmalen Pfad. Auf ihrer rechten Seite ging es steil bergab, wohingegen sich links von ihnen eine steile Wand erhob, deren oberer Bereich einen leichten Überhang hatte. Dieser erstreckte sich bedrohlich über ihre Köpfe.

George, Fatma und Madu hatten sich gerade herzlich von den zwei Bergbewohnern verabschiedet und wollten den zweien soeben folgen, als das Unglück geschah.

Charlie und Sying hatten es fast geschafft, als ein zuerst leises, dann immer lauter werdendes Knirschen und Krachen sie innehalten ließ. Angstvoll blickten sie sich um.

Das konnte doch nicht wahr sein! Der Hang über ihnen war ins Rutschen geraten. Teile des Weges hinter ihnen waren bereits von Erde und Steinen verschüttet worden. Steine und Felsbrocken krachten neben ihnen auf den Boden.

»Lauf!«, schrie Charlie Sying zu und die beiden rannten um ihr Leben.

Ein kleiner Stein traf Sying im Gesicht und hinterließ einen tiefen Kratzer auf seiner Wange, doch er lief unverdrossen weiter. Charlie war direkt hinterihm.

Würden sie es schaffen? Es waren nur noch wenige Meter.

»Schneller, Sying!«, keuchte Charlie.

Sie versuchte, noch schneller zu laufen. Da erkannte Charlie, dass die Erde sie fast erreicht hatte. Sie gab Sying im letzten Moment einen starken Stoß in den Rücken. Mit diesem zusätzlichen Schwung erreichte dieser soeben den sicheren Bereich. Während er schwer auf seine Knie und Handgelenke fiel, hörte er hinter sich einen erstickten Schrei. Rasch drehte er sich, den Schmerz in seinen aufgeschrammten Knien ignorierend, um und sah Charlie gerade noch unter einem Haufen Erdeverschwinden.

In den Klauen des Vogels

Ehawee hing in den Klauen des Vogels Roch und fühlte sich vollkommen hilflos. Ihre Schultern schmerzten durch den festen Griff des Vogels immer mehr. Dadurch, dass Roch so hoch flog, fror sie auch entsetzlich.

Sie hatte Fred, der sich zitternd an ihr Bein geklammert hatte, eine Hand gereicht und ihn so weit hochgezogen, dass er in ihre Tasche klettern konnte. Dort war er etwas geschützter vor den Wettereinflüssen und ihm wurde die Höhe nicht so bewusst. In diesem Punkt ging es ihm besser als Ehawee, die jeden Meter, der sie von der Oberfläche von Nirma trennte, genau wahrnahm. Sie konnte nur hoffen, dass Roch sie nicht plötzlich aus einer Laune heraus fallenließ.

Mit seinen riesigen Schwingen war Roch unheimlich schnell unterwegs und Ehawee sah unter sich in raschem Tempo die unterschiedlichsten Landschaften vorbeiziehen. Selbst Berge erschienen ihr winzig klein, so dass es für sie unmöglich war, irgendwelche Einzelheiten zu erkennen.

Ehawee war untröstlich über den Tod ihres Freundes Taku. Er war so tapfer gewesen und hatte Fatma das Leben gerettet. Sie schwor sich, dass Brelor dafür bezahlen würde.

So gut es ging, versuchte sie sich von ihrer Trauer abzulenken. Daher dachte sie darüber nach, wie merkwürdig es war, dass Roch mit Brelor sympathisierte und ihm half. Eigentlich blieb er wie die meisten Riesenvögel auf Nirma lieber für sich und interessierte sich nur noch für seine Nachkommenschaft. Aber aus den Belangen der Nirmaner hielt er sich eigentlich komplett raus. Es war seltsam, dass er sich jetzt so ganz anders verhielt. Wie war es Brelor gelungen, ihn auf seine Seite zu ziehen? Vielleicht würde sie es irgendwann erfahren.

Eine weitere große Sorge betraf ihre Freunde. Sie hatte zwar enormes Vertrauen zu ihnen, aber alleine unterwegs zu sein auf einer fremden Welt mit unbekannten Völkern und Tieren, das bedeutete schon eine gewaltige Herausforderung. Ihre Worte, die sie damals gegenüber George gebraucht hatte, als er sie zurückschicken wollte, waren nicht nur so daher gesagt gewesen.

Im Gegenteil, sie hatte jedes Wort ernst gemeint. Ohne ihre Hilfe würde für die Menschen alles wesentlich schwieriger werden und auch länger dauern. Und allzu viel Zeit blieb ihnen nicht mehr.

Sie warf einen sorgenvollen Blick in Richtung Sonne, die schon wieder weitere Bereiche an die Dunkelheit verloren hatte.

Ihre Überlegungen wurden unterbrochen, als Roch einen Sinkflug einleitete und auf ein riesiges, dunkles Areal zusteuerte, in dem sich eine gewaltige Burg erhob.

Von oben konnte sie eine imposante Ringmauer erkennen, die die gesamte Anlage einschloss. Sie zählte insgesamt sechs Wachtürme, von denen sich einer in jeder Ecke befand. Die letzten beiden standen mittig in den beiden seitlichen Mauern. Den Durchmesser der Türme schätzte Ehawee auf ungefähr fünfzehn Meter. Die Befestigung wurde nur von einigen Schießscharten und einem großen Tor vorne durchbrochen. Die gesamte Anlage war von einem Burggraben umgeben. Beim Näherkommen erkannte sie, dass es sich bei dem Tor wohl eher umeine Zugbrücke handelte, die momentan ein Stück offenstand.

Hinter dem Tor befand sich ein riesiger Platz, in dessen hinteren Bereich sich die eigentliche Wohnburg mit einem großen und hohen Mittelteil und längeren Flügeln auf jeder Seite erhob. Auffällig war ein hoher Baumstamm, der direkt neben dem Burggraben an einer Seite in den Himmel ragte und auf dessen Spitze ein riesiges Nest thronte.

Das musste Neghroc sein, der Ort, an den sich Brelor nach seinem Verrat zurückgezogen hatte. Er hatte fast hundert Jahre Zeit, seine Burg so tückisch und bösartig wie nur möglich zu gestalten.

Oh nein! Die ganze Zeit hatte ich Angst, dass der Vogel mich fallen lässt. Doch die Aussicht, Brelor zu begegnen, finde ich noch schlimmer. Hör auf damit, schimpfte Ehawee sich selbst aus. Fred und ich leben noch. Wir dürfen nicht aufgeben.

Auch wenn sie sich selbst Mut zusprach, konnte sie die Tatsache nicht ignorieren: Sie wurde zu Brelor gebracht, jener furchterregenden Gestalt, von der sie zwar Unmengen gehört hatte, den sie aber noch nie gesehen hatte und der so viel Unglück über ihre Welt gebracht hatte.

Und was dies bedeutete, darüber mochte sie nicht einmal ansatzweise nachdenken.

Abgeschnitten

Entsetzt starrten die drei Kinder und die zwei Yetiden auf die Katastrophe, die sich gerade vor ihren Augen abgespielt hatte. Arik raufte sich mit beiden Händen sein Fell.

»Oh nein, welch ein Unglück! Hoffentlich haben Charlie und Sying es noch auf die andere Seite geschafft. So einen großen Steinrutsch habe ich hier noch nie erlebt.«

Er sah einigen Krähen nach, die über den Hang davonflogen. »Was wäre, wenn das Beben keine natürliche Ursache hatte? Brelor! Er muss seine Finger im Spiel haben. Hoffentlich schaffen es Charlie und Sying weiter zum Vulkan. Es tut mir leid, dass ihr nun hier festsitzt.«

George sah Arik fassungslos an. »Was soll das denn bedeuten? Wir müssen auch darüber. Wir haben nur eine Chance die Scherben zu finden und Brelor zu besiegen, wenn wir zusammenbleiben. Anders kann es nicht gelingen.«

Unvermittelt fing er an, den vor sich aufgetürmten Erd- und Geröllberg zu erklimmen, als dieser erneut ins Rutschen kam. Bevor er von den Erdmassen mitgerissen und darunter begraben wurde, riss Arik ihn im letzten Moment zurück. Krachend schlugen beide auf dem Boden auf.

Noch im Liegen fuhr Arik ihn an. »Glaubst du mir jetzt endlich, du Kindskopf? Hier führt kein Weg mehr hinüber.«

»Aber es muss einen Weg geben! Bitte, Arik, denk noch

einmal nach«, sagte Fatma flehend, die ein Ende ihres Abenteuers nicht akzeptieren wollte.

»Es tut mir leid, mein Kind, aber das ist unmöglich.«

»Nun, das ist doch nicht ganz richtig. Einen weiteren fast vergessenen Weg gibt es noch.«

Ariks Kopf ruckte herum und er sah Korbin an, als hätte der den Verstand verloren: »Das kann nicht dein Ernst sein. Das würden sie nicht überleben.«

Die Kinder hatten die Unterhaltung interessiert verfolgt. Fatma trat näher an die zwei Yetiden heran: »Bitte, wenn es eine Möglichkeit gibt, dann sagt sie uns.«

Arik sah sie freundlich und sehr verständnisvoll an: »Korbin hat Recht, es gibt tatsächlich noch einen weiteren Weg. Man nennt ihn den ›Pass der Angst‹. Aber er wurde schon viele hundert Jahre nicht mehr benutzt und das aus gutem Grund. Nur wenige haben es geschafft, diesen Weg – einmal beschritten – wieder zu verlassen. Und von diesen war nur noch ein geringer Teil bei klarem Verstand. Der Pass der Angst ist für die meisten eine zu große Herausforderung.«

»Pass der Angst«, wiederholte Madu leicht panisch und mit aufgerissenen Augen. »Warum hat der Pass so einen Namen? Was passiert denn da?«

»Das weiß niemand so genau. Unsere spärlichen Informationen stammen von dem, was unsere Vorfahren sich aus den wenigen Erzählungen der Überlebenden zusammengereimt haben. Wir vermuten, dass man dort mit seinen Urängsten konfrontiert wird. Dies muss ein so schreckliches Erlebnis sein, dass viele gar nicht und einige nur mit gestörtem Verstand den Weg hinausschaffen. Ihr seht also, dieser Weg kann keine wirkliche Option für euch sein.«

Die drei dachten kurz über Ariks Worte nach. Schließlich sagte George mit fester Stimme: »Du irrst dich, Arik. Es ist die einzige Option, die wir haben. Wenn unsere Freunde es bis zum Acaraho schaffen, werden sie unsere Hilfe brauchen. Und für den Fall, dass sie es nicht schaffen sollten«, Georges Stimme brach für einen Augenblick und er musste sich kurz sammeln, »dann müssen wirerst recht auf die andere Seite. Vielleicht sind sie verletzt … Wie dem auch sei, wir werden den Weg nehmen.«

Fatma und Madu hatten die ganze Zeit Georges Worte nickend bestätigt, obwohl gerade Madu arge Schwierigkeiten mit der Vorstellung hatte, unnatürlichen Wesen zu begegnen. Er stellte sich so gut wie jeder Herausforderung, aber um Dinge wie Geister oder Urängste, die nicht greifbar waren, machte er lieber einen großen Bogen.

»Das stimmt«, meinte Fatma. »Und ich denke, wir sollten uns beeilen, vor allen Dingen für den Fall, dass die zwei verletzt sein sollten.« Den Gedanken, dass sie dort auch noch Schlimmeres vorfinden konnten, verbot sie sich streng.

Arik sah die Entschlossenheit in ihren Gesichtern und akzeptierte dann ihre Entscheidung. Er hatte verstanden, dass es für die drei schlimmer wäre zu wissen, ihre Freunde im Stich gelassen zu haben, als sich der Herausforderung im Pass der Angst zu stellen.

»In Ordnung«, brummte er schließlich widerwillig. »Ich bringe euch zum Eingang des Passes, aber sagt nicht, ich hätte euch nicht gewarnt. Folgt mir!« Zu ihrer Überraschung kehrten sie in die Höhlen der Yetiden zurück, wobei sie jetzt tiefer in ihr Höhlensystem vordrangen.

Waren die ersten Räume zu Beginn noch richtig wohnlich eingerichtet, so wurde ihre Umgebung mit der Zeit immer nüchterner. Am Schluss folgten sie einem Gang, der sie aufwärts führte und sich immer weiter ins Berginnere schlängelte.

An den Wänden hingen in regelmäßigen Abständen altertümlich aussehende Lampen. Im Gegensatz zu den Leuchtkugeln in den Haupträumen, die ununterbrochen brannten, mussten Arik und Korbin sie alle einzeln per Hand anzünden. Dies war eine äußerst zeitraubende Angelegenheit, dennoch absolut notwendig, da es ohne Licht vollkommen finster gewesen wäre. Die Kinder wurden von Lampe zu Lampe ungeduldiger.

Arik entschuldigte sich: »Dieser Weg wurde seit über dreihundert Jahren nicht mehr benutzt, daher auch die vielen Spinnweben, der Staub und die schlechte Luft.«

Sie folgten ihm noch eine ganze Weile, bis sie in einer kleinen Kammer ankamen, in der sich nur ein großer Schrank an einer Felswand befand.

»Helft uns bitte, wir müssen den Schrank zur Seite schieben«, bat Arik die drei. Als sie gemeinsam den Schrank zur Seite schoben, wurde die hinter ihm verborgene Öffnung im Fels sichtbar. »Der Schrank ist eine reine Vorsichtsmaßnahme für den Fall, dass sich ein Kind hierhin verirrt.«

»Wenn ihr hier durchklettert«, erklärte Arik ihnen, »gelangt ihr nach wenigen Metern wieder ins Freie. Danach werdet ihr schnell den Eingang des Passes erreichen. Wie ich euch bereits gesagt habe, weiß ich nicht, was euch dort erwartet. Aber einen Rat will ich euch zum Abschied doch mit auf den Weg geben: Egal, womit ihr konfrontiert werdet, wenn euch Verzweiflung überkommt, besinnt euch auf euch selbst, macht euch bewusst, warum ihr da seid und dass ihr nicht allein seid. Unsere guten Wünsche begleiten euch. Möge die Sonne von Nirma euch immer leuchten.«

»Möge die Sonne von Nirma auch über dich und dein Volk immer leuchten«, antworteten die Kinder, winkten Arik und Korbin noch ein letztes Mal zu und machten sich dann auf den Weg. Wie Arik versprochen hatte, befanden sie sich schon nach kurzer Zeit wieder im Freien und konnten nicht weit entfernt von ihrem Platz den Eingang zum Pass schon erahnen. Sie erkannten zwei gewaltige Säulen, die den Eingang säumten.

»Was uns wohl darin erwartet«, überlegte Madu laut.

»Na, bei dir ist die Sache doch einfach«, antwortete George ihm. »Wahrscheinlich gibt es da nichts zu essen.«

»Glaubst du das wirklich?«, fragte Madu ihn mit großen Augen. »Vielleicht sollten wir dann vorher lieber noch einmal eine Essenspause einlegen.«

Madus entsetzte Reaktion brachte sie zum Lachen. Danach fühlten sie sich besser. Der gemeinsame Moment guter Laune hatte etwas von ihrer Anspannung genommen und etwas befreiter gingen sieweiter.

So richtig geheuer ist mir das Ganze nicht, musste George sich eingestehen. Ich finde es furchtbar, dass wir nicht wissen, was uns erwartet. Was ist meine größte Angst? Er dachte schon, seit er zum ersten Mal vom Pass der Angst gehört hatte, darüber nach. Vielleicht, dass mein Vater nicht zurückkommt und ich ihn nie wiedersehe? Oder dass ich bei meiner Rückkehr auf die Erde erneut geärgert werde und mich weiterhin keiner mag? Oder dass wir Nirma nicht retten können? Ich weiß es nicht, deshalb kann ich auch keinen Plan entwerfen.

Fatma hing ähnlichen Gedanken nach. Ob im Pass Terroristen auf mich warten und wieder auf mich schießen? Ich will so etwas nie mehr erleben.

Ich denke nicht weiter darüber nach, beschloss dagegen Madu. Vielleicht ist auch gar nichts mehr da. Schließlich war es schon hunderte Jahre her, dass jemand den Pass überquert hat. Ich jedenfalls hätte keine Lust gehabt, so lange am gleichen Ort darauf zu warten, dass man jemanden erschrecken kann.

Er blickte auf. Sie standen vor dem Eingang zum Pass. Aus der Nähe konnten sie jetzt auch Einzelheiten erkennen. Zwischen den beiden Steinsäulen, die sie schon aus der Ferne gesehen hatten, machten sie den Anfang eines Weges aus. Da dieser aber bereits nach wenigen Metern nach rechts abbog, gelang es ihnen nicht, ihn weiter einzusehen.

Aus dem oberen Bereich der beiden Säulen hatte ein Künstler je den Kopf eines Yetiden herausgemeißelt. An den Längsseiten waren weitere Nirmaner dargestellt. Sie identifizierten die Arborianer und die Marianer, andere Gestalten vermochten die Freunde dagegen nicht zuzuordnen. Unterbrochen wurden die einzelnen Darstellungen von Schriftzeichen, die sie nicht verstanden.

»Wahrscheinlich sind das Warnungen«, mutmaßte

Madu. »Etwas in der Richtung wie ›kehrt um, wenn euch euer Lebenliebist‹ oder ›der Weg ohne Ausgang‹ oder …«

»Madu, hör auf damit«, sagte George streng. »Es ist egal, was da steht. Wir müssen da lang. Es ist unsere einzige Möglichkeit.«

Verschüttet

Charlie!« Betroffen starrte Sying auf den Erdhaufen vor ihm. Er stürzte, so schnell er konnte, dorthin und fing an mit bloßen Händen an der Stelle zu graben, an der er Charlie zuletzt gesehen hatte. Allerdings rutschte immer wieder neue Erde in das Loch nach, das er gegraben hatte, um Charlie zu befreien. Ganz nach dem Motto, zwei Schritte vor und einen zurück.

Nach einer gefühlten Ewigkeit stieß er beim Graben auf etwas. Nachdem er noch ein wenig Erde beseitigt hatte, entdeckte er Charlies Schulter. Neue Kraft durchflutete ihn.

Während er Charlie immer weiter ausgrub, flehte er in Gedanken immer wieder: »Bitte sei am Leben, bitte sei am Leben!«

Nachdem er auch Charlies Kopf und die andere Schulter frei bekommen hatte, konnte Sying unter ihre Schultern fassen und sie mit letzter Anstrengung endgültigaus der Erde ziehen. Er sah, dass ihr Gesicht im Gegensatz zum Rest ihres Körpers frei von Erde war. Vermutlich hatte sie versucht, ihren Kopf mit ihren Händen zu schützen.

Aber sie bewegte sich nicht und ihre Augen waren geschlossen. War er doch zu langsam gewesen? War sie unter den Erdmassen erstickt?

Er legte ängstlich sein Ohr über ihren Mund. Als er ihren Atem spürte, liefen ihm vor Erleichterung Tränen übers Gesicht. Gott sei Dank, sie war nur bewusstlos!

Sying bettete ihren Kopf auf seinen Schoss und fing an, ihr mit leiser Stimme von seiner Familie zu erzählen. Er wusste nicht, wie lange er schon geredet hatte, als er nach unten blickte und Charlie ihn mit offenen Augen ansah.

»Du wirst deine Familie wiedersehen«, sagte sie mit schwacher Stimme. »Ganz bestimmt.«

»Charlie!« Sying schrie ihren Namen und drückte sie fest an sich.

»Sying, du erdrückst mich«, lachte Charlie und war schon wieder fast die Alte. Als sie den Erdrutsch sah, wurde sie nochmal ernst. »Du hast mir das Leben gerettet. Danke, das werde ich dir nievergessen.«

Sying wurde ganz verlegen und murmelte: »Aber dafür sind Freunde doch da.«

Charlie schlug sich mit der Hand vor die Stirn. »Unsere Freunde! Wie sollen sie es jemals über diesen ganzen Erdrutsch schaffen. Das ist so gut wie unmöglich.«

Sie gingen zusammen mehrere Möglichkeiten durch.

Schließlich traf Charlie eine Entscheidung: »Es nutzt niemandem, wenn wir hier bleiben. Über kurz oder lang würden uns nur die Vorräte ausgehen. Es ist besser, in Richtung Vulkan weiterzugehen und die fehlenden Scherben zu suchen. Die anderen kennen unser nächstes Ziel. Vielleicht gelangen sie über einen anderen Weg dorthin.«

Entschlossenen Schrittes zogen sie weiter.

Der Pass der Angst – Madu

»Also dann wollen wir mal. Wir sehen uns auf der anderen Seite«, sagte George zu den anderen. Sie betraten gemeinsam den Pass, dessen Weg von hohen Bergen auf beiden Seiten gesäumt wurde, und hielten unwillkürlich den Atem an.

Es passierte … nichts! Suchend blickten sie sich um, aber weder ein Angriff noch eine Panikattacke brach über sie herein. Alles war wie immer.

»Vielleicht ist es wirklich schon weg. Ihr wisst schon, was immer hier auch gewesen sein mag«, verlieh Madu seiner Hoffnung Ausdruck.

Aber irgendwie bezweifelten George und Fatma dies und so gingen sie weiterhin äußerst aufmerksam weiter. Der Weg über den Pass stieg an.

Es wurde immer nebeliger, bis sie die Hand vor Augen nicht mehr erkennen konnten. Krampfhaft hielten sie sich an den Händen fest, um einander nicht zu verlieren. Vorsichtig tasteten sie sich, Madu in ihrer Mitte, durch den Nebel weiter vorwärts. Da ertönten hinter ihnen Geräusche, als würden wilde Tiere auf sie zu rasen.

Panik überkam Madu. »Wir müssen hier weg! Schnell!«

Schon riss er sich von den beiden los und rannte, so schnell er konnte.

Ehe sich die anderen beiden versahen, löste Madu ihre Verbindung. Dies geschah so unvermittelt, dass weder George noch Fatma eine Chance hatten ihn festzuhalten.

Sie blieben allein zurück. In genau dem Augenblick, in dem Madu verschwand, verstummten die Geräusche hinter ihnen. Nur war jetzt jeder von ihnen allein!

Madu rannte noch eine ganze Zeit, bis er realisierte, dass zwar niemand mehr hinter ihm her war, dass aber auch George und Fatma verschwunden waren. Orientierungslos lief er weiter. Der Nebel war immer noch vorhanden, wohl nicht mehr ganz so undurchdringlich wie kurz zuvor. Er musste hier raus.

Moment, ruft da nicht jemand meinen Namen? Das klingt allerdings nicht nach George oder Fatma, dachte Madu.

Die Stimmen hatte einen eher lang gezogenen klagenden Ton und es schien, als würden mehrere Personen gleichzeitig sprechen.

»Warum bist du nicht gekommen? Warum hast du uns im Stich gelassen? Wolltest du dich nicht von uns verabschieden?«

Zu seinem größten Schrecken sah er unzählige konturlose geisterhafte Gestalten auf sich zu schweben. Oh nein, die Geister sind erschienen, um mich zu holen! Er versuchte sich in eine andere Richtung zu wenden, als eine Geisterhand wie aus dem Nichts erschien und nach ihm greifen wollte.

»Du hast mich gestohlen. Jetzt wirst du dafür deine Strafe erhalten«, ertönte von irgendwo eine Stimme, während die Hand weiterhin versuchte, ihn zu packen.

Madu zitterte am ganzen Körper und machte pausenlos das Zeichen gegen das Böse. Er stammelte: »Bitte, es tut mir leid, es war nur eine Mutprobe. Kwaku wollte, dass ich … Ich wollte dich wieder zurückbringen, wirklich – ich schwöre es.«

Aber die Hand kam unbeirrt auf ihn zu, während er gleichzeitig immer weiter vor ihr zurückwich. Er drehte sich um, um fieberhaft nach einem Ausweg zu suchen. Dabei stellte er fest, dass die anderen Gestalten sich ihm in der Zwischenzeit weiter genähert hatten.

Zu seinem unendlichen Entsetzen sah er noch etwas. Er kannte sie und zwar alle. Es waren ausnahmslos die Bewohner aus seinem Dorf. Ihre Züge waren alle geisterhaft verzerrt und von der schrecklichen Ebola-Seuche gekennzeichnet, dennoch konnte er jeden einzelnen von ihnen erkennen.

Meine Familie muss auch hier sein, fiel Madu ein. Am liebsten würde ich vor den Geistern weglaufen, doch wenn es eine Chance für mich gibt, meine Eltern wiederzusehen …

Suchend blickte er sich um und tatsächlich, da waren sie. Und sie sahen fürchterlich aus. Aber es war seine Familie. Wie hatte er sie vermisst. Er ging schon einen Schritt auf sie zu, als sie alle den Arm ausstreckten und mit dem Finger auf ihn zeigten.

»Du hast uns im Stich gelassen. Wir haben auf dich gewartet, nur bist du nicht zurückgekommen. Du hast uns ganz allein sterben lassen.« Den letzten Satz wiederholten sie immer wieder wie ein Mantra, bis schließlich das ganze Dorf mitsprach. Dabei kamen sie immer näher und näher. Er wich zurück.

»Ich wollte zurück, aber ich durfte nicht. Sie haben mich nicht zu euch gelassen. Bitte glaubt mir. Ich wollte bei euch sein.« Er wimmerte und rollte sich auf dem Boden zusammen, während die Geister weiter auf ihn zeigten und ihre Worte auf ihn einhämmerten.

Er hatte es gewusst, seine schlimmste Angst hatte sich bewahrheitet. Er war nicht bei seiner Familie gewesen, als sie krank wurden und starben, und das hatten sie ihm nie verziehen. Er hatte es sich in dem Kinderdorf gut gehen lassen, während es ihnen immer schlechter gegangen war. Sie hatten ihn am Ende sogar gehasst, das hatte er gerade deutlich in ihren Gesichtern lesen können. Und jetzt kamen ihre Geister und wollten sich an ihm rächen.

Er wimmerte erneut, es war jetzt eh alles egal. Er würde hier einfach liegen bleiben. Sollten sie ihn doch holen. Er hatte es verdient. Je eher sie kamen, desto schneller war es vorbei.

»Madu!« Eher unbewusst nahm Madu die Stimme wahr, die immer wieder seinen Namen rief und die gar nicht zu den restlichen vorwurfsvollen Worten der anderen passen wollte. Aber auch das war egal, er ignorierte sie einfach, bis …

»Madu!« Laut donnerte sein Name durch den Pass, dass sein Nachhall selbst die Geistererscheinungen ein wenig zurückweichen ließ.

Erschrocken richtete er sich auf. Zu seiner Überraschung sah er vor den ganzen Geistern die Mamboo stehen. Sie hatte die Hände in ihre stattlichen Hüften gestemmt und blickte ärgerlich auf ihn hinab.

Natürlich, die Hand. Die hatte er ja ganz vergessen. Die Voodoopriesterin war also ebenfalls gekommen, um Wiedergutmachung zu verlangen. Er hatte ja direkt gewusst, dass diese Mutprobe keine gute Idee war. Aber einer mehr oder weniger spielte jetzt auch keine Rolle mehr.

Trotzdem wollte er noch ein paar Worte der Entschuldigung vorbringen: »Mamboo, ich hätte die Hand garantiert zurückgebracht. Ich wollte sie mir nur ausleih …«

»Halt den Mund!«, herrschte die Mamboo ihn an. »Glaubst du wirklich, deswegen bin ich hier? Da hätte ich mehr von dir erwartet. Liegst hier am Boden und jammerst herum!«

»Aber Mamboo. Meine Eltern, mein ganzes Dorf – sie hassen mich. Sie …«

Erneut wurde er von der Mamboo unterbrochen. »Das glaubst du wohl selbst nicht, dass deine Eltern erwartet haben, dass du zu ihnen kommst. Im Gegenteil, sie waren sicherlich heilfroh, dass du nicht bei ihnen warst. Natürlich hätten sie dich gerne noch einmal gesehen. Doch nicht für den Preis, dass du auch krank wirst und stirbst.«

Madu heulte auf: »Aber sie haben es mir gerade selbst gesagt. Sie haben gewartet und gewartet und ich bin nicht gekommen.«

»Unsinn, das wollen nur die Geister und die Umgebung dich glauben lassen. Es ist verständlich, dass du gerne bei deiner Familie gewesen wärst«, fügte sie ein wenig sanfter hinzu. »Aber erforsche dein Inneres. Wie waren deine Eltern? Was hätten sie sich für dich gewünscht?«

Madu schloss seine Augen und dachte an die Zeit mit seiner Familie zurück. Er sah seine Mutter, wie sie lachend das Essen zubereitete; seinen Vater, wie er das Feld bestellte und abends erschöpft von der Arbeit heimkam. Verschiedene Szenen seines Lebens spielten sich erneut in seiner Erinnerung ab. Er war gerade eine Woche in der Schule, als sein Vater am Abend erzählte, wie hart sein Arbeitstag gewesen wäre. Aber als Madu am nächsten Tag die Schule schwänzen wollte, um ihm zu helfen, winkte er energisch ab. Sein Vater meinte, dass sie dies nur als letzte Möglichkeit in Betracht ziehen würden. Bis dahin sei die Schule und, dass erviel lerne, das Allerwichtigste. Wenner später einen guten Beruf erlernen würde, würde er seiner Familie damit mehr und dauerhafter helfen, als die Feldarbeit es vermochte.

Szenenwechsel: Er sah sich, wie er als kleines Kind beim Spielen in seinem Dorf einer Schlange begegnete. In seiner kindlichen Neugier griff er danach. Seine Mutter, die ihn in genau jenem Augenblick erreichte, hielt ohne zu zögern ihren Arm dazwischen und wurde an seiner Stelle gebissen. Es war lange unklar, ob seine Mutter den Kampf gegen das Schlangengift gewinnen würde. Aber sie war nur froh, dass ihm nichts passiert war. Seine Mutter wiederholte immer, dass sie sich ewig Vorwürfe gemacht hätte, wenn er gebissen worden und gestorben wäre.

Madu riss die Augen auf. Die Mamboo hatte Recht. Wie konnte er das alles nur vergessen? Seine Eltern hätten nicht gewollt, dass er starb. Sie wollten, dass er lebte, dass er lernte, einen tollen Beruf ergriff und glücklich wurde. Wie konnte er nur jemals etwas anderes glauben? Wenn er zurückkam, würde er all das machen. Er wollte, dass sie stolz auf ihn waren, wo auch immer sie jetzt waren.

Er richtete seinen Blick fest auf die Geister vor ihm und sagte voller Überzeugung: »Ihr lügt, ihr seid nicht meine Eltern. Ich glaube euch nicht ein Wort.«

Mit einem Schrei lösten sich die Gestalten vor ihm auf. Nur seine Geister-Eltern blieben noch einen Moment länger. Diesmal schwebten sie aber ohne Anzeichen einer Krankheit, so wie er sie in Erinnerung hatte, vor ihm.

»Wir sind jetzt schon unglaublich stolz auf dich. Das waren wir immer. Wir lieben dich!«

Dann waren sie weg.

Noch einmal erklang die Stimme der Mamboo: »Meine Hand hätte ich trotzdem gerne zurück.«

»Versprochen«, rief Madu ihr noch hinterher, während sie verblasste. Er war wieder allein. Aber es hatte sich etwas verändert. Er fühlte sich, als wäre ihm eine Last, von der er gar nicht gewusst hatte, dass sie da war, von der Seele genommen worden. Und auch der Nebel war verschwunden. Er konnte den Weg vor sich klar und deutlich erkennen. Er folgte ihm und hatte in kürzester Zeit den Pass hinter sich gelassen. Er hatte es geschafft!

Bei den Berggeistern

Charlie und Sying kletterten höher und höher. Sie schwitzten zwar von der Anstrengung, doch ihre Gesichter und Hände wurden wegen der sinkenden Temperaturen immer kälter. Auf einmal hallte ein schauriges Heulen durch die Berge. Es schien von allen Seiten zu kommen und hinterließ bei den beiden eine Gänsehaut, die am Rücken begann und sich über ihren ganzen Körper ausbreitete.

Sie glaubten auch immer wieder aus den Augenwinkeln einzelne Bewegungen wahrzunehmen, doch wenn sie versuchten, etwas zu erkennen, waren sie verschwunden.

»Das sind die Berggeister, vor denen die Yetiden uns gewarnt haben«, flüsterte Sying schaudernd.

Sie setzten ihren Weg fort. Ab und zu fuhr ein kalter Hauch zwischen ihnen durch, der sie zusammenzucken ließ. Zu dem Geheule war jetzt auch noch unheimliches Gekicher gekommen und dann erschien wie aus dem Nichts vor ihnen eine geisterhafte Gestalt. Es war ein Mann, der klein und etwas gedrungen aussah.

Er sah aus wie ein typischer Bergmann des zwanzigsten Jahrhunderts. Er trug eine Grubenhose und einen Bergmannskittel mit Kapuze. An einem Ledergürtel war eine Tasche befestigt. Er lächelte ihnen zu.

Zögernd gingen sie auf ihn zu. Kurz bevor sie ihn erreichten, wuchs seine Gestalt auf das Dreifache an und er breitete seine Arme aus. Sein zuvor noch sympathisches

Gesicht verwandelte sich ineine fratzenhafte, furchterregende Maske.

Die zwei schrien panisch auf. Und als hinter ihnen noch andere Berggeister erschienen, rannten sie los. Dabei liefen sie teilweise an dem Geist vorbei, teilweise aber auch durch ihn hindurch.

Brrrh, das fühlt sich an, als wäre ich in Eis getaucht worden, dachte Sying.

Völlig außer sich rannten sie unter dem gackernden Gelächter der Berggeister weiter und weiter. Von oben wurden sie dabei zusätzlich mit kleinen Steinen beworfen, die bei ihnen zwar zu keinen größeren Verletzungen führten, aber dennoch schmerzhaft waren.

Sie stolperten den Berghang hoch, bis ihnen auf einmal jemand von der Seite zurief: »Schnell, hier herein.«

Sie bogen nach rechts ab und blieben schwer atmend stehen.

Der Pass der Angst – Fatma

Fatma fühlte sich schrecklich. Eben noch hatte sie Madu festgehalten, bis er sich unerwartet losgerissen hatte und verschwunden war. Auf ihre Rufe hatte weder George noch Madu reagiert. Es schien, als hätte der Nebel sie verschluckt.

Sie wickelte sich enger in ihren Tschador und ging vorsichtig weiter. Der bis dahin undurchdringliche Nebel schien etwas aufzuklaren.

War dahinten jemand oder spielten ihr ihre Augen einen Streich?

Langsam schritt sie voran.

Doch, da war jemand und es sah so aus, als würde er auf sie warten. Sie hatte das Gefühl, als würde sie von der Seite beobachtet. Waren da Heckenschützen?

Als sie einen Schuss hörte, warf sie sich reflexartig zu Boden.

Oh nein, es ist genau wie damals auf der Flucht, dachte Fatma panisch.

Bruchstückhafte Erinnerungen durchströmten sie. Die Flucht ..., ... Gewehrfeuer ..., ... die Verletzten, ihre Tante mit einem Streifschuss am Arm ... und die Toten. Diese Bilder werde ich bestimmt nie mehr vergessen.

Als ihr alles wieder so deutlich vor Augen stand, fing Fatma an zu schluchzen. So viel Gewalt, so viel Hass, so viele Tote! Warum nur? Konnten die Menschen nicht friedlich miteinander leben? Welche Rolle spielte es, wer an was glaubte! Es kam doch auf den einzelnen Menschen an und Unterschiede machten das Leben doch erst interessant.

Sie lag immer noch am Boden und hob vorsichtig den Kopf. Sie wollte zu der schemenhaften Gestalt vor ihr kommen. Irgendwie musste sie dort hingelangen, ohne von irgendwelchen Schüssen getroffen zu werden.

Vorsichtig robbte sie vorwärts – nichts geschah. Sie kam dieser Erscheinung vor ihr immer näher. Irgendetwas kam ihr daran seltsam bekannt vor. Aber das konnte nicht sein, oder doch? Sie stand auf, fing an zu laufen und blieb kurz vor der Gestalt stehen.

»Vater, du bist es tatsächlich! Ich bin so froh dich zu sehen. Wie kommst du denn hierher?« Die Worte sprudelten nur so aus ihr hervor. Sie wollte ihren Vater umarmen, aber ihre Hände fuhren durch ihn hindurch.

Erschrocken fuhr sie zurück. »Bist du ein Geist?« Und dann etwas panischer: »Heißt das, dass du tot bist? Bin ich auch tot? Bitte, sag doch etwas!«

Beschwichtigend hob ihr Vater die Hand. »Beruhige dich, mein Kind. Ich freue mich auch, dich zu sehen. Und du bist nicht tot. Was ich bin, ist nicht wichtig. Und die Frage, ob ich tot bin, kann ich dir auch nicht beantworten, denn die Zeit hier läuft nicht parallel zu der Zeit auf unserer Erde. Ich wurde geschickt, um dir zu helfen, deine größte Angst zu finden. Das ist alles, was im Moment zählt.«

Beim Klang der Stimme ihres Vaters beruhigte sich Fatma.

»Ich glaube, ich kenne sie schon. Ich habe Angst vor der

Gewalt, vor den Menschen, die auf mich und andere schießen und viele schreckliche Dinge machen.«

Er blickte sie zweifelnd an. »Du siehst verändert aus. Als ich ging, hast du noch keinen Tschador getragen. Ich habe das nie von dir verlangt. Wieso ziehst du ihn jetzt an?«

»Ist das nicht egal? Ich habe ihn damals einfach nur so mitgenommen, um mich vor der Kälte zu schützen.«

»Aber hier ist es jetzt gar nicht so kalt. Warum trägst du ihn also dennoch?«

»Ich bin einfach noch nicht dazu gekommen, ihn auszuziehen. Das spielt doch auch keine Rolle. Viele tragen ihn oder sogar eine Burka, wie Mama.«

»Deine Großmutter kannte es ihr Leben lang nicht anders. Sie hätte die Burka niemals ausgezogen. Und ob deine Mutter es schaffen wird, ohne die Verschleierung in der Öffentlichkeit aufzutreten, weiß ich nicht. Ich denke, sie wird es irgendwann versuchen. Doch diese ganzen Gründe kennst du bereits, Fatma. Schließlich hast du das diesem Jungen sehr eindrucksvoll erklärt. Also, was ist der wirkliche Grund dafür? Sei ehrlich zu dir, Fatma!«

Fatma überlegte, was ihr Vater meinen konnte. Sie verstand die ganze Diskussion nicht wirklich.

Warum habe ich den Tschador nicht ausgezogen? Vielleicht, weil er mir ein Gefühl von Sicherheit gibt. Er ist wie eine Mauer und hält alles von mir ab. Keine Kugel kommt dadurch und kann mich verletzen.

Sie wusste natürlich, dass das nicht der Wahrheit entsprach, aber sie erinnerte sich daran, wie sie sich genau das vorgestellt hatte, als sie damals versuchte, vor den Kugeln zu fliehen. Denn anders hätte sie es vor lauter Angst nicht geschafft, sich auch nur einen Schritt fortzubewegen.

Genau das musste es sein, was ihr Vater meinte. Sie teilte ihm ihre Erkenntnisse mit und ihr Vater nickte langsam. »Ja, das ist sicher richtig und auch ein Teil deiner Angst. Aber das ist noch nicht alles, Fatma. Warum willst du ihn noch nicht ausziehen?«

Fatma sah ihn fragend an. Das war noch nicht alles? Was kann mein Vater denn sonst noch meinen? Sie grübelte, dachte nach, sah sich ihren Tschador an, wickelte ihn stärker um sich, rieb den Stoff zwischen ihren Fingern und roch an ihm.

Und da wusste sie es. Sie erkannte ihre wahre Angst. Es war eigentlich ganz einfach.

In dem Moment, als sie daran gerochen hatte, war sie wieder in ihr Dorf zurückversetzt worden. Sie erinnerte sich mit einer Klarheit und einem Bewusstsein an ihr Leben und die Menschen dort, wie sie es schon lange nicht mehr verspürt hatte. Ihr fielen unzählige glückliche Erinnerungen aus besseren Tagen ein. Der Tschador vermittelt mir ein Gefühl von Heimat!

Sonst habe ich nur noch mein Buch mitgenommen, und das wurde mir weggenommen. Der Tschador ist die einzige Verbindung, die ich noch zu meinem alten Leben habe.

Ihr Vater nickte ihr aufmunternd zu. Er hatte erkannt, dass sie die Antwort jetzt wusste.

Mit leiser Stimme sagte Fatma: »Ich habe Angst zu vergessen. Meine Heimat, die Menschen, die dort waren und die jetzt fort sind. Er ist meine Verbindung zu all dem. Ich will nicht vergessen, ich will auch dich nicht vergessen.«

»Deine Erinnerungen befinden sich nicht in diesem

Gewand. Sie sind in deinem Herzen. Es ist egal, wo du dich befindest. So lange du lebst, wirst du dich an das erinnern, was dir wichtig ist. Manche Erinnerungen werden mit der Zeit verblassen, aber das ist ganz normal. Andere Erinnerungen werden dafür umso lebendiger in dir vorhanden sein. Manche werden durch eine erneute Begegnung, eine bestimmte Umgebung oder einen bestimmten Geruch wieder neu zum Vorschein kommen. Dafür brauchst du kein Kleidungsstück. Es wäre etwas anderes, wenn du die Körperverhüllung aus tiefster Überzeugung tragen würdest. Aber das tust du nicht, oder?«

Fatma schüttelte stumm den Kopf. Ihr Vater trat so nah an sie heran, dass sie sich genau gegenüberstanden.

»Alles, was du brauchst, ist in dir. Du trägst deine Heimat und unsere Liebe immer mit dir. Und es ist deine Entscheidung, ob du dich weiter vor der Außenwelt verstecken und eventuell sogar hierbleiben willst«, er zeigte unbestimmt in die Umgebung, »oder ob du dich ihr stellen willst als die Person, die du wirklich bist.«

Fatma nickte. Sie hatte die Worte ihres Vaters verstanden. »Werde ich dich wiedersehen?«

»Ich weiß es nicht, mein Kind. So Allah will!« Danach verblasste ihr Vater und verschwand schließlich ganz.

Nachdenklich blieb Fatma zurück. Sie ließ sich das Gespräch noch einmal durch den Kopf gehen. Ihr Vater hatte Recht: Sie trug den Tschador nicht aus Überzeu- gung, aber sie war auch Muslima und religiöse Gebote waren ihr wichtig. Und dies wollte sie ihrer Umgebung gegenüber ausdrücken. Was wollte sie also wirklich?

Da hatte sie eine Idee. Es war eigentlich ganz einfach.

Nachdem sie einmal einen Entschluss gefasst hatte, hatte sie es plötzlich eilig. Schwungvoll zog sie den Tschador aus und zerriss ihn, bis sie ein größeres Stoffstück in der Hand hielt. Ja, das müsste gehen.

Sie band es sich als Kopftuch um den Kopf. Zwar konnte sie das Ergebnis im Moment nicht sehen, hatte aber das Gefühl, dass sie ganz passabel aussah. Als sie mit ihrer Aktion fertig war, stellte sie fest, dass der Nebel fast völlig verschwunden war. Sieging seltsam befreit den Weg weiter entlang.

Nur einmal blickte sie noch zurück und sah in der Ferne ihren Tschador auf dem Boden liegen. Sie sandte einen letzten stummen Gruß in seine Richtung und verließ den Pass. Draußen erkannte sie eine vertraute Gestalt.

»Hallo Madu«, begrüßte Fatma ihn erleichtert.

Verirrt

Der sieht ja äußerst seltsam aus. Charlie musterte den Mann argwöhnisch. Da passt ja kein Kleidungsstück zum anderen. Und dann noch dieser Umhang. Am wenigstens gefällt mir sein Gesichtsausdruck, der hat etwas Lauerndes an sich.

Sie bemerkte, dass auch Sying ihren Retter unauffällig ansah. Ihr Atem normalisierte sich langsam wieder. Die Berggeister waren ihnen nicht in die Höhle gefolgt.

Der Mann sprach sie an: »Da bin ich wohl gerade noch zur rechten Zeit gekommen. Ich lebe hier oben allein in den Bergen. Das heißt, allein, wenn man von den Berggeistern, deren Bekanntschaft ihr ja gerade gemacht habt, absieht. Sie sind eigentlich nicht gefährlich, erschrecken und ärgern nur gerne arglose Wanderer, die sich in den Bergen herumtreiben. Manch einer hat sich vor ihnen schon zu Tode erschreckt oder ist auf der Flucht vor ihnen abgestürzt. Wenn ich es genau bedenke, sind sie vielleicht doch gefährlich. Was hat euch überhaupt hierher verschlagen?«

Diezwei blieben weiterhinmisstrauisch. Sorichtig gefiel ihnen der Mann vor ihnen nicht. Allerdings würden sie ohne ihn vermutlich immer noch vor den Geistern fliehen.

Sying ergriff schließlich das Wort. »Wir kommen von der …«

Hastig fiel Charlie ihm ins Wort: »… von einem weit

entfernten Gebiet von Nirma, das kaum jemand kennt. Deshalb sieht unsere Haut auch so fremd aus, nicht so grünlich wie Ihre. Aber wir wollten weitere Regionen kennenlernen. Unter anderem haben wir gehört, dass eine Wanderung zum Acaraho-Vulkan ganz beeindruckend sein soll. Deswegen sind wir hier. Wir wollen den Vulkan sehen.«

Sying sah zwar etwas irritiert aus, nickte dann bestätigend.

»Na, da habt ihr euch nicht gerade die beste Reisezeit ausgesucht«, brummte der Einsiedler. »Wenn ihr wirklich zum Vulkan hoch wollt, dann kenne ich eine Abkürzung durch die Höhlen. Ich kann euch dahin bringen.«

Wir haben ja wohl keine andere Wahl. Wir müssen ihm vertrauen. Zu den Berggeistern will ich jedenfalls nicht zurück, dachte Sying.

Der seltsame Kauz zündete eine Öllampe an und führte sie tiefer in den Berg hinein. In diesem Gewirr aus Öffnungen und Gängen verloren sie schnell die Orientierung. Sie waren so oft abgebogen und hatten die Richtung gewechselt, dass sie allein niemals den Weg zurückgefunden hätten.

Als sie einen größeren Raum betraten, sagte der Mann: »Wartet hier auf mich. Ich hole neues Öl für die Lampe. Ich habe es in der Nähe versteckt und bin gleich wieder bei euch.«

Mit gemischten Gefühlen setzten Charlie und Sying sich hin und ruhten sich aus. Sie warteten eine Weile, dann warteten sie noch ein bisschen und noch länger, aber der Einsiedler kehrte nicht zurück. Sie riefen nach ihm ohne eine Antwort zu erhalten. Allmählich mussten sie sich eingestehen, dass sie hereingelegt worden waren.

Charlie tobte: »Dieser miese, kleine … Wir hätten ihm niemals glauben sollen.«

Es half alles nichts, Selbstvorwürfe brachten sie nicht aus dieser Situation heraus. Sie sahen sich um. Der Raum, in dem sie sich gerade befanden, hatte mehrere Ausgänge. Sie probierten alle aus, doch hinter jedem waren nur weitere Gänge. Sie würden sich hoffnungslos verlaufen, daher kehrten sie immer wieder in ihre Ausgangshöhle zurück.

Sying durchsuchte gerade seinen Rucksack auf der Suche nach etwas Brauchbarem. Charlie ergriff vor lauter Wut über ihre verzwickte Lage eines der Vorratsgläser mit Zucker und schleuderte es gegen die ihr gegenüberliegende Wand. Das Gefäß zerplatzte in tausend Scherben und der Zucker ergoss sich über den Boden.

»Aaahhh«, ein lauter Schrei drang durch die Höhle, der wie ein Echo von allen Seitenwänden zurückgeworfen wurde.

Keine zwei Sekunden später lag Charlie auf dem Rücken und kämpfte gegen einen äußerst wütenden Zwerg, der ihr an die Gurgel gehen wollte. Sying war vor lauter Schreck aufgesprungen und bemühte sich redlich, den Zwerg wieder von Charlie herunterzuziehen. Aber die Wut hatte in dem Zwerg ungeahnte Kräfte freigesetzt.

Erst als Sying ihm eine Flasche Wasser über den Kopf goss, gelang es Charlie und Sying gemeinsam, ihn von ihr zu entfernen. Eingeschnappt und begossen wie ein Pudel blieb er neben ihnen sitzen.

»Was bitte schön sollte denn diese Aktion?« Empört

stemmte Sying die Hände in die Hüften und funkelteden Zwerg wütend an.

»Schmutz, ich hasse Schmutz und immer machen alle alles schmutzig. Ich bin ein guter Hausmeister, der, selbst als alle anderen die Stollen verlassen haben, geblieben ist. Ich habe die ganze Zeit dafür gesorgt, dass alles ordentlich und sauber ist, wenn alle irgendwann zurückkommen. Aber erst tauchte dieser unheimliche Typ mit einer Horde Trolle hier auf und veranstaltete in meinen Höhlen ein Picknick. Dabei haben sie eine solche Riesensauerei hinterlassen, die ich gerade erst wieder beseitigt habe. Und dann kommt ihr wieder mit dem gleichen Typ und alles geht von vorne los.« Er beendete seine Jammerei und zeigte anklagend auf die Glasscherben und Zuckerreste.

Charlie sah ihn nachdenklich an. Er war nicht viel größer als ein Meter, wobei sein Körperbau durchaus kräftig wirkte. Über seiner Bergarbeiterkluft trug er eine Schürze mit großen Seitentaschen. Von seinem Gesicht konnten sie wegen eines zotteligen Barts nur eine knubbelige Nase und große Augen erkennen. Auf seinem Kopf saß etwas verrutscht eine rote Mütze, die den einzigen Farbtupfer an ihm darstellte. Gerade holte er aus einer seiner Taschen ein schmutziges Tuch und schnäuzte sich geräuschvoll die Nase.

Wenn er hier lebt, kennt er bestimmt auch alle Wege in- und auswendig, dachte Charlie und hockte sich vor den Zwerg. »Du hast jedes Recht wütend zu sein und es tut mir sehr leid, dass ich dein Zuhause schmutzig gemacht habe. Aber wir haben uns verlaufen und ich war verzweifelt.« Sie ging zu dem zerstörten Vorratsgefäß herüber und fing an es aufzuheben. Sie sammelte alle Reste auf, so gut es ging, und brachte sie dem überraschten Zwerg.

»Siehst du? Es ist fast weg. Weißt du, vielleicht können wir dir helfen und dafür sorgen, dass niemand mehr von den bösen Trollen zurückkommt und hier wieder alles schmutzig macht. Dazu müssen wir nur den Weg zum Vulkan finden. Kannst du uns dabei helfen?«

Erneut wurden sie vom Zwerg überrascht, der so schnell aufsprang, dass sie keine Zeit hatten zu reagieren. Mit den Worten »Zum Vulkan, niemals, nein und nochmals nein« stürmte er davon. Sying und Charlie stürzten ihm umgehend hinterher.

»Wir dürfen ihn nicht verlieren. Wo ist er lang?«

»Er ist nach rechts abgebogen«, Sying hatte noch so gerade ein Stück des Zwerges sehen können, bevor er um die Ecke bog.

Es begann eine wilde Verfolgungsjagd durch viele Gänge und über Leitern sowohl in tiefere als auch höhere Ebenen. Dieser Bereich des Berges war spärlich durch vereinzelte Wandlampen beleuchtet, was ihre Jagd deutlich erschwerte. Bei längeren Gängen holten sie aufgrund ihrer größeren Schrittlänge etwas auf, verloren diesen Vorteil aber umgehend, wenn sie dem Zwerg kriechend durch dunkle Tunnel folgen mussten.

Mittlerweile war es überlebenswichtig, den Zwerg nicht zu verlieren. Sie waren so tief in die Höhlen vorgedrungen, dass sie ohne seine Hilfe nie wieder herausfinden würden. Bei ihrem überhasteten Aufbruch hatten sie zwar geistesgegenwärtig die Rucksäcke mitgenommen, aber es war ihnen keine Zeit geblieben, die ausgepackten Sachen aufzuheben oder ihre Taschen vernünftig zu verschließen. Als Sying an einer Stelle ausrutschte, fiel eine Wasserflasche heraus. Ohne sich darum zu kümmern, hetzten sie dem Zwerg weiter hinterher.

Sowohl Sying als auch Charlie stutzten, als sie die Flasche erneut auf dem Boden liegen sahen.

Hier sind wir schon vorbeigekommen, dachte Charlie. Der Zwerg nimmt zwar unterschiedliche Abzweigungen, aber einige Strecken bleiben die gleichen. Sie überprüfte ihre Vermutung noch in der nächsten Runde. Als ihnen die Flasche da wiederholt begegnete, stand ihr Entschluss fest.

»Sying, verfolg du weiter den Zwerg. Ich verstecke mich hier. Wenn er wieder vorbeikommt, halte ich ihn fest.«

Sying antwortete, ohne den Zwerg aus den Augen zu lassen. »Und was ist, wenn er nicht mehr vorbeikommt?«

»Das müssen wir riskieren.«

»Aber …«

»Kein Aber. Beeil dich, sonst ist er weg.«

Schicksalsergeben setzte Sying die Verfolgung allein fort, während Charlie sich in einen Quergang zurückzog und wartete. Es dauerte eine Weile, aber dann hörte sie sich nähernde Schritte. Kurz bevor sie an ihr vorbeikamen, sprang Charlie auf den Gang direkt vor den heranstürmenden Zwerg.

Dieser versuchte vor lauter Schreck umgehend den Rückwärtsgang einzulegen und plumpste dabei wenig elegant auf seinen Hintern. Sying, der direkt hinter ihm auftauchte, hielt ihn keuchend fest.

Resigniert hob der Zwerg die Arme. »Also gut, ihr seid

ja lästiger als die Läuse, die ich mal hatte. Was wollt ihr denn von mir?«

»Das haben wir dir doch schon gesagt. Wir wollen wieder heraus aus diesen Höhlen. Wo wolltest du denn eigentlich die ganze Zeit hin?«

»Na, zurück in meine Wohnung!« Er seufzte. »Ich bring euch hin und dann fangen wir am besten noch einmal von vorne an.« Er ging voraus und wenig später hatten sie eine größere Nische erreicht.

»Hey Zwerg, du wohnst wirklich hier?« Charlie schaute sich interessiert um.

»Was dagegen?«, kam widerborstig die Antwort. »Im Übrigen heiße ich Grompf. Wenn ihr mich also bitte so nennen würdet!«

Sying, der erst nach Charlie die Wohnhöhle betreten hatte, stotterte ein wenig herum. »Äh gemütlich.«

Charlie sah ihn an, als hätte er nicht mehr alle Tassen im Schrank.

»Ich meine, äh, wenn man es so voll mag, so mit vielem verschiedenen Gerümpel und so.« Sying hielt es für besser den Mund zu halten und schaute sich stattdessen weiter um.

Es schien, als hätte Grompf alles, was er irgendwo gefunden hatte, mit in seine Höhle genommen und dies in bis zur Decke reichenden Stapeln verbaut. Nur wenige Nischen waren frei geblieben für einen Tisch mit einem Stuhl, einer kleinen Küche und einem Bett.

Grompf suchte nach einzelnen Gläsern und einer Teekanne, die er an verschiedenen Stellen aus den Gerümpelwänden zog. Langsam ging Charlie daran vorbei.

»Was ist das hier denn?« Neugierig zog Charlie etwas aus einer Wand.

Das »Nicht!« von Grompf ging schon in lautem Getöse unter, als der Stapel zusammenfiel. Wie Dominosteine stürzte die gesamte Konstruktion ein und alles rutschte auf sie zu. Die ersten Dinge fielen auf sie herab.

Großartig! Erst der Erdrutsch und jetzt das Gerümpel, ich sollte dringend über einen Helm nachdenken, dachte Charlie.

Rochs Bestrafung

Unsanft fiel Ehawee auf den Boden, als der Vogel sie aus geringer Höhe fallen ließ und sich neben sie setzte.

Von dem langen Flug war ihr Körper ganz kalt und steif, so dass sie im ersten Moment noch keine Kontrolle über ihn hatte. Auf dem Boden hockend rieb sie erst einmal ihre Gliedmaßen, damit die wieder warm und besser durchblutet wurden.

Sie blickte sich um. Offenkundig wurden sie erwartet. Trolle standen in mehreren Reihen um sie herum. Vor ihr erhob sich eine breite Treppe, die gesäumt von Skulpturen dämonischer Kreaturen auf einen kleineren Platz führte.

Jede einzelne Statue war über vier Meter hoch, kunstvoll gekleidet und verziert. Ihre grünen Gesichter zeigten teuflische Fratzen. Mit beiden Händen stützten sie sich auf große Schwerter, deren Spitzen bis auf den Boden reichten. An dem Gemäuer dahinter waren ebenfalls zahlreiche dämonische Wasserspeier zu sehen, die an kleine Drachen mit zu großen Flügeln erinnerten. Ihre Gesichter waren zu grotesken Masken verzerrt.

Hinter dem Platz erhob sich ein großes, bestimmt sieben Meter hohes, schwarzes zweiflügeliges Tor. Rechts und links davon standen zwei Wächter.

Die Wächter waren im Gegensatz zu den Trollen von schlankerer Gestalt und konnten sich normal verständigen, anstatt nur einige Laute von sich zu geben. Ihr Gesichtsausdruck wirkte auch wesentlich wacher und aufmerksamer.

Angeblich sollen die Wächter mehr Verstand besitzen als die tumben Trolle, erinnerte Ehawee sich an Erzählungen. Allerdings ist das auch keine besonders große Leistung.

Auf jeden Fall griffen die Wächter nun mit beiden Händen an die eisernen Ringe und zogen die Torflügel auf. Begleitet von weiteren Wächtern trat Brelor durch das Tor.

Angsteinflößend!, schoss es Ehawee durch den Kopf.

Er war ganz in schwarz gekleidet und trug eine enge Hose mit einem Oberhemd, das er an den Ärmeln aufgekrempelt hatte. Auf seiner Brust lag offen sein Stern. Mit energischen Schritten kam er auf Ehawee und Roch zu und blickte letzteren mit kalten Augen an.

»Roch, du hast versagt. Ich bin sehr enttäuscht von dir. Du hattest eine einzige Aufgabe, nämlich mir den Sternenträger zu bringen. Einen kleinen Jungen ohne gefährliche Waffen. Aber sehe ich ihn hier irgendwo? NEIN!« Das letzte Wort donnerte regelrecht über den ganzen Platz.

Auf seinen Befehl hin brachten mehrere Diener drei riesige Eier in einem Nest zu ihm, wobei jedes einzelne noch ein ganzes Stück größer war als Ehawee selbst.

So zwingt Brelor den Vogel seine Befehle auszuführen, wurde Ehawee schlagartig klar. Er hält sein Gelege als Geisel.

Sie sah von Brelor zu Roch, der angefangen hatte zu zittern. Er macht einen Schritt auf Brelor und das Nest zu.

»Wage es nicht, noch näher zu kommen. Einzig dem

Umstand, dass du nicht ganz ohne Beute wiedergekommen bist, hast du es zu verdanken, dass du noch ein paar Eier behältst. Aber da du meine Anweisungen nicht befolgt hast, muss ich dich bestrafen. Allein schon, um sicher zu gehen, dass so etwas nie wieder vorkommt. Das verstehst du doch sicher, oder?« Er sah dem Vogel so lange drohend in die Augen, bis dieser langsam nickte.

Was hat Brelor nur vor? Er wird doch nicht … Mitleid stieg in Ehawee auf, als Brelor zwei Diener anwies, ein Ei aus dem Nest zu holen.

»Lasst es fallen«, befahl er mit kalter Stimme.

Roch wimmerte, als die Diener der Anweisung Folge leisteten und das Ei hinwarfen. Es schlug mit einem furchtbaren Geräusch auf dem Boden auf und zerbrach in zwei Hälften. Ein kleiner Vogel konnte sich noch aus den Eierschalen befreien. Mühsam und so leise piepsend, dass man es fast überhört hätte, schleppte er sich einige Zentimeter weiter. Er zuckte noch zwei-, dreimal und blieb dann reglos liegen.

Ehawee fing an zu weinen, als sie den kleinen Vogel beobachtete, dessen Leben so sinnlos zu Ende ging. Neben ihr klatschten dicke Tränen auf den Boden, die Roch nicht zurückhalten konnte.

Und als wäre das alles nicht schon schlimm genug, ließ Brelor seine Diener den toten Vogel in die Meute der Trolle werfen, die sich um ihn balgten, ihn zerrissen und verspeisten.

Ich habe noch nie im Leben so etwas Abscheuliches gesehen, dachte Ehawee.

Außer sich vor Wut drohte sie Brelor mit der Faust und

rief: »Es dauert nicht mehr lange, Brelor, und du wirst deine Macht los sein und für immer verschwinden. Dieser Tag wird ein Freudentag für Nirmasein.«

Brelor lachte hämisch und sah sie zum ersten Mal seit ihrer Ankunft richtig an. Jetzt hatte sie seine volle Aufmerksamkeit. Seine kalten, toten Augen bohrten sich in ihre. Sie versuchte tapfer zu sein und seinem Blick standzuhalten. Trotzdem fühlten sich ihre Knie wie Wackelpudding an.

»Sieh mal einer an, die Kleine kann sprechen. So so, du bist also Ehawee, Nokomis‘ Enkelin. Du siehst überrascht aus. Hast du geglaubt, ich wüsste nichts von dir? Ich weiß von allem, was auf Nirma vor sich geht. Und erst recht weiß ich von eurer kleinen Gruppe, die meint, mich herausfordern zu können. Sie werden nicht mehr weit kommen, das verspreche ich dir. Doch du bist gar keine so schlechte Geisel und wirst dich vielleicht noch als nützlich für mich erweisen. Aber bis dahin …«, er wandte sich an seine Wachen, »bringt sie ins Gefängnis. Ich werde mich später mit ihr beschäftigen.«

Ehawees erschrockenen Blick ignorierend, sprach er nun zu Roch: »Du hast meine Erlaubnis, deine verbliebenen Eier in deinem anderen Nestauszubrüten.«

Damit drehte er sich um und ging wieder hinein, ohne sich ein einziges Mal umzublicken.

Als Ehawee hochgerissen wurde, sah sie gerade noch, wie der große Vogel mit einer Klaue die zwei unversehrten Eier, mit der anderen die zerbrochenen Schalen ergriff und wegflog.

Grompf

Oh nein«, stöhnte der Zwerg, »sieh nur, was du angerichtet hast! Ich wusste, dass ihr nichts Gutes bringt. Konntet ihr mich nicht einfachin Ruhe lassen?«

Charlie sah betreten auf den Schlamassel, den sie angerichtet hatte. Die ganze Höhle sah aus, als wäre sie eine einzige Mülldeponie. Soeben rutschten noch eine Schüssel und ein Hammer laut scheppernd den Berg hinunter.

Charlie blickte auf das, was sie aus der Wand gezogen hatte und immer noch festhielt: einen Bilderrahmen.

Sie ging zu Grompf. »Es tut mir schrecklich leid. Ich wollte das wirklich nicht.«

Grompf schnaubte. »Wieder einmal? Hatten wir das nicht erst gerade eben? Du machst was schmutzig … du entschuldigst dich, du machst …«, da ihm offenbar die Worte fehlten, zeigte er hilflos auf das, was von seiner Wohnung übriggeblieben war, »… und du entschuldigst dich. Was kommt als nächstes? Willst du den ganzen Berg zum Einsturz bringen?«

»Es tut mir wirklich, wirklich schrecklich leid und irgendwie werde ich es wieder gut machen.« Charlie dachte, dass sie sich schon wie eine hängengebliebene CD anhörte. Um das Thema zu wechseln, hielt sie Grompf den Bilderrahmen vors Gesicht. Das Bild im Inneren war eine Zeichnung von ihm, einer Zwergin und einem Zwergenkind. »Du hast hier nicht allein gewohnt? Das sind deine

Frau und dein Sohn, oder? Wo ist deine Familie denn jetzt?«

Er riss ihr das Bild förmlich aus den Händen und betrachtete es mit Tränen in den Augen. »Das ist meins. Du darfst es mir nicht wegnehmen!«

Grompf sah aus wie ein Häufchen Elend und Charlie bekam Mitleid mit ihm. »Natürlich gehört es dir. Ich will dir das Bild nicht wegnehmen. Wo sind sie, Grompf?«

Mit stockender Stimme erklärte er den beiden: »Meine Familie ist mit mir hier geblieben. Dann sind die Trolle gekommen. Mein Sohn Grampf war neugierig. Eigentlich sollte er sich versteckt halten, aber Kinder … sie hören halt nicht immer auf das, was man ihnen sagt. Er ist in ihre Nähe geschlichen und hat sie beobachtet. Als meine Frau Ada bemerkt hat, dass er weg ist, hat sie ihn überall gesucht. Sie hatte ihn gerade gefunden, als sie von den Trollen gesehen und gefangen genommen wurden. Ich wollte zu ihnen gehen, doch es hätte ihnen nicht geholfen, wenn ich auch ein Gefangener gewesen wäre. Daher habe ich mich versteckt und überlege nun, wie ich sie retten kann. Leider fällt mir nichts ein, einfach gar nichts. Was kann ich allein gegen mehrere Trolle schon ausrichten? Und wenn sie die Berge verlassen, kann ich ihnen gar nicht mehr helfen.« Er schnäuzte sich geräuschvoll.

»Wann haben sie deine Familie denn gefangen genommen? Weißt du, wo sie jetzt sind?«, wollte Sying wissen.

»Sie haben sie gestern mitgenommen, auf die andere Seite des Berges.«

Charlie horchte auf. Der Zwerg tat ihr unglaublich leid, aber vielleicht konnte seine Situation ihnen allen helfen.

»Auf die anderen Seite des Berges? Die, die zum Vulkan führt?«

Grompf nickte.

»Würdest du uns hier herausführen, wenn wir dir versprechen, dir dabei zu helfen, deine Familie zu befreien?«

Der Zwerg sah sie erstaunt an. »Das würdet ihr tun? Wie wollt ihr denn gegen die Trolle ankommen?«

»Das weiß ich noch nicht. Wenn es soweit ist, wird uns schon etwas einfallen.«

»Allerdings ist es schwierig, die Gruppe einzuholen. Schließlich haben sie über einen Tag Vorsprung«, gab Sying zu bedenken.

Auf einmal sprühte Grompf vor lauter Energie. Er lächelte listig. »Das dürfte kein Problem sein. Die Trolle kannten zwar den Weg hinaus, dabei haben sie wohl den komplizierteren, weiteren Weg gewählt. Es gibt noch eine Abkürzung und die bringt uns ungefähr einen Tag.«

»Dann haben wir einen Deal?«

»Oh ja, den haben wir!«

Zur Besiegelung klatschten sie sich alle ab.

Der Pass der Angst – George

George stöhnte. »Das gibt es doch nicht.«

Erst vor ein paar Minuten haben wir ausgemacht zusammenzubleiben. Und was macht Madu? Der gibt bei der ersten Gelegenheit Fersengeld. Aber Fatma muss noch in der Nähe sein, schließlich hat ja nur Madu zwischen uns gestanden, überlegte George.

Er ging ein paar Schritte dorthin, wo er sie vermutete, und rief ihren Namen. Keine Antwort. Wie konnte das sein? Madu hatte sich erst vor wenigen Sekunden losgerissen, und jetzt war keiner mehr da. Vielleicht lag Fatma irgendwo vor ihm auf dem Boden. Wenn nur der verflixte Nebel nicht wäre. Er ließ sich auf alle viere nieder, krabbelte auf dem Boden herum und versuchte irgendetwas zu ertasten. Aber bis aus die Unebenheiten des Bodens unter ihm fand er nichts. Er richtete sich wieder auf.

Ein paar Meter vor ihm schien der Nebel etwas weniger undurchdringlich zu werden. Schemenhaft konnte er dort die Umgebung erkennen. Doch außer Felsen war da nichts.

Ich scheine allein zu sein. Nun gut, das bin ich gewohnt, damit kenne ich mich aus, sprach er sich selbst Mut zu. Ich gehe einfach den Weg weiter und verlasse den Pass. Wenn ich unterwegs die anderen treffe, gut. Wenn nicht, schaffe ich es auch ohne sie. Bisher ist hier noch nichts aufgetaucht, was mir Angst macht. Also alles im grünen Bereich.

Mit diesen Überlegungen machte er sich auf den Weg, der sich relativ eintönig und ohne Abwechslungen durch das Gebirge wandte. Er wanderte Stunde um Stunde, ohne dass sich irgendetwas änderte.

Georges Gedanken schweiften ab. Wie es meiner Mutter und meinem Onkel wohl geht? Was würden sie für Gesichter machen, wenn ich ihnen von meinem Abenteuer erzähle? Ob sie mir glauben würden? Vermutlich nicht. Ich muss unbedingt einen Beweis für meine Geschichte mitbringen. Damit wäre ich überall der King, sogar in meiner Klasse.

Nachdem seine Gedanken zu ungefähr jeder Person gewandert waren, die er kannte, überlegte er, womit er sich noch beschäftigen konnte. Ich kann etwas für die Schule üben, einige Vokabeln und mathematische Formeln durchgehen.

Als er auch mit diesem Thema durch war, fing George an zu singen. Er fing mit den aktuellen Songs an, dann sang er Lieder, die er in der Schule gelernt hatte, und zuletzt einfach kreuz und quer, was ihm gerade einfiel.

Irgendwann blieb er erschöpft stehen. Im Moment sah er nichts, was auf das Ende des Weges hindeutete. Er wusste nicht, wie viel Zeit vergangen war, auf jeden Fall hatte er sich eine Pause verdient. Als er mit dem Essen fertig war, fielen ihm die Augen zu und er nickte ein.

Wie lange er geschlafen hatte, wusste er nicht, als er aus dem Schlaf hochfuhr.

Hatte ihn irgendetwas geweckt? Hoffnungsvoll rief er die Namen von Fatma und Madu, die echomäßig zurückhallten; eine Antwort blieb jedoch aus. Dann eben nicht, dachte George trotzig und machte sich erneut auf den Weg.

Es gab weiterhin keine Veränderung in der Umgebung. Der Nebel blieb ebenfalls gleich, er wurde ebenso wie das Licht weder stärker noch schwächer. Alles blieb gleich.

George fing erneut an zu singen, verstummte aber nach kurzer Zeit. Er hatte einfach keine Lust mehr dazu. Er hörte auf zu denken und sein Blick fiel nur noch auf den Weg direkt vor ihm. Wie oft er den immer schon gleichen Ablauf an Pausen, Schlafen, Weitergehen hinter sich gebracht hatte, hatte er vergessen, wenn er es denn je gewusst hatte.

Als er ein weiteres Mal erwachte und sich wieder nichts geändert hatte, wurde er von Wut und Verzweiflung überwältigt. Er brüllte, tobte und schrie seinen ganzen Frust hinaus. Er warf seinen Becher und seinen Teller wild durch die Gegend, ohne dadurch eine Änderung herbeizuführen.

Verzweifelt sank er zu Boden und schluchzte laut.

Ich bin allein, wieder einmal. Selbst auf einer anderen Welt scheint das mein Schicksal zu sein. Alle verlassen mich: mein Bruder, mein Vater und die wenigen Freunde, die ich mal hatte. Nach und nach gehen sie alle und lassen mich allein zurück. Ich werde für immer in diesem Pass bleiben, für immer allein sein.

Tränen liefen über Georges Wangen und schreckliche Einsamkeit durchflutete ihn.

Selbst der Rest meiner Gruppe ist weg. Erst Charlie und Sying, dann auch Fatma und Madu. Wahrscheinlich haben sie sich mittlerweile alle getroffen und erleben das große

Abenteuer. Aber ein bisschen Schwund ist ja bekanntlich immer. Ich bleibe einfach hier liegen. Es spielt sowieso keine Rolle mehr.

George hatte sich zusammengerollt und lag apathisch auf dem Boden. In seinem Kopf kreiste immer wieder nur ein Gedanke: »Allein, für immerallein.«

Nach einiger Zeit meinte er, seinen Namen zu hören. Mühsam richtete er sich auf. Kam da ein Kind auf ihn zu? Er wischte sich über die Augen. Tatsächlich, da war jemand, und es war ihm im Augenblick völlig egal, wer. Es hätte auch der Teufel persönlich sein können. Er lief dem Kind entgegen, wollte es umarmen und fiel durch eshindurch. Drehte er jetzt endgültig durch? Hatte er Halluzinationen?

»Du warst schon immer sehr stürmisch«, sagte das Kind mit einer ihm sehr bekannten Stimme.

Okay, jetzt ist die Sache eindeutig. Ich habe den Verstand verloren.

Vor ihm stand sein verstorbener Bruder, und zwar genau so, wie er ihn im Alter von acht Jahren zuletzt gesehen hatte, und sah auf ihn hinab.

Als hätte er Georges Gedanken erraten, sagte er nun: »Nein, du bist nicht verrückt. Ich bin wirklich hier. Offenbar dachte jemand, ich könnte hilfreich sein.«

»Ich brauche dich nicht. Geh weg!«, fuhr George ihn an.

»Natürlich. Du brauchst ja niemanden, habe ich Recht? Aber das war nicht immer so, oder? Ich erinnere mich, dass wir uns früher immer gegenseitig gebraucht haben. Wir waren immer zusammen und sind für einander da gewesen.«

»Ja, genau«, George hatte sich mittlerweile aufgerichtet, »und ob ich mich erinnere, vor allem an den Moment, als du mich für immer verlassen hast.«

»Glaubst du, das wollte ich? Ich wollte weder sterben noch dich alleine zurücklassen.«

»Trotzdem hast du es getan. Ich musste zusehen, wie du vor meinen Augen ertrunken bist. Du hast mich allein gelassen«, schleuderte George Clayden entgegen.

»Und seitdem hast du beschlossen, alle von dir wegzustoßen.«

»Das stimmt doch gar nicht. Die meisten wollen nichts mit mir zu tun haben. Und das ist auch gut so, denn ich bin gerne allein.«

»Und was ist mit deinen Mitstreitern auf deiner Abenteuerreise hier? Ihr versteht euch mittlerweile ganz gut. Und was Charlie betrifft, sogar mehr als gut!«

George wurde tatsächlich ein wenig rot. »Schon, aber sie sind oft auch nervig. Außerdem, sollten wir jemals zurückkehren, wären wir über die ganze Erde verteilt und würden uns wahrscheinlich eh alle schnell vergessen.«

»Entschuldige, Bruderherz, was du da sagst, ist ausgemachter Blödsinn! Natürlich wird es nicht leicht sein in Kontakt zu bleiben, da müsst ihr euch schon ein wenig anstrengen und euch etwas einfallen lassen. Wenn ihr das wirklich wollt, werdet ihr einen Weg finden. Glaubst du ernsthaft, dass du irgendetwas von diesem Abenteuer, den Menschen und den Nirmanern vergessen wirst? Warum sollte es den anderen mit dir also anders ergehen?« Herausfordernd blickte Clayden seinen Bruder an.

George dachte über die Worte nach. Natürlich würde er

sich an alles erinnern und, wenn er ehrlich zu sich war, wusste er auch, dass er die anderen schmerzlich vermissen würde. Genau genommen machte ihm die Vorstellung, sie nicht mehr jeden Tag um sich zu haben, mehr aus, als er sich bisher eingestanden hatte.

»Also schön«, gab er zu. »Ich will den Kontakt zur ganzen Gruppe nicht verlieren. Zufrieden?«

»Noch nicht ganz. Warum willst du das nicht?«

»Weil ich sie mittlerweile mag, weil wir so viel miteinander erlebt haben und … weil sie meine Freunde sind.«

Clayden hüpfte vor Freude auf der Stelle. »Genau! So schwierig war diese Erkenntnis doch gar nicht. Und jetzt beantworte mir noch eine letzte Frage: Würdest du dies alles hier lieber mit deinen Freunden oder allein, was du ja, wie du sagst, so gerne bist, durchstehen?« Erwartungsvoll sah Clayden seinen Bruder an, der nachdenklich vor sich hinstarrte.

Allein hätte er das ein oder andere Problem nicht gehabt, aber dann fielen ihm viele verschiedene Episoden ein: Madu, der den Pilz essen will; ihre bunte Haut nach dem Verzehr der Früchte; Ehawee mit ihrer Steinschleuder; Fatma, wie sie auf mich losgeht; Sying, der lachend den Baum herunterklettert; sie alle im Wasserfall …

George wurde bei diesen Erinnerungen ganz warm ums Herz. Er lächelte. Ich will nicht allein sein, ich will mit meinen Freunden zusammen sein.

Zusätzlich zu dieser Erkenntnis tauchte in ihm eine ganz neue Wahrheit auf. Eine, die er so tief in sich verschlossen hatte, dass er sie ohne Clayden, der ihm die Augen geöffnet hatte, von allein wohl nie gefunden hätte.

Ich wollte noch nie allein sein. Im Gegenteil, eigentlich ist es meine größte Angst allein zu sein.

Clayden sah ihn an und sagte: »Ich habe dich nie allein gelassen. Ich werde immer ein Teil von dir sein. Aber du musst dich auf dein Leben und auf deine Freunde konzentrieren, sowohl auf die, die du jetzt gefunden hast, als auch auf die, die du noch finden wirst. Ich liebe dich, mein Bruder.«

Dann verschwand Clayden und George konnte ihm nur noch »ich liebe dich genauso, Clayden« hinterherrufen. Tief ergriffen blieb er einen Augenblick stehen, um sich zu sammeln.

Dann aber lief er mit neuer Energie den Weg weiter entlang. Er musste unbedingt zu Fatma und Madu. Und sie würden da sein, denn sie wären auf keinen Fall ohne ihn weitergegangen. Das wusste er plötzlich mit einer unglaublichen Klarheit. Während der Nebel sich langsam auflöste, hörte er zwei Personen aus der Ferne seinen Namen rufen.

»Hier bin ich. Hier«, rief er zurück und rannte und stolperte auf die zwei zu.

Es waren Madu und Fatma, die ihm irgendwie verändert vorkam, ohne dass er im Moment sagen konnte, wieso. Die drei umarmten sich weinend und lachend zugleich. Nur am Rande nahm George Madus Erklärungen wahr, dass er es als Erster durch den Pass geschafft hatte und Fatma gleich hinter ihm aufgetaucht war.

»Wir haben sehr lange auf dich gewartet und dann sind Fatma und ich los, um dich zu suchen.«

George war gerührt: »Ihr seid für mich noch einmal in

den Pass zurückgekehrt, obwohl es hier drin so gefährlich war? Ich danke euch.«

Fatma winkte ab. »Aber das macht man unter Freunden doch so. Man lässt niemanden zurück.«

Als George nicht sofort antwortete, fragte sie unsicher: »Wir sind doch Freunde, oder?«

George schluckte seinen Kloß im Hals herunter und sagte mit belegter Stimme: »Ja, wir sind Freunde. Freunde für immer!«

Sie legten die Hände aufeinander wie zu einem stummen Schwur. Bande, die unter solchen Umständen geschmiedet wurden, hielten ein Leben lang.

Was für ein toller Augenblick, dachte George. Er beschloss, die Erinnerung daran für immer in seinem Gedächtnis abzuspeichern. Es wäre nur noch schöner, wenn Charlie, Sying, Ehawee und Fred hier bei uns wären.

Doch in diesem Moment verspürte er die Gewissheit, dass es ihnen gut ging und sie sie bald wiedersehen würden. Genauso wie er plötzlich wusste, dass sie Brelor besiegen und Nirma retten würden. Woher er dieses Wissen nahm, konnte George nicht sagen, aber den Gesichtern von Fatma und Sying sah er an, dass sie ähnlich dachten.

Voller Zuversicht machten sie sich auf den Weg zum Acaraho, weiteren Abenteuern entgegen.

Die wichtigsten Personen:

Von der Erde:

George	- fünfzehn Jahre, aus England, groß, leicht welliges, etwas zu langes braunes Haar, dunkelblaue Augen
Charlie	- dreizehn Jahre, aus Amerika, schlank, blasse Haut, rotblondes und leicht gelocktes, widerspenstiges Haar
Fatma	- dreizehn Jahre, aus dem Mittleren Osten, leicht pausbackiges Gesicht, braune Augen
Madu	- elf Jahre, aus Afrika, dunkle Haut, strahlend weiße Zähne, fröhliches und breites Lachen, kurze schwarze Haare
Sying	- elf Jahre, aus China, schwarze Haare, drahtig, halb blind
Mamboo	- Voodoopriesterin aus Madus Dorf

Von Nirma:

Führer von Nirma:

Gerzin	- Weiser von Nirma
Brelor	- ehemaliger Hüter, will die alleinige Macht auf Nirma, versucht, in den Besitz aller drei Sterne zu kommen.
Klebet	- Hüter, wurde von Brelor vergiftet
Aria	- Hüterin, hat die Scherben ihres Sterns versteckt, die Pergamentrolle geschrieben und ist danach verschwunden

Schergen Brelors:

Raspe	- ehemaliger Assistent Gerzins, rechte Hand von Brelor, kann sich in eine Krähe verwandeln
Trolle	- eher dumm, reiten auf Behemothen (eine Mischung aus Elefant, Nilpferd und Wasserbüffel)
Wächter	- bewachen Brelors Schloss
Roch	- gigantischer Vogel, der von Brelor gezwungen wird, ihm zu helfen

Mystixwald:

Arborianer	- Bewohner des Waldes
Nokomis	- Anführerin der Arborianer, Großmutter von Ehawee
Ehawee	- 14 Jahre, hellgrüne Haut, viele dünne schulterlange Rasterzöpfe
Taku	- zahmer Wolf, Freund von Ehawee
Fred	- Fliegenpilz mit grünem Hut

Nirmanisches Meer:

Marianer	- Bewohner des Meeres
Peidon	- Anführer der Marianer
Naraja	- marianisches Mädchen
Der Krake	- Meeresungeheuer

Mutani-Gebirge:

Yetiden	- Bewohner des Gebirges
Arik	- Anführer der Yetiden

Korbin	- unterstützt Arik, führt die Kinder herum
Cima	- gute Seele der Yetiden, kocht gerne
Grompf	- Zwerg, der in den Bergen lebt
Berggeister	- erschrecken gerne Wanderer

Weitere:

Ziziden	- große Vögel auf Nirma
Kha-tings	- Känguruähnliche Tiere, die als Transportmittel verwendet werden
Jobus	- Dorfvorsteher von Pescos

Zu guter Letzt:

Wahnsinn, ich habe es tatsächlich geschafft und ein Buch in Eigenregie herausgebracht! Ich muss gestehen, dass ich die Arbeit, die damit verbunden ist, gewaltig unterschätzt habe. Vielleicht war das aber auch gut so, denn sonst hätte ich mich wahrscheinlich nie an dieses Projekt herangewagt.
Mein Buch ist komplett frei erfunden; Ähnlichkeiten mit bestimmten Personen o.a. sind zufällig.
In erster Linie möchte ich meiner Familie danken, die mich von Anfang unterstützt und viele Einfälle beigesteuert hat. Mein Mann möge mir bitte verzeihen, dass ich zumindest in diesem Buch keinen Platz für einen telepathischen Wal gefunden habe. Vielleicht im nächsten. :)
Des Weiteren möchte ich mich bei meiner Lektorin Janine Biermann bedanken, die ich mit meinem Hang zu Füllwörtern vermutlich zur Verzweiflung gebracht habe. Ich gelobe Besserung. Fehler im Buch habe ich mit Sicherheit nachträglich eingebaut und gehen auf mein Konto. Für das tolle Cover ebenfalls vielen Dank an Juliane Schneeweiss, die selbst viele gute Ideen eingebracht und meine eigenen hervorragend umgesetzt hat.
Mein letzter Dank geht an euch, die ihr mein Buch gekauft habt. Ich hoffe, es hat euch gefallen. Über Lob, Kritik oder Anregungen würde ich mich sehr freuen. Gerne über meine email-Adresse: alena.beek@gmx.de oder besucht mich beiFacebook